CW00796485
W0006971

Aaroon

La pomme

Roman

FSC
www.fsc.org
MIXTE
Papier issu
de sources
responsables
Paper from
responsible sources
FSC® C105338

© 2019, Aaroon.

Edition : BoD - Books on Demand

12/14 rond-point des Champs Elysées

75008 Paris

Imprimé par BoD – Books on Demand, Norderstedt

ISBN : 978-2-3220-1500-9

Dépôt légal : 2019

Tous droits de reproduction, d'adaptation et de traduction, intégrale ou partielle réservés pour tous pays. L'auteur est seul propriétaire des droits et responsable du contenu de ce livre.

À ma mère.

Table des matières

La promesse **11**

La marionnette
Le Cercle
Les ennemis de Dieu

L'élan **51**

Ada
Le baiser
Le bouffon d'Afrique

L'envol **109**

Le septième continent
L'Aigle
La demoiselle de Pierrefitte

La chute **165**

Lilly
Le livre de Judith

Se relever **203**

Madame Bonnin
Lettres à Dieu
Ange gardien

L'éternel retour **253**

I

La promesse

La marionnette

Il aimait courir. Il était léger, grand, maigre, efflanqué. Un échalas ! Il courait vite. Ses sandales en plastique jaunâtre martelaient le sol et traînaient un nuage de poussière. À chaque pas, il plantait le pied avec assurance et force. Et pourtant...

« J'ai besoin de toi, me déclara Naël. »

Je reconnus la voix rauque, je reconnus son timbre, mais l'homme n'était plus. L'âme était éteinte. Disparu le lyrisme, disparues la séduction et la confiance. Il ne restait désormais qu'un cadavre, et une forte odeur d'alcool.

À vrai dire, il était encore là, l'homme, assis en face de moi, recroquevillé dans mon minuscule fauteuil, la tête entre les mains, une clef attachée à une fine chaînette suspendue à son bras. Seul le dieu disparut en lui. Naël est et Naël n'est plus. Le mortel a survécu et l'immortel est mort.

« Une catastrophe ! m'échappa la pensée.

– Ce foutu black-out... »

Ce que je m'apprête à transcrire sur ces pages est l'histoire d'un homme, le récit d'une vie, une promesse devenue ambition et l'ambition devenue arrogance. Je vous raconterai un épisode de l'Histoire où Naël fut le héros, car Naël accomplit l'impensable et atteignit ce qui semblait avant lui inatteignable. Hélas, comme un aboutissement de toute entreprise humaine, l'épilogue de tant d'autres histoires, tant d'empires et de civilisations, inévitable fut l'effondrement, et la chute aussi mémorable que l'ascension.

L'apparence de notre héros ne manifestait pas de force, aucune. Les enfants du village, comme à chacun d'entre nous, lui avaient trouvé un surnom : la marionnette. Les membres décharnés, suspendus à son buste ; les épaules haussées ; et une crinière, noire, hérissée, ondulée. C'était un drôle d'animal, moitié girafe, moitié cheval de course.

Comme chacun d'entre nous, il se vexait quand il entendait héler son surnom. Il ne protestait pas, il était timide. Non pas la timidité qui cache la peur d'autrui, non, l'autre, celle qui cache la peur de soi ; la timidité qui enferme une boule de feu.

Il ne protestait pas, il provoquait. Il s'avançait au milieu de la bande et commençait à marcher vite, courir, doucement, nous dépasser et rester à notre portée, nous défier, nous narguer en silence. Quand nous ne nous mobilisions pas, quand la provocation échouait, il n'abandonnait pas, ralentissait le pas, se remettait à notre niveau et recommençait à courir. Il réitérait sa démarche encore et encore. Le sourire, à peine perceptible sur les commissures retroussées, de plus en plus malicieux, narquois. Bientôt, le surnom était oublié et ne restait de la provocation que la provocation... non, il n'en restait que le défi... pas le défi, la satisfaction de l'emporter. Oui ! Bientôt, le sourire malicieux se métamorphosait, se transformait en rire, hilarité, clameur ! À peine commencions-nous à le pourchasser, à peine la course engagée, qu'il célébrait déjà sa victoire. Comme je l'ai dit, il était timide. Non pas la timidité qui appréhende la fin, non, l'autre, celle qui appréhende le début.

La fin, la marionnette n'en doutait pas. Allait-il réussir à nous provoquer ? il ne se posait pas la question. Il n'abandonnait pas, car une fois la course commencée, il était certain de l'emporter. Il courait vite. Il y avait en lui une vérité, déjà écrite, que l'épreuve allait seulement dévoiler, que le temps allait révéler. Il y avait en lui une promesse...

« ... le black-out n'a duré que trois jours, poursuivit Naël. C'était... Tu sais... Tous les matins, tous les soirs... toutes les nuits... Je m'interroge... je m'interroge sans cesse... je me demande si la catastrophe est déjà derrière nous, ou si elle est encore à venir... Je suis perdu, mon ami... Je suis perdu... »

Oui, nous étions amis. Dans mes souvenirs les plus lointains, les plus vagues, nous étions amis. Je contemplais l'homme et essayais de me remémorer l'enfant, retrouver le souvenir de notre première rencontre, sans succès. Telle est l'amitié. En amour, nous nous obstinons à toujours élire une date, la graver dans le marbre, en faire un souvenir solennel. L'amour est ainsi, solennel, lyrique, poétique... L'amitié, elle, n'est jamais grandiose, ne grandit pas, ne vieillit pas. L'amitié est infantile tant elle est inconsciente, puérile tant elle est naïve et spontanée. Naël et moi étions amis donc depuis toujours.

« ... je ne sais pas, balbutia Naël... je ne sais pas.

– Le ministre m'a demandé d'intervenir, déclarai-je. J'ai envisagé de venir te voir, cela m'a semblé...

– Tu m'en veux encore.

– Inutile.

– Il ne reste plus que deux semaines, Ali !

– J'aimerais te rassurer, mais je ne sais quoi te dire. Trois mois sont passés depuis le black-out, trois mois qu'Ada est muette. J'ai bien peur que...

– Ada... Elle ne l'est pas, m'avoua Naël. Elle ne l'est plus, je veux dire... Peut-être qu'elle l'est encore après tout… Je n'en sais rien, Ali. Je n'en sais rien ! Je ne l'ai pas approchée depuis ce foutu black-out. Je ne lui ai pas adressé un seul mot. J'ai dit cela… J'ai dit qu'elle était restée muette, car je n'osais pas lui parler. J'ai peur, Ali ! Je ne sais pas comment elle réagirait si je lui causais. J'ai peur de tout foutre en l'air à nouveau… La pièce est fermée à clé, personne n'y entre… Il ne reste plus que deux semaines et je ne sais pas ce qu'il va advenir d'elle, de moi… de tous… »

Me remémorer l'enfance, fouiller ainsi dans les vieux souvenirs fit jaillir en moi, et malgré la gravité de la situation, tant de joies et tant de nostalgie.

Nous grandîmes au Sud-Liban, dans un petit village au milieu des collines et des champs d'oliviers. Une seule maison séparait les nôtres ; quant à nous, nous étions inséparables. Dans la rue, à l'école, dans une maison ou dans l'autre, chez moi ou chez les Maktoub, nous étions ensemble des premières aurores jusqu'au crépuscule.

Inséparables, nous l'avions été jusqu'à l'âge où nous dûmes aller à l'école civile. D'abord, étant mon cadet d'un an, Naël ne put faire sa première rentrée en même temps que moi. Il le vécut comme une trahison ; et moi, comme un manquement au devoir de l'amitié. Pendant que j'apprenais mes premières leçons, il dut, de son côté, apprendre à se libérer, se passer de ma présence. Je supposais qu'il allait se trouver d'autres amis, mais il préféra, n'avait-il peut-être pas le choix, se tourner vers des occupations solitaires.

Ammo Kamal, le père de Naël, possédait une petite librairie-papeterie. La plupart de ses clients y venaient acheter le journal, ou des fournitures scolaires et jouets pour enfants, mais on y trouvait aussi des livres, des livres de sciences, d'Histoire, de géographie ou de religion. Il avait des résumés, traduits en arabe, d'œuvres majeures de la littérature française, russe ou anglo-saxonne… Tous ces livres ne se vendaient guère, mais *ammo* Kamal s'obstinait à maintenir cette part de son activité, à enrichir et à renouveler ses rayons. Il y trouvait un sens à sa vie, un sens noble. Être un maillon dans la transmission du savoir, disait-il, le dernier.

Ammo Kamal fut le seul de sa génération à obtenir le baccalauréat. Il rêvait d'étudier la littérature… Je me souviens encore des quelques vers de Mahmoud Darwich, le poète palestinien, qu'*ammo* Kamal aimait tant réciter…

« J'ai la nostalgie du café de ma mère,

Du pain de ma mère,

Des caresses de ma mère…

Et l'enfance grandit en moi,

Jour après jour,

Et je chéris ma vie, car

Si je mourais,

J'aurais honte des larmes de ma mère ! »

Ammo Kamal ne rêvait pas de devenir écrivain, ni poète, il voulait enseigner… Le destin en décida autrement… Pour être précis, le destin n'aidant pas, *ammo* Kamal en décida autrement. Il dut rester au village près de ses parents et en prendre soin ; ensuite vint tante Khadijé, son épouse ; ensuite Naël… Bref, le temps de faire des études ne vint jamais. La librairie-papeterie fut une consolation. Il n'y avait pas beaucoup de choses dans sa vie. Il tenait à l'essentiel ; à savoir sa femme, son fils, sa boutique… et sa moustache, une fine moustache à aiguilles dont il prenait soin méticuleusement. Elle traçait le contour de son égoïsme, de son égocentrisme ; en dehors de cette moustache, on ne trouvait en lui qu'altruisme.

Naël allait désormais passer ses journées auprès de son père. Tous les matins, dans l'arrière-boutique, il versait un seau de Lego sur un tapis et les assemblait pour concevoir des voitures de course. Il aimait ça, les voitures de course. La vitesse. Son père déposait solennellement la maquette du jour sous l'horloge en bois. Ainsi, à tout moment de la journée, il était l'heure de célébrer le succès quotidien de son fils. Naël restait dans la librairie jusqu'à l'heure où je quittais l'école. Il m'attendait à son seuil, à côté de la charrette de *kaak*.

Se rejoindre près de la charrette en bois, peinte en bleu azurin, devint notre rendez-vous quotidien à la sortie d'école. On achetait du *kaak*, un pain au sésame à la forme d'une bourse ou d'un sac à main et dont la texture est proche de celle d'un pain pita. Avant de le servir, le vendeur ambulant l'ouvrait et y semait du thym ou le tartinait de fromage. On ne prenait qu'un seul pain que l'on partageait, et dès qu'arrivait notre tour pour commander reprenait notre querelle quotidienne pour choisir entre fromage et thym. C'était toujours le vendeur qui y mettait fin, en nous menaçant de ne pas nous servir ; et c'était toujours Naël qui gagnait, car lui s'entêtait, gardait le cap, et les menaces ne l'atteignaient point. En repartant, il me consolait en me donnant la part la plus grande. Après tout, peu importait la garniture, peu importait la taille de la part. Ce qu'il voulait, par-dessus tout, c'était gagner.

Tel un éclair, je rentrais chez moi, déposais mon sac, embrassais ma mère et ressortais jouer avec les garçons. Nous transformions alors les champs d'oliviers en terrains de jeu.

Deux équipes de football s'opposaient sur une étroite parcelle dégagée où deux troncs d'arbre d'un côté et de l'autre servaient de buts. Nous étions nombreux, nous ne pouvions tous jouer, et un mercato quotidien se mettait en place. On sélectionnait d'abord les bons joueurs, car ils faisaient gagner ; et gagner un match de football, c'était gagner tout court. Ensuite, les riches, ceux qui avaient une gourmandise à partager, quelque chose à prêter. Et enfin, les deux dernières places pour les plus faibles, les plus médiocres ; notre action humanitaire du jour. Mais avant tout ceux-là, il y avait ceux qui choisissaient, les décideurs, Naël et moi. Pas de Naël, pas de ballon ; pas de ballon, pas de match. Un avantage non négligeable de grandir dans un magasin de jouets.

À peine le match avait-il commencé que l'on s'impatientait déjà et virait les deux mauvais joueurs. Notre action humanitaire s'arrêtait au stade de l'intention. Ils quittaient le match sans protester et rejoignaient les autres pour jouer à la bataille.

Indigènes contre envahisseurs. Dans cette guerre, aucun des deux camps n'avait les moyens de s'acheter des pistolets en plastique. Ils construisaient alors, ensemble, des systèmes de tir ingénieux faits de tasseaux de bois, de clous et d'élastiques. Chacun venait avec une bourse de noyaux d'olives qui lui servaient de munition.

L'après-midi s'écoulait au rythme de ce brouhaha de rires, de cris et de bruits de tirs. Seule pouvait nous interrompre la vue de milices s'approcher, qu'elles fussent libanaises, palestiniennes ou israéliennes. La peur nous donnait des ailes aux talons, et, en un clin d'œil, le terrain se vidait et nous nous téléportions chacun chez soi. Nous n'avions pas peur de ces hommes armés, nous l'étions nous aussi ; nous avions peur d'être réprimandés si nos parents venaient à apprendre que nous étions restés dehors en leur présence.

Tout le monde observait le déplacement de ces hommes depuis les fenêtres. Dès qu'on les voyait s'éloigner et disparaître, notre armée à nous réapparaissait sur le terrain. On n'en parlait pas, on ne s'en souciait pas, on avait d'autres sujets prioritaires, brûlants, nettement plus dramatiques. Les mémoires flanchaient et chaque équipe soutenait que le score était à son avantage avant l'interruption.

À la nuit tombée, nous rentrions au village en même temps que les bergers qui, accompagnés de leurs chiens, guidaient les troupeaux à leurs enclos. Tout au long du chemin, la promiscuité entre bêtes et petites bêtes poussait les unes à la bêtise et les autres à l'excitation. Naël provoquait les brebis en premier et déguerpissait en deux temps, trois mouvements ; nous autres, les moins rapides, nous faisions étriller bien comme il fallait. Une image de Naël revenait encore et toujours : le voir courir, se retourner d'un pas à l'autre, nous dévoiler furtivement son sourire rusé, et disparaître, nous abandonnant sous les coups des verges.

Il m'enviait, désirait être assis sur un banc d'école à mes côtés, apprendre lui aussi, repartir chez lui avec des devoirs. Il n'en dit pas mot, mais il protesta à sa manière. Naël ne pouvait aller à l'école, alors il fit venir l'école jusqu'à lui. À la librairie, son père lui apprit à lire et à écrire, à compter, additionner, soustraire... Il apprenait vite et avait une mémoire impressionnante. Il avait déjà appris, à l'école coranique, plus de chapitres dans le Coran que tous les autres enfants du village. L'année suivante, Naël réussit son premier défi et me rejoignit à l'école civile, directement en deuxième année.

La maman de Naël, tante Khadijé, était très fière de son fils unique. Mon soleil, c'est ainsi qu'elle l'appelait. « Naël est mon soleil, me disait-elle, et toi, Ali, ma lune. » C'était plus que des mots, les Maktoub nous traitaient véritablement, mon frère Hassan et moi, au même titre que leur enfant unique.

Notre père décéda alors que ma mère me donnait encore le sein. Elle choisit de ne pas se remarier, elle savait ce que cela impliquait. Veuves et divorcées, qu'elles eussent choisi la fin de leur mariage ou qu'elles l'eussent subie, la société ne les tolérait pas. Libérées de leurs cages dorées, elles devenaient dangereuses. Dangereuses pour les hommes, car elles allaient prouver encore une fois que pour survivre, pour réussir, la femme n'avait point besoin d'un mâle. Dangereuses pour les autres femmes, car elles allaient séduire leurs maris, disaient-elles, songeant au fond que la turpitude avait plus de chances d'être ébauchée depuis l'autre rive. Les femmes ne sont pas toutes des saintes, il y a de ces charmeuses qui transforment leurs faiblesses en sorcellerie ; mais avouons-le, ce sont bien souvent les hommes qui pourchassent la faiblesse chez une femme, en font une cage et l'y emprisonnent.

Parmi ces hommes, parmi ces charognards, il y avait Khalil, notre voisin. Il occupait avec son épouse la maison du milieu, entre la nôtre et celle des Maktoub. Il n'eut jamais d'enfants, et j'en remercie le Bon Dieu... Une branche de l'Humanité à couper. Il y avait dans son regard, dans ses yeux pochés, au travers de lunettes épaisses et jaunies, un abîme d'abjection... Vieux, décharné, toujours courbé vers l'avant, la terre impatiente de l'engloutir... Et son sourire pervers, baveux... Il n'était jamais très loin, quand ma mère allait s'occuper de son potager derrière la maison, il était toujours là. Il ne disait rien, ne faisait aucun geste, se mettait en face d'elle et la scrutait, sillonnait son corps des yeux, bavait... Son sourire était répugnant, son regard était répugnant, son silence répugnant. Il l'agressait avec sa présence, l'agressait avec sa proximité... Il s'approchait de plus en plus, sans la toucher, sans rien lui dire. Il s'approchait, polluait l'air, l'étouffait encore un peu, encore un peu, jusqu'à l'asphyxie. Elle se dérobait toujours avec nonchalance et dignité, et en rentrant et refermant la porte, elle suffoquait, sa colère jaillissait en larmes. Lui restait près du potager, savait bien qu'il allait être surveillé par la fenêtre, son départ guetté. La savoir apeurée derrière les murs de sa maison, l'imaginer trembloter en sanglots, cela l'entraînait jusqu'à l'orgasme. Il savourait sa puissance face à une femme sans défense et, en restant après son départ, en occupant le territoire de sa victime, prolongeait son plaisir infâme... jusqu'à ce qu'il se fît appeler par ses obligations, alors il s'en allait en faisant halte à chaque pas et en se retournant vers la fenêtre de notre cuisine.

Très tôt, nous perçûmes, Hassan et moi, l'ignominie de notre voisin. Nous étions encore trop jeunes pour saisir la substance de son attitude, mais nous n'en sentions que trop bien l'odeur fétide. Au début, nous ne faisions que l'observer de loin. Nous ne nous approchions pas, nous n'en parlions pas ; il y eut entre nous comme une entente tacite que le sujet était tabou, mais nous ne comprenions pas pourquoi, ce que le voisin faisait de mal, et comment on pouvait l'en empêcher.

Un jour, sans nous concerter, nous rejoignîmes ma mère près du potager et nous dressâmes entre elle et lui, comme deux lances plantées au sol. Nous n'osions pas regarder l'ennemi en face. Il ne nous restait plus assez d'audace, il nous en fallait déjà beaucoup pour rester immobiles. Là où l'on regardait, nous ne voyions que des pieds. Nous avions peur ; mais nous campâmes sur place, sans rien dire ni bouger. Nous nous mîmes à jouer à son propre jeu, le défier par notre seule présence. Ma mère, se sentant rassurée, du moins fière, nous enlaça par-dessus nos épaules. L'ordure nous observa quelques instants ; tenta de nous ignorer, rôder autour, nous éviter ; et puis, agacé, irrité par un excès d'innocence, il s'en alla. La faiblesse remporta le défi. Ne pas pouvoir le regarder dans les yeux nous sauva, car il ne pouvait exercer sur nous aucune pression. Notre transparence fit notre présence, notre faiblesse fit notre force… Définition du courage.

Depuis, nous devînmes le garde-fou muet qui protégeait ma mère des hyènes.

Nous la protégions et elle nous protégeait. Ma mère choisit pour elle une voie à l'issue certainement douloureuse pour nous éviter, à mon frère et moi, une issue incertaine. Elle ignorait comment nous traiterait un beau-père. Allait-il être aimant ? Ou allait-il nous gifler quand bon lui semblerait ? Allait-il nous considérer comme ses propres enfants ? Ou nous confiner en seconde classe ? Nous étions orphelins et faibles, et ma mère refusait l'idée qu'un homme fît de notre faiblesse une cage. Souvent, au réveil, je l'entendais préparer le petit déjeuner et murmurer, encore et toujours, les mêmes prières : « Dieu, mon Dieu, mon beau Dieu ! Dieu, mon Dieu, mon beau Dieu… ! Donnez-moi de la force, donnez-moi du courage, pas pour moi, pour eux. Vous leur avez donné la vie, ne les abandonnez pas. Dieu, mon Dieu, mon beau Dieu ! Dieux, mon Dieu, mon beau Dieu… ! »

Cette femme ne connut dans sa jeunesse que le foyer, on ne lui apprit aucun métier. Quand mon père disparut, elle dut faire ce qu'elle savait faire, confectionner des tonnes et des tonnes de *maamoul*, ces petits gâteaux faits de semoule et fourrés de pistaches ou de dattes… Les dattes ! La pâte de dattes et l'eau de fleur d'oranger ! Leur parfum... ! À chaque fois que leur parfum me caresse le nez, je ressens une douce chaleur, je ressens encore l'étreinte de ma mère et ses baisers... son sourire exténué, la sueur sur son front, les quelques mèches rebelles, son tablier gorgé de taches... et un amour, divin, sans début, sans fin... J'en suis persuadé, Dieu créa les senteurs pour y véhiculer les souvenirs au travers du temps. Et, l'odeur de *maamoul* transporte à jamais la souvenance de ma mère.

Elle dormait peu, ou ne dormait pas. Le jour, préparait les repas, lavait le linge, frottait, rangeait et nettoyait ; la nuit, elle la passait assise à la table de cuisine, à mouler, à fourrer et à démouler les *maamoul*... mouler, fourrer et démouler... mouler, fourrer et démouler... cuisiner, laver, frotter, ranger, nettoyer, mouler, fourrer et démouler... Tel fut son quotidien. Telle fut sa vie.

Un commerçant du village transportait les lots de *maamoul* jusqu'à la ville de Tyr et les revendait aux boutiques de pâtisseries traditionnelles. Ma mère couvrait ainsi nos dépenses. Du reste, *ammo* Kamal assuma pleinement le rôle de père auprès de nous et se déployait à tout devoir : faire la queue des heures durant, l'été sous le soleil, l'hiver sous la pluie, pour acheter une bonbonne de gaz ; aller chercher un plombier quand besoin il y avait, négocier avec lui et surveiller son travail ; nous emmener à l'hôpital de Tyr lorsque l'on tombait malade ; acheter le mouton de l'Aïd et l'abattre... De ma mère et d'*ammo* Kamal, j'appris ce que c'était d'être parent : servir ses enfants avant même qu'ils en ressentent le besoin.

Le père de Naël s'attelait à toutes ces tâches sans jamais être en contact direct avec ma mère. Il s'assurait de toujours garder un maillon entre elle et lui, en ne s'adressant à elle qu'au travers de messagers. Malgré une modestie chez lui qui tendait parfois, ou laissait croire, à une sorte de naïveté, il était toujours adroit dans son comportement et dans ses propos. Tour à tour, il nous affectait, moi, mon frère Hassan, Naël ou bien encore, plus souvent, son épouse, à ce rôle de messager, en choisissant constamment le bon moment, les bonnes circonstances, pour que cela parût spontané et involontaire. Il avait cette élégance de se rendre utile, sans faire sentir le poids qui reposait sur ses épaules. Il avait cette élégance de se rendre utile, sans rendre jalouse son épouse, sans tacher la réputation de ma mère, ni s'aventurer dans le champ de l'erreur. Il était élégant ; pour moi, pas seulement un père, pas seulement un homme, la formule, l'essence, la quintessence du masculin.

Les vendredis après-midi étaient pour ma mère... Deux heures de temps, seulement deux sur toute la semaine. Ma mère ne connaissait la détente et le repos que deux heures par semaine, le vendredi après-midi. En hiver, tantôt elle allait prendre le café chez tante Khadijé, tantôt elle l'invitait chez nous. Naël et moi n'étions jamais très loin. Nous gravitions autour de la table du goûter comme de petits rapaces.

En été, nos mamans préparaient la collation et, avec beaucoup d'autres familles, nous partions pique-niquer à l'ombre des figuiers... Les rares moments où les parcs parisiens reçoivent la chaleur du soleil, il m'arrive parfois de m'étendre sur l'herbe parfaitement tendue, et de fermer les yeux. Je laisse la lumière dorée, orangée, rêveuse, se diffuser sous mes paupières ; une douce chaleur vient alors cajoler mes joues. Je m'en vais, doucement, gaiement, je deviens léger et m'envole, haut, dans le ciel bleu du Liban. Me reviennent alors les images, les voix, les odeurs... En ces après-midi de vendredi, beaucoup d'odeurs se dégageaient du festin qui s'étalait entre les corps décontractés. Les saladiers de *taboulé ;* les rondelles de *lahm-aajine*, la pizza libanaise ; et la galette au thym, on appelait cela *man'ouch* ; le thé Ceylan et les graines de citrouille grillées... Le bleu du ciel, la blancheur immaculée des draps, la fraîcheur de l'eau des puits, les fronts brunis, les sourires, les fous rires... La paix sur les paupières engourdies. Les vieillards assoupis, anesthésiés ; les enfants qui piaillent et folâtrent autour... Le bonheur.

Plaisant, certes. Le bonheur a toujours un goût de plaisir, et toujours la part la plus savoureuse ; l'autre part, la plus séduisante, est celle qui déborde, celle que l'on a le sentiment de perdre, pour toujours, si l'on ne bondit pas pour la saisir avec fougue. Dans ce banquet modeste, de pauvres gens, tout n'était que délice ; mais le plus attrayant se trouvait ailleurs. Nous nous éloignions, avec Naël, Hassan et Youcef, et allions près des champs clôturés... Les pastèques, le plaisir de se rafraîchir ; les pastèques volées, le plaisir incomparable de franchir... Youcef soulevait le grillage et la marionnette rampait en dessous et revenait après quelques instants enlaçant une grosse pastèque, si lourde pour le pauvre fluet qu'elle déplaçait son centre de gravité. Il n'avait ni assez de force pour la lancer par-dessus le grillage ni assez d'espace pour la faire rouler en dessous. Il la posait par terre, saisissait un pavé et l'éclatait en morceaux. Nous dévorions la pastèque sur le chemin du retour et, avant de rejoindre nos familles, nous arrêtions au bord de la rivière pour laver les traces de nos délits.

Lors de l'une de ces effractions, un fermier nous aperçut et nous pourchassa. Naël ressortit d'en dessous de la clôture comme un serpent, et, tous, nous déguerpîmes en flèche. Bientôt, le paysan ne fut plus à portée de vue, et Naël, qui avant était loin derrière, nous dépassa tous...

Il aimait courir… Il courut, courut, prit de l'élan, nous surpassa. Dans son triomphe enivrant, il pensa pouvoir s'envoler, se détacher des dernières ficelles de la pesanteur. Il se projeta dans les airs, vécut pleinement son instant de gloire, une seconde de liberté, avant la chute, avant de s'abattre contre le sol, le nez en premier. Vint alors le choc, l'état de désorientation, le moment de doute, la flaque de sang, la peur au ventre, sans savoir de quoi, l'effroi de constater les conséquences avant les causes, déstabilisation, bouleversement, renversement, début de folie, une voix, la mienne : « Ce n'est rien ! ». Il se releva, le visage imprégné de sang, éclaircie, retour de la vue, retour à soi, reprise d'équilibre, un réveil encore plus enivrant que l'élan, exaltant, un flot d'adrénaline… annonce de l'éternel retour. Naël s'avança, se remit à courir, plus vite qu'avant, laissant tout derrière lui.

Ce jour-là, dans sa chute, Naël se cassa le nez, brisa le nid de l'orgueil ; mais son orgueil, lui, s'en tira plus endurci, à jamais immunisé, et élut pour emblème un nez busqué.

Le Cercle

Les Maktoub occupaient une place particulière, hors du cadre. *Ammo* Kamal grandit dans une famille sunnite, tandis que tante Khadijé, elle, était chiite. Leur union ne fut pas une exception, les deux communautés vivaient ensemble, coexistaient, plus ou moins bien. Ces mariages mixtes, cependant, étaient vus, de part et d'autre, comme des brèches. Les gens du village respectaient les Maktoub, à raison, mais chacun se gardait de trop s'en approcher. Ils ne font pas partie des autres, mais ils ne sont pas des nôtres non plus, devait se dire chacun, le sentir, du moins. Un nuage de méfiance régnait autour d'eux.

Nous, les enfants, étions étrangers à ces clivages. Nous étions nés dans cette culture, y avions grandi, en étions conscients. Il nous arrivait même de répéter des paroles toutes faites, sans vraiment en tenir le sens. Nous avions nos propres raisons pour nous désunir, nous mettre du côté de tel ou de tel quand ils se disputaient, supporter l'équipe du Brésil ou les Argentins, rejoindre le camp de ceux qui osaient la bêtise ou pourrir parmi les autres... Les raisons ne manquaient pas, mais toutes étaient éphémères, surgissaient le temps d'une altercation et s'évaporaient aussitôt. Une chose cependant nous unissait toujours, le Cercle.

Dans la petite mosquée du village, qui se trouvait face à la librairie-papeterie des Maktoub, de l'autre côté de la place, *ammo* Kamal réunissait les garçons tous les jours après la prière du crépuscule. Quand la mosquée commençait à se vider peu à peu, que les adultes repartaient chacun à ses affaires, nous nous asseyions tous sur le tapis et formions avec *ammo* Kamal un cercle.

La mosquée, le village et la moitié du Liban sombraient dans l'obscurité un soir sur deux. Le pays ne pouvait être alimenté entièrement en électricité. Un jour, on raccordait la moitié des localités six heures le matin et l'autre moitié six heures le soir ; le lendemain, on inversait.

Nous prîmes l'habitude de nous éclairer à la douce lumière des bougies. Au-delà du cercle, tout disparaissait dans l'obscurité des soirs d'hiver. Un silence absolu, solennel, nous enveloppait. Une demi-heure, trente minutes, mille huit cents secondes où rien n'existait en dehors du cercle, pas même les pendules des horloges. Un rendez-vous quotidien en dehors de la vie et, paradoxalement, pendant lequel, la vie semblait ne plus exister en dehors.

Ammo Kamal parlait doucement, lentement. Ses mots distendaient le temps, stationnaient en l'air et formaient ensemble un tableau ; on pouvait les contempler, les considérer, les peser… les savourer enfin. On prenait tout notre temps à les cueillir.

La journée, nos parents labouraient pour amener de quoi alimenter nos corps chétifs ; *ammo* Kamal venait le soir nourrir nos esprits. Il nous apprit tant de choses ! Religion, bonnes manières, Histoire, culture, littérature… Le cercle ne ressemblait en rien aux classes d'école et *Ammo* Kamal n'avait rien d'un enseignant… Non, au contraire, il avait tout d'un enseignant, il était le seul à enseigner, véritablement.

Dans cette quête de transmission, dans sa préoccupation de léguer à une génération naissante l'héritage des aïeuls et ancêtres, jamais *ammo* Kamal n'omettait ou ne délaissait les femmes. Dès qu'il eut épousé tante Khadijé, il lui apprit à lire et à écrire. À son époque, elle fut la seule lettrée du village, probablement de toute la région. Le temps passant, elle était devenue la voix d'*ammo* Kamal auprès des jeunes filles.

Toutefois, les fillettes étaient prédestinées à une vie de ménagères, de mamans prisonnières de leurs propres foyers ; les hommes ne forçaient pas ce destin en redoutant de voir ces futures épouses manquer, plus tard, d'habileté et de maîtrise dans leurs foyers, mais de les voir devenir autonomes, donc maîtresses d'elles-mêmes, donc libres. Libres de choisir leur époux, libres aussi de ne choisir que ceux qui accepteraient de se soumettre, boycotter les hommes libres, leur refuser la postériorité, programmer leur extinction. Réponse : sursaut masculin, instinct de survie, nature humaine. Ôter la liberté des femmes pour préserver celle des hommes.

Un sage me dit un jour « On n'est jamais libre de tout. Se libérer, c'est choisir de se libérer d'une chose pour s'emprisonner dans son contraire. » De même, les hommes, certains hommes, se libérèrent d'une forme de méfiance, mais seulement pour s'emprisonner dans une autre. La paranoïa rongea les esprits de ces tyrans, qui piétinaient les femmes pour exister, mais étaient à l'affût du moindre mot ou geste, ils voyaient dans tout acte féminin les prémices d'une révolte.

L'école n'était pas interdite aux petites filles. Après tout, ce n'était qu'une prison de plus. L'idée, cependant, de se rassembler en dehors de ses murs et de s'imprégner de savoir aurait ressemblé fort bien à une formation de rébellion. Réponse : douceur féminine, discrétion, le cercle féminin n'avait lieu qu'une fois par semaine avant la prière du vendredi ; ne pouvant accéder à la salle des femmes, les hommes ignoraient tout de cette instance du cercle.

De l'autre côté du mur, dans la salle des hommes, une tout autre liberté intriguait les garçons. Une liberté qui, cette fois-ci, mettait hommes, femmes et enfants dans le même camp...

L'occupation israélienne... La guerre... Cette affaire entre adultes nous semblait nébuleuse. On interrogeait ; réponses expéditives. Le camp des gentils, nous ; en face, les méchants. Les méchants attaquent et les gentils se défendent... L'Histoire banalement racontée en pièce de boulevard en trois actes.

Les adultes nous en donnèrent une lecture simpliste et naïve, acte lui-même ingénu. Ces adultes-là qui ne sont que des pions dans le jeu de l'Histoire ; les enfants, eux, sont l'œil aiguisé qui observe l'échiquier.

« Alors ? Qu'observez-vous ? » Un soir, *ammo* Kamal ramena au Cercle quelques journaux et magazines.

« Voyez-vous ces premiers titres, reprit-il ? Tous ces journaux datent d'aujourd'hui. Et que retenir des événements d'aujourd'hui ? Que s'est-il passé de plus important ? Les journaux n'en sont pas d'accord. Pour certains, l'Histoire est guerres, paix et mouvements de frontières. Pour d'autres, c'est une évolution, une suite de découvertes et d'inventions. Pour d'autres encore, une perpétuelle reprise de championnats et coupes de football... Mes enfants... l'Histoire, qui est unique, n'existe qu'au présent. Le passé, lui, n'est raconté qu'au travers de nombreuses histoires, toutes partielles et disproportionnelles. »

Partielles et disproportionnelles... Cela sonne bien, reste en mémoire, de temps à autre me revient à l'esprit... Partielles et disproportionnelles... Tentons de raconter une histoire... ! Deux histoires... trois histoires... Voyons un peu si elles sont toutes partielles et disproportionnelles ! Mais avant l'histoire, d'abord l'anecdote. Laquelle ? Prenons celle-ci ! Appelons-la l'anecdote juive !

En préambule, les ancêtres, les Hébreux, les « errants ». Un peuple nomade que l'on rencontre en Mésopotamie... Méso : milieu... La terre du milieu entre les deux fleuves, le Tigre et l'Euphrate. Par deux fois, les prophètes les guident vers une terre sainte, le pays de Canaan, que l'on appelle aujourd'hui le Proche-Orient. D'abord Abraham, le patriarche des trois religions, le père des peuples juifs et arabes. Ensuite, Moïse, le sauveur.

Le petit-fils d'Abraham, Jacob, que Dieu renomme Israël, fonde une famille. Au sein de cette famille, douze enfants et petits-enfants donnent naissance aux douze tribus d'Israël. Et dans ces tribus, naît le peuple juif.

Donc, un peuple né dans une lignée de prophètes, élu pour porter et faire vivre la voix divine. Distinction divine ! Honneur incomparable ! Fatalement, le prix à payer est trop lourd.

Déportation. D'abord la famine, ensuite les Babyloniens, et enfin les Romains. À chaque fois que les Juifs atteignent leur terre promise, le destin vient les chasser et les renvoyer à leur errance.

Clandestinité et dispersion. La diaspora juive est condamnée à l'esclavage ou, au mieux, à un statut de race inférieure. À l'arrivée du christianisme, identité et religion juives sont d'ores et déjà construites autour d'un sentiment d'injustice et l'espoir de reconquérir la terre sainte.

Accalmie. Une époque moderne amène de la lumière. La croyance lègue de son pouvoir à la connaissance. L'espoir renaît. Les sociétés nouvelles donnent des droits aux Juifs ? En retour, la diaspora enfante des noms qui vont marquer l'époque contemporaine : Marx, Freud, Kafka, Zweig, Einstein...

Finie la trêve. La malédiction est de retour. La lumière des connaissances dissipe l'obscurantisme religieux. L'identité religieuse se perd, mais pas le besoin d'identité. D'autres identités se développent. Les États-nations naissent. Le nationalisme apparaît. Les frontières se redéfinissent autour d'origines communes. Les juifs venus de nulle part n'ont leur place nulle part. Définition par négation. Être d'ici, c'est ne pas être d'ailleurs, donc ne pas être Juif. D'identitarisme en nationalisme, de nationalisme en antisémitisme, d'antisémitisme en pénurie d'humanisme… Métamorphose ultime, extermination, Shoah.

Le dernier coup. Comme toujours, soit fatal soit libérateur. Le bourreau se transforme en nourrice, le sang en lait maternel. Le nationalisme qui excluait cette communauté de toutes les nations va lui définir sa propre nation. L'idéologie sioniste va œuvrer pour redonner aux Juifs ce dont on les a dépossédés depuis l'Antiquité, un peuple et un territoire. On est en 1948, l'État d'Israël est créé.

Fin de l'anecdote ; début de l'histoire. La communauté juive, longtemps en marge de la société, qui fut pendant deux mille cinq cents ans une anecdote de l'Histoire, un dommage collatéral, commence à écrire sa propre histoire.

L'histoire juive. Dès les premières lignes, nous voilà face à une autre anecdote, aussi vieille que celle des juifs… Appelons celle-là l'anecdote palestinienne ! Mille ans avant notre ère, le roi David unifie les douze tribus d'Israël. Après la mort de son fils Salomon, les divergences religieuses scindent l'union en deux royaumes ; le royaume de Juda au sud, dont la capitale est Jérusalem ; et au nord, autour de la ville de Samarie, le royaume d'Israël.

Les Samaritains voient leur destin dévier. Contrairement aux Judéens, peu sont déportés de leur terre. Ils acquièrent au fil des siècles une identité arabe et se convertissent à l'islam. Les Samaritains occupent toute la terre d'Israël, de Samarie à Jérusalem, renommée Palestine par les Romains, mais jamais ils ne vont la posséder, jamais ils ne vont être indépendants. Ils passent d'une autorité à l'autre, d'une main à l'autre : Assyriens, Babyloniens, Perses, Grecs, Romains, Sassanides, Byzantins, Musulmans, Croisés, Mamlouks, Ottomans, Britanniques, Israéliens.

Oui ! Les Israéliens, le retour des juifs ! Mais, l'époque des prophètes est révolue, Canaan n'est plus. Les juifs ne sont plus en quête d'une terre promise, mais d'une identité, d'une nation. Dans cette nation, il n'y a pas de place pour leurs cousins qui n'avaient pas été déportés, les Palestiniens.

Un chapitre drôlement familier. D'identitarisme en nationalisme, de nationalisme en néosionisme, de néosionisme en pénurie d'humanisme... Métamorphose ultime, extermination... Les méthodes ont changé quelque peu, une sorte de subtilité contemporaine, l'occupation des terres remplace la déportation, les instruments juridiques et administratifs remplacent les chambres à gaz... Tandis que les Israéliens noircissent les pages de leur histoire, l'anecdote palestinienne, elle, continue de s'écrire en marge.

Alors que cette anecdote n'est pas encore finie, certains tentent d'écrire l'ébauche d'une autre histoire. Arafat, Che Guevara du Moyen-Orient, et ses hommes s'engagent dans une lutte armée pour la libération de la Palestine. Ils reculent pour mieux frapper, se réfugient dans les pays voisins, la Jordanie en premier... Peu à peu, les refuges deviennent des camps, les camps deviennent des bases militaires, et les bases deviennent un État dans l'État. La guérilla n'est plus la bienvenue, elle est chassée de la Jordanie et s'établit alors au Liban dont le gouvernement est trop fragile pour l'expulser.

L'anecdote palestinienne n'est pas achevée, son histoire est encore un brouillon, que voilà une troisième anecdote, l'anecdote libanaise. Les commandos palestiniens constamment armés oppriment la population civile libanaise, s'approprient leurs territoires et se comportent en seigneurs des terres.

Encore et toujours le même chapitre. D'identitarisme en nationalisme, de nationalisme en terrorisme, de terrorisme en pénurie d'humanisme… Le Liban subit une double peine. D'une part, la population étouffe sous les exactions commises par les combattants palestiniens. D'autre part, les Israéliens envahissent le Sud-Liban et le territoire devient un champ de bataille entre forces étrangères.

Cette dernière anecdote engendre deux histoires. Les Libanais luttent pour libérer leurs propres terres. Mais la guerre est déjà engagée, ils choisissent alors un camp, mais ne choisissent pas tous le même, ils combattent l'envahisseur, mais ne combattent pas tous le même. Le peuple se fractionne. Certains rejoignent les milices palestiniennes ; d'autres, majoritairement des chrétiens, mais aussi des chiites et des Druzes, s'allient aux troupes israéliennes. Au nom d'un seul peuple, au nom d'un seul pays, au nom d'une seule liberté, l'on se met l'un en face de l'autre, l'un contre l'autre, et l'on écrit deux histoires différentes, où, en somme, tout compte fait, les Libanais sont tous héros, tous traîtres.

Voilà l'Histoire, on l'écrit ou on la subit. Plume tenue dans la main du bourreau, encre puisée dans les veines de sa victime… Vous êtes-vous déjà, en ouvrant un livre d'Histoire, interrogés sur l'histoire de l'encre ? Qui peut bien s'intéresser à l'histoire de l'encre ? Ce qui compte, c'est la plume, ce qu'elle raconte ; l'encre, c'est de l'ordre de l'anecdote.

Mais il ne faut pas croire que la victime est toujours victime et que le bourreau l'est toujours. C'est justement là le cœur de l'Histoire, son moteur. Chacun est d'abord victime dans les histoires des autres, encore une anecdote, jusqu'au jour où il décide qu'il a assez souffert, qu'il est temps d'écrire sa propre histoire, que c'est désormais justifiable de devenir lui-même bourreau ; et c'est précisément à ce moment-là que l'horloge de l'Histoire avance d'un cran.

Le Cercle, les garçons, *ammo* Kamal, ses journaux, ses leçons d'Histoire... Une autre anecdote dans l'anecdote, une virgule dans l'Histoire, pas même une virgule, pas même une espace, mais un espace invisible au milieu de trois points de suspension. Seulement, savait-il, *Ammo* Kamal, savait-il à ce moment-là ? Pouvait-il envisager que, déjà, une autre histoire s'écrivait ? qu'au sein du Cercle, un enfant allait se saisir de l'encrier et changer la face du monde ? Oh, non ! Il n'était ni Abraham ni Moïse, il ne pouvait pas prédire le futur, les révélations sont réservées aux prophètes. Les révélations, oui, mais pas les promesses, il devait certainement avoir un sentiment, flou peut-être, vague, indescriptible, et pourtant, presque palpable, il devait l'entendre, le murmure de la promesse.

Je ne spécule pas. Parfois, il se confiait à moi... en silence. Il me regardait au milieu de la nuit et me laissait tout lire dans ses yeux à moitié fermés, dans la salle d'attente de l'hôpital...

Ma mère travaillait beaucoup, elle était épuisée, il lui arrivait quelquefois de tomber et perdre le contrôle de ses membres. C'était passager, mais elle était, à chaque fois, prise de panique. À chacune de ses crises, *ammo* Kamal la transportait à l'hôpital pour la rassurer. Quand il lui arrivait de s'effondrer en pleine nuit, pendant qu'elle confectionnait ses *maamoul*, les cris d'effroi me réveillaient. Je courais chez les Maktoub qui prirent l'habitude de m'entendre toquer à une heure du matin ; et *Ammo* Kamal s'habillait en hâte et avançait sa voiture jusqu'au seuil de notre porte, tandis qu'Hassan et moi soutenions ma mère et l'aidions à monter à bord.

À l'hôpital, c'était toujours pareil. Une nouvelle séance d'un film maintes fois déjà vu. On nous fait sèchement attendre à l'accueil des urgences. Une heure plus tard, l'infirmière vient renseigner les formulaires administratifs. *Ammo* Kamal lui dicte tout. Encore une heure. Quelqu'un vient placer ma mère en salle de consultation. Le médecin en ressort cinq minutes plus tard, explique à *ammo* Kamal qu'il ne constate rien de grave, donne à ma mère des calmants, et s'en va. On attend que les calmants fassent effet. Ma mère recouvre progressivement l'usage de ses jambes. On reprend le chemin de la maison. Ma mère remercie timidement *ammo* Kamal qui sourit de gêne et repart. Nous nous remettons au lit, que l'on partage tous les trois. Les larmes de ma mère coulent en silence. Je lui tourne le dos, mais je vois ses larmes, je les entends, une à une. Une larme sur sa joue, une lave sur mon cœur. On se rendort. On se réveille. La vie reprend.

La nuit, dans la salle d'attente de l'hôpital, sous un éclairage lugubre, *ammo* Kamal luttait contre le sommeil. Il se retournait de temps à autre, me tapotait l'épaule, me souriait et me disait de ne pas m'inquiéter. Je ne m'inquiétais pas, car il était là. Je l'observais discrètement. Je voulais le remercier, l'embrasser, l'étreindre, et aussi pouffer de rire. C'est de lui que Naël hérita son allure étique, et, dans sa hâte, il manquait parfois de peigner sa moustache. Élancé, décharné, somnolent, moustache ébouriffée et dressée de travers. Il ne manquait à ce Don Quichotte oriental que la salade au dessus de la tête... *Ammo* Kamal, ce chevalier.

Il était respecté et vénéré de tous les garçons du village. Quand nous faisions des bêtises, nous avions peur que nos parents les apprissent ; mais qu'*ammo* Kamal les apprît, nous en avions honte.

Grâce au Cercle, il nous emmenait dans une promenade quotidienne, nous prenait la main et flânait paisiblement au milieu de nos questionnements. On pouvait lui faire part de toutes les énigmes qui nous taraudaient l'esprit, des plus profondes et sérieuses, aux plus futiles et inutiles. Il répondait à toutes, toujours avec la même application. Parfois, quand il ne savait quoi répondre, il nous promettait d'en reparler le lendemain, le surlendemain ou l'année prochaine, aussi longtemps que nécessaire. Il ruminait, cherchait, commandait des livres, tournait et retournait la question, et nous revenait avec un avis. Il ne donnait que des avis, jamais des réponses. Il tenait à ce que l'on comprît cela, à ce que l'on se souvînt. Il nous le répétait maintes et maintes fois.

Un soir, il sortit de sa poche des étiquettes et nota un chiffre sur chacune. Il attendit que l'on se mît en cercle, et accrocha une fiche sur la poitrine de chacun sans lui révéler son contenu. Il nous défia alors de deviner la somme des chiffres brandis tout autour du cercle sans regarder sa propre fiche. Nous ne vîmes dans ce défi que l'opération d'addition, car nous étions encore jeunes et faire des additions était pour nous un défi en soi. Tour à tour, chacun calcula et annonça la somme de tous les chiffres sauf le sien.

« Voyons, nous interrompit *ammo* Kamal ! Il n'y a pas deux réponses qui se ressemblent ! À votre avis ? Qui d'entre vous a raison ? Farid ? Ali ? Youcef… ? »

Il posa les yeux sur chaque visage et l'interrogea en silence, avant de poursuivre.

« À toute question, il n'y a qu'une réponse, une seule, globale, unique. C'est ce que l'on appelle la vérité. Cette réponse, personne ne l'a, personne ne peut la donner, car personne ne peut tout apercevoir. Et très souvent, c'est ce que l'on a sous le nez qui échappe à notre vue. Alors, chacun donne un avis. Plus le temps passe, plus les avis s'amassent et, ensemble, nous rapprochent davantage de la vérité, sans jamais l'atteindre.

– Moi, clama Naël avec assurance et fierté. Moi, j'ai la réponse. Trente-six. C'est ça, la bonne réponse. Youcef, par exemple, a tout additionné sauf son propre chiffre. Moi, je le vois son chiffre et il me suffit de l'ajouter à l'addition qu'il a faite. »

Ammo Kamal sourit… Comme souvent d'ailleurs. Tout, presque tout ce qu'une personne pouvait lui dire, *ammo* Kamal l'accueillait avec sourire.

« Je te félicite, mon fils, tu as su trouver une solution mathématique. Mais, penses-tu vraiment avoir la bonne réponse ?

– Absolument !

– Mon beau Naël, il ne faut jamais prétendre à l'absoluité. L'homme a souvent tendance à surestimer son intelligence et à sous-estimer sa maladresse.

– Mais… c'est évident !

– Seulement en apparence, mon fils. Seulement en apparence. Ta démarche était intelligente, mais tu as négligé une chose. Tu t'es appuyé sur une fausse réponse. Notre ami Youcef s'est trompé dans ses additions. »

Tous s'esclaffèrent, sauf Youcef qui rougit et Naël qui s'insurgea. Il arracha l'étiquette de son torse, l'examina brièvement, et la brandit.

« Si les autres ne savent pas compter, il me suffit alors de regarder ma propre fiche, qui pourrait bien m'en empêcher ?! Si l'on cherche bien, on finit par la trouver, la réponse.

– En es-tu certain cette fois-ci ? demanda *ammo* Kamal patiemment.

– Absolument ! »

Ammo Kamal sourit encore.

« Et vous autres ? Qu'en pensez-vous ? Naël a-t-il donné la bonne réponse cette fois-ci ? »

Nous nous regardâmes les uns les autres sans savoir quoi répondre. Nous voulions donner raison à *ammo* Kamal, nous avions en lui une foi inébranlable ; mais nous ne pouvions donner tort à son fils, dont les propos étaient observables, vérifiables.

« Comme je vous ai dit à l'instant, reprit *ammo* Kamal, il y a des parts de vérité qui ne sont pas visibles à tous. Et il y a des parts qui ne sont visibles à personne. »

Ammo Kamal glissa sa main dans la poche intérieure de sa veste et en sortit une dernière étiquette qui portait le chiffre un. C'était la sienne. Jusque-là, il n'avait pas participé au jeu.

« Maintenant, nous pouvons dire qu'il manque un à ton addition. Est-ce enfin la bonne réponse ? Peut-être bien, peut-être pas, nous ne pouvons en être certain, nous donnons seulement un avis, un de plus. »

La semaine qui suivit eurent lieu les examens trimestriels à l'école. Youcef réussit à faire ses additions, mais il nota après chaque réponse qu'il s'agissait seulement d'un avis, ce qui lui valut de vives réprobations.

Les ennemis de Dieu

Naël vivait en ébullition. Le temps lui pesait au lycée, les heures se succédaient dans une condamnation à perpétuité. Les cours ne l'intéressaient pas, les bavardages des garçons ne l'intéressaient pas, la politique non plus, le sport encore moins... Il s'installait à sa place le matin et rêvassait jusqu'au soir.

Il songeait aux filles du lycée, il en était obsédé... Adolescence, sexualité et obsession, les trois font ménage habituel, rien de surprenant, rien d'intriguant. Mais chez Naël, ce n'était pas seulement, simplement, hormonal. Une force lyrique habitait ses fantasmes.

Il avait le syndrome de Don Quichotte de la Mancha. Tous les mois, il ingurgitait une quantité inimaginable de romans, d'essais et de poèmes. La librairie-papeterie de son père devint sa bibliothèque personnelle. Bientôt, *ammo* Kamal ne commandait plus pour revendre, mais pour assouvir la soif littéraire de son fils.

De ce fameux syndrome, Cervantès ne raconta peut-être pas tout. Pourquoi l'imaginaire se mêla-t-il au réel ? Pourquoi Don Quichotte aperçut-il des géants à la place des moulins à vent ? Pourquoi ses lectures l'affectèrent-elles autant ?

La vie de Naël, la mienne, celle du village... Notre réalité en somme était terne, morne, morte... Même pas morte, car la mort suppose une vie qui la précède, alors que le réel de Naël était sans vie.

Le syndrome de Don Quichotte apparaît lorsque l'on a une grande soif de vie, une soif que la vie elle-même ne peut étancher. Alors, l'esprit, plus éthéré, se révolte en premier et se nourrit de l'imaginaire. Les lignes du roman deviennent des faits, les aventures faits divers, l'extraordinaire ordinaire... Se mêlent alors le rêve et l'éveil, la vie et le roman, le lecteur et le personnage. C'est à ce moment-là, précisément à ce moment-là, qu'apparaissent les symptômes cervantesques, quand le corps désorienté, en confusion, s'insurge à son tour. Mais le corps, lui, ne peut point protester contre la réalité. Le corps, lui, est ancré dans la réalité, ne peut lutter que pour cette réalité. Ce corps va donc forcer l'esprit à y revenir... « Sois chevalier ! Sois héros ! Sois super-héros si cela te chante ! Mais sois tout cela dans la vraie vie ! » Voilà ce qui enflammait les fantasmes de Naël !

Son obsession n'était pas pour les jeunes filles du lycée, mais pour lui-même. Son fantasme n'était pas d'avoir, mais d'être. Devenir. Il voulait incarner un personnage, jouer au héros, n'importe lequel, gentil ou méchant, prince ou truand, Jean Valjean ou Javert... Peu importe, il voulait simplement en être un, s'aventurer, risquer, tomber et se relever, souffrir, toucher la mort pour sentir la vie.

Mais que serait le romanesque sans romance ? Que serait la romance sans amour ? Don Quichotte sans Dulcinée ? l'homme sans la femme ? Naël avait besoin d'une partenaire. Laquelle ? à quoi devait-elle ressembler ? à qui ? Devait-elle être la plus belle ? la plus intelligente ? la plus séduisante ? Naël n'en savait rien... Il manquait à la construction de son roman une femme, donc toutes les femmes.

Naël rencontrait l'amour à chaque fois qu'il croisait une fille. Hélas, les filles, elles, ne le croisaient pas, ne le voyaient pas. Tout comme Don Quichotte, il occupait un corps gracile, était un corps gracile ; tout comme lui, Dulcinée, pour le peu qu'elle eût existé elle-même, ne savait rien de son existence. Naël ne tenait pas la plume de son roman, il ne pouvait pas écrire un revirement, forcer le destin et inventer une rencontre, il ne pouvait qu'attendre... Attendre et espérer, le corps bouillant et l'esprit rêvassant...

« ... comment ça se passe au tribunal ? demandai-je à Naël dont l'esprit divaguait au milieu de mon petit appartement de célibataire.

– Ces féministes exploitent mon image dans un combat qui ne me concerne pas.

– Un combat qui ne te concerne pas... T'en es bien certain ?

– Peu importe... Les avocats font tout pour que le procès se médiatise et s'éternise...

– Quel intérêt auraient leurs avocats à faire ça ?

– Les leurs, les miens... grogna Naël. Notoriété et rentabilité... Ils ne travaillent que pour ça.

– Comment tu fais pour les payer ?

– Je ne fais rien, le ministère s'en occupe... s'en occupait. Cela va peut-être bientôt changer... comme tout le reste... »

... pendant ce temps, Sancho Panza, le compagnon de lycée modeste d'esprit, se démenait pour réussir ses études. Je n'avais pas le génie de Naël. Il me fallait travailler deux fois, trois fois... dix fois plus pour aboutir au même résultat. Lui pouvait obtenir son baccalauréat la tête dans les nuages. C'était écrit, la réussite choisit de se ranger de son côté. Quant à moi, qui voulais rendre fière ma mère, lui rendre un peu à elle qui me donnait tant... Moi, dont personne n'allait raconter la vie. Moi, qui resterais à jamais une anecdote, y compris en ce moment même où je me saisis de la plume… En Naël, il y avait une promesse, mais il n'y en avait aucune en moi. Et pour continuer d'exister, il me fallait toujours forcer le destin ; ce que je n'avais souvent pas le courage de faire.

Que ne feraient pas les humains pour forcer le destin dans leur éternelle escalade vers l'infini ? Puissance. Autorité. Arrogance. Gouvernements, armement, argument pétrolier, la carte du nucléaire… Sommets, alliances, lois et décrets… La grosse artillerie, très grosse… La démesure dans la force, toujours à l'échelle humaine… Nous exerçons le plein pouvoir. Nous frappons fort, chacun de son côté, chacun sur l'autre, chacun contre l'autre. Tant d'efforts, tant de sacrifices, tant d'énergie, pour dévier le court de l'Histoire. Contrôler le destin. Le but ultime, contrôler le destin. Et puis arrive l'imprévu… Pas si imprévu… La submersion… Le lait en fusion dans la casserole… Le débordement… Les choses nous échappent. Nous perdons contrôle. Nous nous perdons. Nous sommes perdus… Hop ! Sursaut. Réveil. Il est temps de reprendre le contrôle. Il faut de l'autorité, montrer encore plus de puissance. Retour à l'arrogance.

De l'autre côté, par-delà le visible, derrière le miroir, la face intangible, existe une autre force, délicate, subtile, transparente. Elle ne frappe pas, ne détruit pas ; elle enveloppe et emporte. Une force qui construit. Elle ne décrète pas la ségrégation, mais tisse des rencontres. Une force qui s'exprime dans la douceur. Une intelligence.

Beaucoup d'hommes la craignent, cette force, la vénèrent ; d'autres essayent de la comprendre ; quelques-uns se hasardent à la maîtriser, en vain. On lui donne beaucoup de noms : Dieu, la nature, le destin, le hasard, le battement d'ailes du papillon…

Un vendredi matin, en plein hiver, par temps glacial, je toquai à la porte des Maktoub à onze heures du matin.

Rien d'inhabituel, Naël et moi étions en dernière année de lycée et, depuis le collège, tous les vendredis, nous suivions le même rituel. Chacun faisait ses grandes ablutions chez lui, se coiffait, se parfumait et enfilait un *qamis*, une longue tunique qui permet de ne rien révéler du corps quand on se prosterne. Je le rejoignais chez lui à onze heures et nous partions ensemble à la mosquée du village voisin. Cela nous laissait le temps de réciter le chapitre de « La Caverne » avant le début de la prière.

Ce vendredi-là, la Force vint toquer à la porte à ma place. Ce matin-là, elle décida de dévier le cours de notre vie, Naël et moi. Pas seulement nous, mais aussi, surtout, et à un degré supérieur, au prix le plus fort, nos familles, nos parents.

Sept jours dans la semaine, mais elle ne choisit pas un mardi, pas un dimanche, pas un autre jour, mais le vendredi, précisément, le jour où l'on récite le chapitre de « La Caverne », celui de l'hégémonie, le chapitre des contes. Quatre histoires, quatre personnages, tous arrogants, tous aveuglés.

Le premier était un tyran dont l'étendue du pouvoir subjuguait. Il se déclara dieu et força ses sujets à l'adorer. Une poignée d'adolescents s'y refusèrent et se cachèrent dans une caverne jusqu'à sa mort. Fût-il maître de toutes les terres, des océans et du ciel, l'histoire d'un tyran est une histoire, ne déroge pas à la construction d'une histoire, avec un début et une fin. Naissance, croissance, puissance, déclin, peut-être, mais à la fin, toujours, décès, extinction, disparition… Fin. Le temps, seul souverain au pouvoir infini.

Le second prospérait. Ses richesses éblouissaient l'imagination, ses affaires florissaient dans toutes les villes, ses propriétés s'étalaient sur toutes les terres…

Jusqu'au déluge. La terre prête, la terre reprend ; l'Homme ne possède point, pas même soi.

La troisième était une force qui ébranlait la paix, crainte par tous les peuples, d'Orient en Occident ; jusqu'à ce qu'un homme les rassemblât. L'on peut être plus fort que tous, mais guère plus fort que l'union de tous.

Le dernier était un paradoxe. Le plus humble parmi ces personnages, le plus proche du droit chemin ; c'était pourtant celui que l'arrogance dupa le plus. Les autres possédaient pouvoir, richesse et force et se détournèrent de toute divinité ; le dernier croyait en un dieu, mais il prêcha en son nom. Il fut un prophète, apprit à distinguer le bien du mal. Dieu lui ordonna d'apprendre davantage, de suivre un vieux sage et de s'éclairer de ses lumières. Durant leur périple, le sage détruisit le bateau de gens bienveillants, sans raison ; construisit un mur, sans rétribution ; ôta la vie à un jeune garçon, sans pitié. Le prophète morigénait le vieillard, condamnait et dénonçait ses actes, jusqu'à ce que le sage lui dévoilât ses raisons et ses motivations. Apprendre, c'est connaître davantage, mais jamais tout. Apprendre, c'est repousser les limites de son savoir, c'est donc en découvrir de nouvelles. Apprendre, c'est découvrir les actes d'autrui et continuer d'ignorer leurs intentions.

On récite ces contes tous les vendredis, toutes les semaines, pour se rappeler, continuellement, que l'homme ne peut être ni puissant, ni riche, ni fort, ni sage. Ne pas l'admettre, croire en sa propre suprématie, c'est cela le leurre de l'arrogance humaine.

Force délicate, subtile, transparente. Intelligente. À la porte des Maktoub, aucune guerre n'éclata, aucune foudre ne frappa, il n'y eut aucun drame... Drame... ? Disons qu'il y eut un petit drame chez les Maktoub, la bonbonne de gaz se vida et ils n'en avaient pas d'autres. Il y eut des problèmes de distribution de gaz, tout le monde en manquait dans la région, c'était toujours ainsi en hiver.

Naël ne put chauffer assez d'eau, il dut achever ses ablutions avec de l'eau froide. Il grelottait dans son *qamis* noir. Tout au long du chemin, il ne cessait de râler, de pester. Le froid aviva son agacement. Il était furieux, contre les distributeurs de gaz, contre le Liban, contre le froid... contre moi.

« J'en ai assez de tes obsessions ! Une mosquée ici, une mosquée là-bas, quelle différence ?! Ils racontent tous la même chose ! Le paradis n'est pas plus éternel là-bas. Pourquoi ?! Pourquoi nous traînes-tu chaque semaine jusqu'au village voisin ? Marcher une heure ! Le froid, la pluie, la boue... Le déluge... Tout cela pour aller faire ta sieste...

– Une fois, me défendis-je ! Je ne me suis assoupi pendant le sermon qu'une fois.

– Soit ! Allons dans notre mosquée et assoupis-toi autant de fois que tu veux.

– Je n'aime pas prier derrière Khalil... »

Quand Khalil franchissait le seuil de sa porte, ce porc portait un masque humain et... les habits d'imam. Il officiait dans la mosquée sunnite de notre village. La voix suprême de la religion. Suprême car unique. Qui d'autre pouvait le contredire ? le reprendre ? réfuter ses arguments ? *Ammo* Kamal pouvait, mais il semblait épargner ses paroles pour les enfants. Alors, Dieu disait quand Khalil disait et se taisait quand Khalil s'absentait. Dieu se nicha derrière l'homme et l'homme devint Dieu.

« C'est un con ! répondit Naël. Mais il n'est pas prêtre. Tu ne vas ni te confesser ni chercher le sacrement du pardon. Tu n'es pas obligé de l'aimer pour prier dans sa mosquée.

– C’est plus profond que ça…

– Les imams aussi s’y sont mis ! ironisa Naël. Il t’a montré le loup quand tu étais petit ? »

Intelligent, ce gamin. De l’humour pour me faire parler. Je résistais ; il ne savait rien des infamies de Khalil… Bon, tant pis, j’avais besoin de libérer la haine en moi. Je lui racontai tout.

« Je n’arrive pas à le croire… !

– Et pourtant, confirmai-je, c’est bien vrai.

– Je n’arrive pas à le croire… poursuivit Naël. Khalil ? Un porc ? Quoi d’étonnant ? Une chèvre ne voudrait pas de lui, elle lui préférerait un vrai porc. Mais je n’arrive pas à le croire. Tout ce temps, tu ne m’en as pas parlé ?! Et en plus, tu n’as pas agi ! Tu n’as rien fait !!!

– Tu voulais que je fasse quoi… ?

– *Zalamé* ! Tu es Libanais ! Ou as-tu changé… ?! Tu te mets sur un toit, tu guettes son passage et tu lâches, accidentellement, maladroitement, un gros pavé sur son crâne. De préférence, dans ta maladresse, tu vises bien les yeux. Tu lui ôtes la vue… la vie, si possible.

– …

– Tu as raison. L’ignominie dans un camp ne justifie pas la bassesse dans l’autre… Bon, suis-moi ! »

Nous n’étions plus qu’à quelques pas de notre destination. Naël fit brusquement demi-tour et me traîna derrière lui, sans me laisser une chance de refuser.

« Si une mosquée devait appartenir à quelqu’un, reprit Naël, elle appartiendrait à Dieu. Et quand tu te prosternes, tu te prosternes devant Dieu. Rien de ce qui se passe entre toi et le porc ne devrait altérer ton rapport à la mosquée. Rentrons à notre village.

– … ?! »

Il ne s'agissait plus d'indignation. Son agacement disparut comme par magie et un sourire se dessina sur ses lèvres fines. Cette foucade pour la paix intérieure m'intrigua. Je savais le garçon intelligent, mais sage... ?! Il hâta le pas et je le suivis, sans bien comprendre, sans avoir la moindre idée de ce qu'il manigançait. Ce qu'il manigançait ? j'allais vite le découvrir et longtemps le regretter.

Tant que je me taisais, tant que la haine en moi était confinée, elle était mienne. Elle me contrôlait et je la domptais. Aussitôt que j'en parlai, cette animosité se libéra et se propagea. Je perdis le contrôle et devins spectateur de ma propre haine. Je voyais ses effets s'enchaîner, je regardais le ciel nous retomber dessus et je ne pouvais plus rien faire. Parler, c'est, parfois, faire disparaître tous les autres verbes, excepté un, le plus passif, et pourtant le plus douloureux, regretter.

« Te souviens-tu quand on était petit ? me demanda Naël. Notre maison était mieux chauffée que la vôtre et tu venais te doucher chez nous.

– Le froid mordait la peau ! Oui, je me souviens. Ta mère réchauffait l'eau sur la gazinière, dans les grandes bassines, nous faisait asseoir sur les petits tabourets en chêne et versait l'eau sur nos têtes avec sa louche... Tu en as pris des coups de louche ! Pourquoi me parles-tu de ça maintenant ?

– Ah... Je me dis que si les choses n'avaient pas encore changé pour toi, que tu allais avoir du mal avec les filles ! Ce n'était pas glorieux, une fois déshabillé...

– Débile ! J'avais cinq ans ! Et l'autre garçon ? Qu'avait-il de glorieux, outre son nez ?

– Un jour, tu verras les dégâts que fera ce nez !

– Tâche de ne pas blesser les filles avec... C'est un roc... ! C'est un pic... ! C'est un cap ! Que dis-je, c'est un cap... ? C'est une péninsule !

– Gaspillage, gaspillage ! Tant d'années d'études pour ne retenir qu'une minuscule réplique... »

Khalil avait déjà commencé son sermon quand nous arrivâmes à la mosquée. L'entrée se situait du côté de la tribune de l'imam, chose inhabituelle dans la construction des mosquées, mais on est toujours moins exigeant dans un petit village. Naël se fit un chemin entre les épaules et avança, traversant les regards et les grommellements. Il cherchait son père des yeux. *Ammo* Kamal avait des problèmes de dos et s'adossait toujours au mur du fond ; je pensais que Naël voulait s'asseoir à ses côtés, alors je marchai sur ses pas et la gêne marcha dans les miens. Khalil nous suivit du regard, je le sentais. De dos, dans la foule, les yeux fermés, dans l'obscurité totale, je sentais toujours son regard, un puits d'excréments, une fresque de l'horreur humaine. Je trébuchai. Naël aperçut son père et s'en détourna brusquement en me tirant le bras, mais toujours vers le fond.

Plus on avançait et plus Khalil élevait le ton. Les haut-parleurs vibraient et les tympans se crispaient. Il évoquait les Israéliens, les Américains, les Européens, les autres, les non-musulmans en somme, nos ennemis.

« Maudits soient les *kouffar* ! Maudits soient ces *kafiroun* ! Ces impies... ! N'oubliez pas, mes frères ! N'oubliez pas ce que Dieu vous a ordonné ! Le djihad ! Le djihad ! Le djihad contre les *kouffar* ! Le djihad contre les ennemis de Dieu... ! Votre devoir ! Vous, les combattants sur le chemin de Dieu... ! Maudits soient-ils, et maudits ils seront ! Maudits de Dieu ! Maudits des anges ! Maudits des terres et des cieux... ! »

Aucunement. Khalil ne prônait nullement l'idée d'un islam radical ou violent. Certes, il puisait régulièrement dans les quelques livres de propagandistes ; mais il n'était pas à la recherche de convictions ou de pensées construites, extrêmes fussent-elles ou modérées, certainement pas. Sa quête se limitait aux phrases coup-de-poing, aux expressions brûlantes. Ce n'était ni plus ni moins qu'un vulgaire chauffeur de salle. Un chauffeur d'esprits.

Une succession de conflits et de frictions alluma une petite flamme de haine dans chaque cœur ; Khalil l'entretenait. Il en fit un business, il en fit son gagne-pain. Il l'entraînait, mais ne la cultivait pas. Il ne voulait point en faire un feu ni ne voulait engendrer une force plus forte que lui, il en aurait perdu le contrôle, non... Il entretenait la haine et entretenait sa passivité.

Je m'assis sur le tapis, croisai mes jambes et plongeai ma tête entre les genoux. Regarder dans la direction de Khalil me donnait la nausée. Je gardais les yeux fermés et me répétais les mots sages de Naël quand je sentis une silhouette se redresser à ma droite.

« *Kouffar... kafiroun...* Tous maudits, maudits de tous... Mais... qui sont-ils ? s'écria Naël.

– Chuuut ! Chuuut ! bougonna-t-on autour. Tais-toi, maudit !

– Maudit ? Je dois être un *kafir* moi aussi... Dites-moi quand même ! Qui sont-ils ? Qui sont-ils, ces fameux *kouffar*... ? »

Naël récidivait, il semblait n'entendre personne. Sa placidité agaça toute la mosquée, seuls les murs ne protestaient pas.

« Malheur à toi, gamin ! asséna Khalil. Kamal, qui veut éduquer les enfants du village, qu'a-t-il fait du sien ?! On n'interrompt pas l'imam pendant le sermon, maudite progéniture ! »

Mes yeux s'écarquillèrent. Tous les regards se dirigèrent vers nous, on aurait dit des archers attendant le signal de Khalil pour nous cribler de flèches. Je fus pris de panique, je voulais me lever, rester assis, partir, tourner le dos à tous, ceux de devant, ceux de derrière, me volatiliser, disparaître… Je regardais Naël, son père, à nouveau le fils. Qu'est-ce qui leur était arrivé, à ces deux-là ? Ils restèrent de marbre, figés comme des statues romaines. Tous les deux regardaient devant, comme si personne ne s'était adressé à eux, comme si le sermon n'avait pas été interrompu… Était-ce alors moi la maudite progéniture ? Avais-je perdu la tête ? Avais-je parlé et imaginé que Naël l'avait fait ? La démence s'empara de moi.

« Mes excuses, notre cheikh, me libéra Naël sans pour autant perdre de son flegme. Mes excuses. Je vous ai écouté attentivement. Vos paroles sont… Je voudrais les appliquer et me lancer dans le djihad. Je suis bien décidé ! Mais pour cela, j'ai besoin de savoir qui sont ces *kouffar*.

– Djihad ? s'esclaffa Khalil. Le fils de Kamal ne se contente plus des jouets dans la boutique de son père. Il veut porter de vraies armes ! »

Un brouhaha de rires, moqueries et formules religieuses s'éleva dans la salle de prière.

« Soit ! Que ce soit un rappel à tous ! Les *kouffar* sont ceux qui boivent de l'alcool et permettent à leurs femmes de se dévoiler dans la rue à la vue de tous, ceux qui ne croient pas à la parole de Dieu. Et le djihad, la lutte sacrée, la guerre sainte n'est pas un jeu, gamin. Ton père ne t'a-t-il pas appris cela dans son Cercle ? Le djihad est un sacrifice ! Lutter contre les *kouffar*, contre les maudits, jusqu'à la mort, ou tous les anéantir et porter haut la voix de Dieu !

– *Allahou akbar* ! s'élevèrent les voix de partout. *Allahou akbar* !

– Comprenez ma confusion, valeureux cheikh, répondit Naël. J'ai cherché la définition du mot *kouffar* dans le dictionnaire : “Ceux qui étouffent quelqu'un ou quelque chose.” Je comprends qu'à l'époque du Prophète, on luttait contre ceux qui voulaient étouffer l'islam, contre ceux qui voulaient enterrer la liberté de croire en un autre dieu. À cette époque, les musulmans luttaient pour une liberté de croire, pas contre la liberté de mécroire. Pourquoi le dictionnaire n'évoque-t-il ni athéisme, ni voile, ni alcool ? Alors ? Qui sont les *koufar* d'aujourd'hui ? Qui tente d'étouffer une liberté de croire ou de mécroire... ? Les non-musulmans ou les musulmans eux-mêmes ? Sinon vous ? Dois-je lutter contre vous... ? Oh, je n'oserais pas, valeureux cheikh... Mais comprenez, cheikh, comprenez... Je suis confus...

– Faites sortir cet insecte de ma mosquée ! cracha Khalil. J'ai étudié la religion plus longtemps que tu n'as existé sur terre, petite merde !

– Je vous dois mes plus plates excuses, notre cheikh, *mea culpa*... J'ai inopportunément consulté les mauvais livres, j'en ai bien peur. Ces gens-là n'ont rien compris à la religion, ni eux ni le Prophète... “Le vrai combattant est celui qui lutte contre son ego, dit-il.” Quelle maladresse de la part de Mahomet ! Quelle maladresse ! J'aurais dû me référer à votre sagesse, cheikh ! La vérité, toute vérité, est vôtre ! Notre prophète pensait, certainement à tort, tout comme les dictionnaires, que le djihad signifiait “l'effort”. L'effort d'être bon, la lutte intérieure contre soi-même, s'armer de patience et non pas de sabres et de kalachnikovs... »

Un vent de rage empoigna brusquement ma nuque dans une main et le *qamis* de Naël dans l'autre. Je regardai par-dessus mon épaule et vis le visage d'*ammo* Kamal, rouge, cramoisi de colère. Il nous traîna, au milieu de la foule assise, comme un ramassis de cordes. Nos jambes trébuchaient entre le sol et les jambes, entre les jambes et les têtes. La confusion ne me quitta point, tandis que Naël s'époumonait à réciter le dernier verset du chapitre des « *Kafiroun* ».

« À vous votre religion, et à moi ma religion ! À vous votre religion, et à moi ma religion ! À vous votre religion, et à moi ma religion… ! »

Ammo Kamal nous tracta jusqu'à sa boutique, nous fit entrer et referma la porte dernière lui. Il tremblait. Pas une seule fois il ne porta le regard sur nous deux. Il étendit un tapis par terre, en direction de la Mecque, et s'apprêta à rattraper sa prière du vendredi. Nous bondîmes derrière lui, étalâmes des cartons sur le sol et fîmes de même. *Ammo* Kamal mena la prière en silence, au rythme de la vieille horloge accrochée au mur. Tic, tac… Tic, tac… Les aiguilles grinçaient, tournaient par saccades. J'eus autant de peine à respirer. Je haletais. Mon cœur battait fort, me déchiquetait la poitrine.

Je ne fis rien que l'on pouvait me reprocher. Je ne fis rien tout court. J'étais au mauvais endroit, à côté de la mauvaise personne, mais cela n'en faisait pas un crime. Pourtant, j'avais peur. Moi, je savais mon crime, non pas de m'être confié à Naël, non, mais pour avoir souri à la mosquée, n'était-ce que pour un instant, n'était-ce que fugitif, je souris.

J'étais fier de mon ami. Peu importe qu'il eût raison ou tort, il parla, sa voix s'éleva, une voix s'éleva, contre le silence, contre l'absoluité, contre le totalitarisme à l'échelle d'un village, contre Khalil.

Mon tort fut d'envier Naël, de vouloir suivre sa démarche, de libérer ma voix, moi aussi. Mais lui avait un père.

Dans toutes les sociétés, de toute époque, jamais une mère veuve n'eut de poids, n'eut de choix ; alors elles se taisent et se mettent à l'ombre. Dans son petit village, à l'écart de la société, en dehors de la loi, ma mère devait se cacher davantage, devenir transparente, abandonner son être, abandonner son ombre. Tout ce dont elle avait le droit, c'était de survivre. Dans notre village, le pouvoir n'appartenait pas toujours à des poignées vigoureuses et masculines, Khalil en était la preuve, mais le pouvoir n'allait certainement pas dans les mains des femmes.

Et moi donc ? et Hassan ? où étions-nous ? n'étions-nous pas des hommes ? Non. Pas encore. Nous en étions encore loin, nous ne connaissions que les classes d'école. Dix-sept ans ! Ma voix mûrit et devint virile, je pouvais me redresser à la mosquée et dire non à Khalil, je pouvais me révolter, crier non au monde entier, tant pis pour les conséquences, mais je ne pouvais pas, je ne voulais pas que ma mère les subît. J'avais peur que ma mère payât le prix de ma rébellion, aussi timide fût-elle.

À côté, Naël ne respirait pas, ne tremblait pas, toujours de marbre. Nous restâmes longtemps prosternés au sol, *ammo* Kamal ne se relevait point, une éternité s'écoula, le sang affluait dans mon cerveau et je faillis m'évanouir. Délivrance, il se redressa, enfin, et conclut la prière, avant de se retourner. *Ammo* Kamal se retourna, celui que l'on avait toujours connu, avenant et affectueux. L'interminable prosternation rasséréna le visage furibond dont le sang bouillonnait. Sans quitter son tapis de prière, il se retourna, nous saisit de la nuque et nous serra tendrement contre sa poitrine.

« À vous votre religion, et à moi la mienne… À Khalil sa religion, et à Naël la sienne… Si Dieu avait encore besoin qu'un homme parlât au nom de l'islam, il n'aurait pas fait de Mahomet le dernier de ses messagers, il aurait même pu en faire un immortel, il pouvait bien faire cela, lui qui est Dieu. Message transmis et mission accomplie furent les dernières paroles de notre prophète. L'Homme est né libre. Libre de croire, de mécroire, de lire sa bible à l'endroit ou à l'envers. Libre d'embrasser le bien ou de se baigner dans le mal. Libre de tout, sauf de parler au nom d'autrui, fussent-ils des hommes ou des dieux. Ici-bas, devant la loi, chacun ne rend des comptes que pour ses propres actes. Si dans l'au-delà, une divinité, parmi celles que l'Homme a adorées, s'avère être Dieu, le vrai, l'unique, l'infini, alors il y aura une autre loi, la sienne ; et là encore, chacun ne rendra compte que pour ses propres actes… Naël, mon fils… Naël… Je suis terriblement déçu… Terriblement… Et je suis inquiet pour toi. Tu as manqué de respect à une personne plus âgée, à un homme de religion, quel qu'il soit, dans un lieu sacré… Cela encore se pardonne. L'Homme est ainsi fait, impatient, impertinent… Ce qui m'inquiète est tout autre, beaucoup plus grave… Ta religion est le lien que tu tisses avec ton dieu. En faire un débat avec ton semblable, c'est te détacher de ton dieu… Vous avez grandi si vite, mes chers enfants. Bientôt, vous allez nous quitter, et il ne me reste plus qu'un conseil à vous donner : ne parlez jamais de votre religion, appliquez-la. Soyez votre religion. »

J'eus le sentiment que les reproches d'*ammo* Kamal m'étaient destinés. Les larmes coulèrent, de honte, de regret, d'amour pour ce père. Chacune en appelait d'autres, je les refusais, je voulais les contenir. Impatient de devenir un bonhomme, sans bien comprendre ce que c'était d'être un bonhomme. Plus je me retenais de pleurer, plus les larmes se déversaient. Je me ressaisis, dans un élan d'orgueil, essuyai mes larmes et fis une aspiration profonde, un long gémissement à vrai dire. Naël me regarda par-dessous les bras d'*ammo* Kamal et me sourit. Se lever, se dresser contre Khalil n'était qu'un début. Il me sourit. Parce qu'il venait de me venger ? Parce qu'il fit ce que je n'avais pas même le courage de tenter ? Parce qu'il réussit son défi ? Tout cela à la fois ? Dans quelles proportions ? Naël lui-même devait l'ignorer. Il me sourit sans que je comprisse pourquoi. Mais depuis, j'ai une dette envers lui... Et j'ai peur... pour lui... de lui...

« ... j'ai besoin de ton aide, me dit la marionnette treize ans plus tard.

– Que puis-je faire ?

– Viens avec moi. »

II

L'élan

Ada

Alors que Naël me demandait de l'accompagner, sonna l'interphone.

« Attends-tu quelqu'un ?

– Oui... répondis-je, les desseins de la vie...

– Personne ne devrait me voir en ce moment.

– Lui, pourtant, est venu précisément pour te voir. »

Je décrochai le combiné et indiquai le cinquième étage ; Naël complètement indifférent à l'arrivée de cette personne venue précisément pour le voir. Son esprit divaguait au loin, tête logée entre les mains.

« Mon fils ! »

Naël ne bougea pas, ne dit rien, ne releva même pas la tête. Figé dans sa posture. Statue grecque décapitée. Dieu de l'apocalypse. Dans ce décor immobile, dans l'obscurité, une perle brilla. Une larme.

Cette larme devait se trouver là, au fond de l'œil, près du cœur, depuis longtemps, des années. Elle attendait ce moment, l'imaginait peut-être, de temps à autre, et en tremblait... Elle devait aussi avoir la certitude que ce moment allait se passer ainsi, quel que soit l'endroit, quelles que soient les circonstances, résumable en deux mots.

« Mon fils ! soupira *ammo* Kamal. Dix ans... ! Dix années sans te voir... sans entendre ta voix.

– J'étais...

– Ne me dis rien, viens seulement dans mes bras. Mon enfant ! »

Naël releva la tête lentement, timidement. À la vue de son père, d'autres larmes coulèrent, les unes décrochant les autres. La seule fois que je l'ai vu pleurer. Il fit un bond en avant, se jeta sur lui et le prit dans ses bras.

Dès qu'il l'étreignit, il le relâcha aussitôt et l'accola à nouveau en employant, cette fois-ci, plus de douceur. *Ammo* Kamal avait la soixantaine, mais paraissait avoir vingt ans de plus. Plié comme un mât brisé. Sa chemise, on aurait dit une voile, enflait et désenflait au gré de l'air. Les bras chancelants au gré de la vieillesse. Les mains osseuses et tremblantes. Les gestes confus et hésitants... Rien que l'on reconnut sur ce visage raviné, pas même le regard, usé, lointain, vague, mais aussi rageux, rebelle, contestataire... contre qui ? contre quoi ? la douleur, certainement, mais peut-être aussi les années qui l'avaient séparé de son fils.

Il aurait pu aussi en vouloir aux villageois, en vouloir avant tout, et plus qu'à tous, à son fils. Car peu de temps après l'incident à la mosquée, l'altercation avec Khalil, Naël et moi quittâmes le village pour aller étudier à Beyrouth, mais pour *ammo* Kamal, ce fut une tout autre suite, une dégringolade à l'infini, décente libre dans l'abîme.

Les vendredis qui suivirent l'incident, à chaque sermon, Khalil ouvrait une parenthèse, la parenthèse Naël, le cas Naël, fruit de l'éducation progressiste de Kamal... Par progressiste, entendons souillée, impure, malsaine, diabolique. Le Coran ne pourrait être lu ni comme vulgaire roman ni comme une théorie scientifique. La loi divine est unique, son interprétation unique. La parole de Khalil ne pourrait être contredite. Le Cercle serait, est, un danger pour les enfants du village et pour leur foi.

Telle est la domination de la pensée, sa monopolisation. Aucun ordre ne fut donné, aucune force déployée. Khalil déclara un désaccord ; les villageois entendirent une vérité ; les enfants en déduisirent une proscription. Le Cercle fut gommé. Pas seulement le Cercle, le danger ne provenait pas du Cercle, mais de Kamal. C'était Kamal qu'il fallait gommer et ce fut Kamal que l'on gomma.

L'épicier de la place, ami de Khalil et dont la boutique avoisinait la mosquée, saisit l'occasion. Il se mit à vendre des journaux et des articles scolaires. Bientôt, plus personne n'avait besoin de franchir le seuil de la librairie-papeterie des Maktoub. *Ammo* Kamal passait ses journées seul entre ses livres. Devant l'horloge en bois, au rythme des tic-tac, il observait le temps passer en compagnie de poètes et de romanciers.

La libraire commençait à ressembler à une cave abandonnée. Les Maktoub manquaient d'argent. Plus personne pour leur en prêter. Ma mère s'en indignait, mais elle ne pouvait les aider, elle-même avait besoin qu'on l'aidât. *Ammo* Kamal se résigna à céder sa boutique... à l'épicier. Il envoya une partie de l'argent à Naël et garda le reste pour survivre quelques mois, le temps de trouver un autre moyen de gagner sa vie. Hélas, son corps en décida autrement. Sa santé se détériora. Les médecins ne savaient pas d'où provenait son mal. Nous, nous savions. Le chagrin d'avoir abandonné sa librairie, de s'être séparé de ses livres et d'avoir été écarté de sa mission ; ajouté à cela le départ de son fils unique. Le deuil était trop lourd à porter.

Tante Khadijé reprit la responsabilité du foyer. À huit heures précises, chaque matin, elle toquait à notre porte, comme une ouvrière. Elle mettait son tablier, s'installait à côté de ma mère, et se mettait elle aussi à mouler, fourrer et démouler. Désormais, elles les confectionnaient ensemble ces *maamoul*.

Ammo Kamal s'enferma chez lui. Dehors, les langues de vipère ricanaient. « Sacré Kamal ! Il se repose et fait travailler sa femme et sa maîtresse ! Ensemble ! Sacré Kamal, ce goupil ! » Cette racaille vulgaire dont l'âme était souillée ne pouvait songer qu'un homme eût pu se rendre au service d'une femme sans en être l'amant...

« Ali, mon enfant, je te remercie d'avoir fait venir Naël, et de m'avoir aidé à voyager jusqu'en France. »

Je ne répondis pas. Je l'embrassai à mon tour et fis signe à Naël, qui ignorait tout de sa venue, de ne rien dire. *Ammo* Kamal apprit à la télévision l'orage que traversait Naël. Il me contacta via Youcef pour l'aider à venir rejoindre son fils. Il voulait être à ses côtés. Il ne savait pas quoi lui apporter ni comment l'aider, mais il voulait être là pour lui. Youcef m'alerta qu'*ammo* Kamal avait l'idée de vendre sa maison pour pouvoir payer son billet d'avion. Je me dépêchai alors de lui en payer un avant qu'il n'abandonnât son toit.

« Où allons-nous ? demandai-je à Naël.

– À la maison. »

On se déploya aux côtés d'*ammo* Kamal comme deux béquilles. Chacun de ses pas devint une épreuve, tout un projet où se dilatait chaque étape élémentaire : l'intention, la projection, le doute, décoller un pied, le faire atterrir, retrouver son équilibre. Quand on l'aida à monter à bord du bolide de son fils, je revis ma mère, en pleine nuit. *Ammo* Kamal avait toujours été aux soins d'autrui ; vint le temps où l'on devait prendre soin de lui. Drôle de vie.

« Vous avez fait comment pour monter les escaliers seul ? demandai-je. Vous auriez dû me demander de descendre vous accueillir en bas.

– Ah, mon cher Ali ! Ce qu'il y a de bien de la vie, c'est qu'en n'ayant plus rien, il nous reste encore le temps... Je n'ai plus votre énergie, alors... j'ai pris mon temps pour monter. »

Naël décolla du parking comme une fusée. Un dimanche matin, week-end de la Toussaint, pluies et vent, les rues parisiennes désertes... Les monuments défilaient, apparaissaient, disparaissaient, comme si l'on était sur la selle d'un cheval de carrousel...

Arrivée. La demeure de Naël impressionnait. Je guettais la réaction d'*ammo* Kamal en la voyant. Mais *ammo* Kamal, lui, ne voyait que son fils.

On s'enfonça dans le grand divan au milieu du salon. *Ammo* Kamal s'assit sur une chaise à côté, assez haute pour qu'il pût s'asseoir et se relever sans peine. Je l'observais, j'observais son fils, j'observais la toile accrochée en face... C'était nouveau, ça n'y était pas lors de ma précédente visite. (Il faut le dire, je n'étais pas venu chez Naël depuis cinq ans.) Une reproduction de Judith et Holopherne... Klimt... L'originale ne dépassait pas le mètre de hauteur, celle-ci en faisait le double... Rapport de force inhabituel. Trois hommes assis, au ras du sol ; Judith, elle, haute, grandiose, triomphante... ornée d'or... Personne ne parlait. Rien d'autre que la respiration laborieuse d'*ammo* Kamal n'animait notre rencontre, du moins jusqu'à ce que l'on entendît un bruit de pas s'approcher de nous. Un bruit particulier que je reconnus immédiatement, que je reconnaîtrai toujours, qui me projeta dix ans en arrière, à notre premier jour à l'université.

Beyrouth, première semaine de septembre. Nous étions à la faculté de droit. Un bruit de pas, un rythme, inaudible au milieu du brouhaha, parvint à se distinguer, une mélodie que l'on devinait en ayant harponné trois notes ondoyant dans les airs. Le tumulte s'atténua. Les oreilles se déployèrent en filature. Les yeux se hasardaient à découvrir le portrait de cette chansonnette. Certains choisirent la discrétion, d'autres furent portés par l'impatience, mais tous oscillaient des têtes et regardaient partout, par-dessus les épaules.

« Regarde-moi cette colombe ! murmura Naël à mon oreille. Ah ! On est à Beyrouth depuis deux jours, mais je l'aime déjà.

– Calme-toi ! On a déjà l'aspect de campagnards, n'en rajoute pas l'attitude !

– *Yallah ya zalamé* ! s'enthousiasma le garçon. Cela ne se refuse pas, un cadeau du Ciel. À toi la ville et ses citadins, laisse l'amour à Naël ! »

Je ne l'écoutais plus. Mes cinq sens se firent happer par une silhouette blanche. Ses escarpins entrelacent une tresse autour d'une ligne droite, imaginaire, tracée en notre direction. Chaque pied se déplace en orbite, avant d'atterrir, exactement, religieusement, devant l'autre. Il y a dans sa démarche, dans le rythme de sa démarche, quelque chose d'érotique, diaboliquement et angéliquement érotique. Pas après l'autre, elle ouvre des brèches dans le temps, retient le temps, pour un moment de flottement. En absence d'attraction, juste avant de reposer le pied, la jambe encore tendue devant, hors de portée de la pesanteur, à l'image de Naël essayant de voler, le yo-yo à l'apogée de son va-et-vient, surgit l'attente, de ce qui va suivre, de ce que l'on sait que ça va suivre, car ça doit suivre. Dans cette attente, on se sent retenu avec le temps, on commence à s'agiter comme un nourrisson devant son biberon. L'excitation s'accroît. Encore. Encore. Excitation ! Jouissance ! Libération ! Plaisir ! La pointe du talon se fixe au sol et son bruit déclenche l'orgasme.

Une démarche qui provoque à chaque pas un micro-orgasme, serait-ce ce que l'on appelle le charme ?

Je soulevai doucement les yeux. La silhouette semblait s'avancer vers moi. Elle portait une paire de Stan Smith immaculée, mises en valeur par le jean clair retroussé dont la taille haute dessinait merveilleusement le bas de son ventre. Le t-shirt, blanc et large, discrètement griffé Zadig & Voltaire, à moitié rentré dans le jean, révélait des bras fins dont la peau paraissait si douce... Les mains, si délicates. Elle portait au coude un cabas vintage en toile, style marinière. Et à la poignée du sac était noué un mouchoir rouge.

Je relevai la tête pour apercevoir son visage, mais elle était déjà là, tout près... trop près ! Tout devint flou ! Et puis, doucement, les lignes s'épaissirent, s'intensifièrent. Le chignon, à la façon des danseuses, un peu déstructuré, amassait sa chevelure châtaine et découvrait sa nuque fine et élancée. Les traits de son visage se dessinaient comme sur une page blanche. Pas de mascara, la nature s'est appliquée à perfectionner les contours de ses yeux en amande. Au milieu se posaient des iris gris, profonds comme deux océans. Quiconque ne se noyait pas dans l'abysse de ses yeux se serait envolé pour toujours en suivant les cils longs et courbés vers le Soleil. Seulement, il y avait ces sourcils anguleux, dont la courbure naturelle caressait le regard et, tout en douceur, le ramenait au centre du monde. Et au centre du monde, il y avait ces yeux, il y avait ce regard dont la force saisissait et dont la faiblesse captivait, il y avait un nez fin et concave, subtilement élancé vers l'avant, des joues roses, d'un teint clair et frais comme la brise du matin... Une bouche... Le rouge vermeil de cette bouche ! Ces lèvres pleines, épaisses, ciselées en forme d'ellipse, légèrement entrouvertes, projetées vers moi, comme pour me lancer quelque chose, l'air des poumons... Sa voix... Des mots... elle me dit quelque chose. « Excusez-moi ! » Pourquoi devrais-je vous excuser ? Le monde s'excuserait de ne pas être assez beau, mais pas vous ! Ne vous excusez pas ! Ah, oui, bien sûr ! Naël me pinça et m'écarta discrètement du chemin... La colombe s'envola... disparut... repartit dans la foule, ne laissant que son parfum...

« *Yallah ya* Ali ! C'est à ton tour. »

Je fis mon inscription à la faculté de droit et nous rentrâmes à notre chambre d'étudiants.

Tel fut le premier jour de notre nouvelle vie, Naël et moi. Un énorme brouhaha et une muette rencontre, avec la plus belle des femmes. Une vie si différente de ce l'on connut au village. Les choses allèrent très vite depuis l'annonce des résultats du baccalauréat. Les joies et les modestes festivités se mélangèrent avec les procédures administratives, les hésitations entre tel et tel parcours universitaire, la mélancolie déjà présente, et le mal de mère... la plus difficile des épreuves, s'en séparer pour la première fois et voler de ses propres ailes.

Je choisis le droit et Naël, sans hésitation, sans surprise, la littérature française. À la rentrée, nous fîmes nos bagages, embrassâmes les nôtres, et *ammo* Kamal nous conduisit, dans sa vieille Mercedes, jusqu'à Beyrouth, qui était à une heure de route environ de notre village. Il resta à nos côtés jusqu'à ce que l'on franchît le seuil de notre chambre. Alors, il nous embrassa encore une fois, nous serra fortement contre lui, nous répéta combien il était fier de nous, formula quelques prières, nous donna encore un peu d'argent de poche à tous les deux, et repartit lui aussi.

Nous refermâmes la porte derrière *ammo* Kamal. Notre nouvelle vie commença... Notre vie commença.

Un début qui semblait prometteur. Pourtant, on ne voyait aucun signe dans cette chambre. Une petite fenêtre, orientée plein ouest et donnant sur un passage très fréquenté par les étudiants, laissait entrer peu de lumière et beaucoup de bruits. En effet, la chambre se trouvait au rez-de-chaussée. Quatre murs abîmés et peints en bleu absorbaient les quelques rayons de soleil qui pénétraient. En face de la porte, d'un côté et de l'autre de la fenêtre se trouvaient nos lits. Les matelas manquaient de confort, mais cela ne nous gênait pas, nos maisons n'en offraient guère davantage. Un minuscule placard était encastré à droite de la porte ; à gauche, nous avions notre salle de douche privée... C'était, comment dire, le confort dans l'inconfort. Toutes les chambres n'en étaient pas équipées, nous utilisions les toilettes communes à l'étage, mais nous avions notre propre salle de douche. Cependant, n'allons pas imaginer marbre, céramique et bougies. Ce n'était rien d'autre qu'un renfoncement aussi grand qu'une vieille cabine téléphonique, sans robinet, sans faïence, sans carrelage, sans éclairage. Il n'y avait qu'un large seau en plastique, à remplir dans la salle de douche commune, et un siphon au sol.

Poser draps et couvertures sur les matelas ; ranger les deux ou trois tenues que l'on avait chacun dans l'armoire ; donner deux ou trois coups de marteau ; accrocher une étagère et un petit miroir au mur de la salle de douche. Trente minutes en somme pour emménager dans notre chez nous, le premier.

Aussitôt que nous eûmes accompli les inscriptions, nous nous mîmes à la recherche de jobs d'étudiants. Une recherche, hélas, qui dura tout au long de nos études... Un week-end par-ci, trois semaines par-là... parfois à deux, d'autres fois l'un sans l'autre… L'on faisait tout ce que l'on pouvait et que les agendas de nos cours permettaient.

Bientôt, la chambre n'allait plus servir que pour dormir, prendre sa douche et se changer. Souvent, l'un rentrait de son travail quand l'autre s'était déjà endormi, ou partait à son cours le matin avant que l'autre ne se réveillât. On continuait cependant de se voir tous les jours, car on tenait, l'un comme l'autre, à notre amitié ; et puis, entre les études et les petits boulots, on n'avait pas vraiment le temps de se faire de nouveaux amis. On s'organisait pour manger ensemble au restaurant universitaire. Après le repas, et quand le temps nous le permettait, on prenait une pause sous un cèdre près de l'auditorium de l'université. Sous cet arbre, on racontait notre quotidien, on chuchotait nos secrets, on se chamaillait, on se disputait, refaisait le monde à deux… Ce cèdre qui avait un nom, car on le nomma *Baba* (père), mais qui n'avait pas d'adresse, devint notre chez nous, le vrai.

Par temps de pluie ou froid, on accédait à l'intérieur de l'auditorium souvent vide. On alignait des chaises abandonnées au hall d'entrée et on s'allongeait dessus. Un jour, pendant que nous étions étendus et que Naël se plaignait, comme à son habitude, de ses professeurs, de l'absurdité de leurs propos, on entendit s'élever un brouhaha dehors ; un foisonnement de voix, d'éclats de rire et de jacasseries.

Une armée féminine prit d'assaut l'auditorium. Les portes du hall furent grandes ouvertes et affluèrent les étudiantes telle une colonie d'abeilles.

« Dieu nous aime ! s'extasia Naël. Ali, moi et le harem… »

On se redressa en toute hâte sur nos chaises et on manqua de tomber. Yeux rivés, sourires gênés, postures guignolesques, habillés en loques... deux clowns dans la cour. Deux clowns transparents, hélas ! Les étudiantes se frayèrent passage entre les chaises, nous avec.

En quelques secondes, le hall se vida à nouveau. Les étudiantes prirent toutes place à l'intérieur de l'auditorium.

« Viens ! Jetons un coup d'œil ! Ali ! *Zalamé* ! Réveille-toi ! »

Étais-je réveillé ? Il me semblait bien. Naël me donna un coup sur la nuque... Ne manquait que cela au couple de clowns... Mais alors... c'était vrai... elle... à nouveau... La reine des abeilles, la blanche colombe.

Cela ressemblait à quelque chose comme... le destin. Vivre deux fois la même scène. Le sentiment accru que les choses devaient se passer ainsi, et qu'elles devaient se passer ainsi pour une raison. Comment dit-on ? Oui, un dessein... le dessein.

J'entendis la chansonnette à nouveau, le rythme de pas. Je la vis se diriger vers moi, la fragilité dans le regard et la hardiesse dans la démarche. Je sentis le temps se figer à nouveau. Seule la blancheur disparut. Elle était habillée en noir cette fois-ci, tout en noir. Merveilleuse, ensorceleuse, inconsciente du dérèglement qu'elle cause à notre monde... N'êtes-vous pas d'accord ? Bien au contraire ? Le monde vous le doit, à vous, de ne pas être déréglé ? Oh, oui, je serais prêt à vous croire ! N'êtes-vous toujours pas satisfaite ? Ah ! Oui, je dois m'écarter. Encore ! Oui, bien sûr ! Excusez-moi !

Naël me pousse encore et pouffe de rire, tandis que la colombe entre en salle de conférence à son tour.

« Oui, me réveillai-je enfin, jetons un coup d'œil. »

Je scrutais l'audience à l'intérieur, tête après tête, je la cherchais des yeux. Naël les cherchait toutes, il était en extase.

« Pour être féministe, résonna une voix anxieuse au travers des haut-parleurs, il faut comprendre la femme, il faut être femme... et... et pour être femme, il faut être au féminin... Alors, soyons au féminin... ! Soyons belles ! Soyons élégantes ! Soyons étincelantes ! Face au machisme, nous ne devrons plus contester, mais la porter sur nos corps, la contestation. Face à l'oppression, nous ne devrons plus quémander l'émancipation, mais devenir émancipées, et... être émancipées... vivre émancipées !

– Je voudrais... poursuivit la voix après un bref silence, je voudrais... ne pas œuvrer pour défendre nos idées, mais être l'œuvre de nos idées. Je voudrais que chacune d'entre nous devienne une œuvre, qu'elle s'expose comme œuvre. Je voudrais que chacune d'entre vous, vous ici, refuse d'être délaissée en arrière-boutique de la société, et qu'elle s'expose à sa vitrine. Mon rêve est celui de nous voir à la vitrine de la société libanaise, de nous voir devenir cette vitrine... La plus belle des vitrines ! Alors mes amies, mes sœurs, soyez belles, soyez magnifiques, soyez parfaites, et soyez tout cela pour vous-même ! »

La voix, désormais audacieuse et militante, conclut sous une salve d'applaudissements. À vrai dire, je n'écoutais qu'à moitié. Nous avions pris place, Naël et moi, près de la colombe, au fond de la salle. Elle portait des lunettes rondes. Je la vis sourire pour la première fois, et retenir les horloges de tourner pour quelques secondes.

« Excusez-moi ! Excusez-moi ! »

Non ! Pourquoi ?! Pourquoi ne peut-il pas se retenir ? Pourquoi fait-il toujours cela quand je suis juste à côté ?! Je ne savais que trop bien ce qui allait suivre. Je me revoyais à la mosquée, face à Khalil et tous ces regards agressifs. Je rougis avant même que l'on nous regardât. Je rougis, fermai les yeux et baissai la tête.

« Pardonnez mon intrusion ! poursuivit Don Quichotte. Voulez-vous vraiment vous mettre en vitrine ? Savez-vous quel est le prix à payer... ?

– Comment osent-ils ? s'élevèrent des voix partout dans la salle. D'où sortent-ils ? Que font-ils ici ?

– Pas pour vous acheter ? Ne me méprenez pas... »

Comme un petit garçon, je tirai sur le pantalon de Naël pour nous faire sortir. J'aurais tant aimé qu'*ammo* Kamal nous empoignât comme il le fit à la mosquée, et qu'il nous sortît de force. Naël ne reculait pas d'un pas.

« Cela a un prix d'avoir le droit de se trouver en vitrine, reprit le sage, la perfection. Vous allez devoir être toujours parfaites, toujours soignées, toujours délicates, toujours jeunes. En vitrine, il n'y a de place ni pour les vielles, ni pour les moches, ni pour les négligées. Et elles, alors ? Ne sont-elles pas des femmes ? Et vous ? Jeunes et belles demoiselles ? N'allez-vous pas vieillir ? Ne voudriez-vous pas lâcher prise un jour et ne pas prêter attention à votre apparence ? Ce jour-là, on vous dégagera de cette vitrine que vous désirez tant... Et ce sera une femme comme vous maintenant qui viendra vous déloger...

– Je préférerais suivre mes propres choix, répondit l'étudiante sur l'estrade, et me tromper plutôt que suivre le droit chemin que les hommes m'auront imposé !

– Oui ! se haussa le chahut dans l'audience. Disparaissez ! Nous saurons y voir clair par nous-mêmes ! Personne ne vous a conviés... !

– À vous la vitrine ! s'agaça Naël. Soignez vos egos avec d'interminables palabres... Le féminisme qui exhorte au machisme... ! Le féminisme qui assassine le féminisme... !

Soyez belles, soyez magnifiques, soyez parfaites, et soyez tout cela, aussi, quand ce n'est pas pour vous-même ! »

La colombe nous regardait avec mépris. Naël se tut, enfin, mais sans bouger de sa place. Il était trop fier pour abandonner et s'en aller. Moi, je restais à côté… Pourquoi rester ? Et pourquoi partir ? Le mal était fait. J'avais une chance sur un million de me faire remarquer par la colombe ; Naël le réalisa. J'avais également une chance sur un million de me rapprocher d'elle ; Naël fit en sorte que ce ne fût jamais réalisé.

Peu importe si nous étions restés ou partis. Les yeux, les oreilles et les esprits se détournèrent de nous. La discussion dériva sur autre chose, sur quelqu'un d'autre, une certaine Ada.

Ada mathématicienne. Ada visionnaire. Ada comtesse. Ada, fierté de toutes les femmes. Ada l'acclamée, la vénérée ; non pas pour sa réussite, nombreuses celles qui réussissent, mais pour son esprit. Ada savait parler aux chiffres. Elle était douée en mathématiques et en informatique. Ses travaux et ses recherches étaient respectés, étudiés, enseignés. En vérité, les étudiantes l'admiraient aussi pour sa réussite, car il n'était pas question de simple réussite. Ada était femme et réussit dans un terrain de jeu masculin. Ada était femme et meilleure que certains hommes. Dans l'éternelle guerre des genres, Ada fit gagner des points à son camp, lui permit de remporter une bataille.

Dans le camp adverse, Ada ne connaissait pas autant de notoriété. Elle avait tout au plus l'estime chez une minorité : ces quelques étudiants en mathématiques ; les autres ne la connaissaient simplement pas. Elle réussit toutefois à en séduire un, Naël, qui en fut fasciné.

Depuis le rassemblement de féministes, je n'avais cessé de penser à la colombe ; et Naël de penser à Ada. Il en parlait constamment. Il s'en renseignait, allait l'épier au hall du département d'informatique, revenait me rapporter son histoire, son enfance, tout ce que l'on racontait sur elle.

On racontait beaucoup sur Ada et sa famille. Son père, poète célèbre dans le pays et même au-delà des frontières, sentit l'odeur d'un scandale à propos de relation incestueuse avec sa sœur, c'est elle-même qui l'aida à le noyer en lui arrangeant un mariage avec une femme distinguée et intelligente de la région, la mère d'Ada. N'ayant d'autres choix, il l'épousa à contrecœur.

L'on racontait également que dans son ivresse, le père d'Ada tenta plusieurs fois de violer sa mère. Un jour, la maman fuit le foyer familial en emmenant Ada, âgée alors de quatre ans. Le père, empli de chagrin, quitta le pays et ne revint plus.

Naël me montra un poème du père d'Ada. J'en ai retrouvé quelques vers.

« Nous n'irons plus vagabonder tous deux,
Nous attardant dans la nuit tutélaire,
Bien que le cœur soit toujours amoureux
Et que la Lune reste claire.

Car l'épée vit plus longtemps que sa gaine
Et l'âme vit plus longtemps que les os.
Il faut bien que le cœur reprenne haleine,
Que l'amour se mette en repos.

Bien que la nuit soit douce aux amoureux
Et que le jour trop tôt nous importune,

Nous n'irons plus vagabonder tous deux

À la lumière de la Lune. »

Cet envoûtement, enchantement… inopiné… si soudain… Cela m'intriguait, m'intriguait beaucoup. La guerre des genres ne produisait qu'ennui chez Naël. Il n'était pas misogyne et n'aimait pas les misogynes, mais guère davantage les avocates de la cause féminine. L'idée de compétition entre hommes et femmes lui paraissait simplement stupide.

Naël ne pouvait pas non plus être séduit par amour pour les nombres de Bernoulli ou les équations de Maxwell. Il ne connut des mathématiques que Pythagore et Thalès.

Était-ce alors pour les poèmes de son père ? Il se serait alors intéressé à son père et pas à elle. Le mystère me restait entier, et je ne cessais de quémander explications, non sans une certaine ironie.

« Tu ne comprends rien, *ya zalamé*, me lança Naël ! C'est une femme qui a trouvé un sens à sa vie.

– Elle a trouvé un sens à sa vie ? C'est tout ?!

– Ce n'est pas tout ! Bien sûr que non… ! Lis cela ! Un jour, elle a écrit : "Je crois que je possède une singulière combinaison de qualités qui semblent précisément ajustées pour me prédisposer à devenir une exploratrice des réalités cachées de la nature."

– Humm, persiflai-je. Tu es séduit par sa nature exploratrice ! Humm !

– Tu ne comprendras jamais. »

J'étais tout près de l'irriter et la question ne le méritait pas. Pour autant, ma curiosité n'était pas encore assouvie. Je tentai alors de l'aborder sérieusement.

« Une singulière combinaison de qualités, reprit Naël. Elle a dit : singulière combinaison. Ada a saisi ce qu'il y a de plus beau et de plus puissant chez l'Homme.

– Quoi donc ?

– De sa mère, elle a hérité l'intelligence ; de son père, le romantisme. Ada combine le rationnel et le sensible, l'esprit et le cœur. Sans l'un, nous sommes des animaux parmi les animaux. Sans l'autre, des machines, biologiques certes, mais machines parmi les machines. Ada ne voulait certainement pas dire qu'elle seule disposait de cette singulière combinaison, mais que l'Humanité, toute l'Humanité, en disposait. La nature exploratrice, *ya zalamé*, n'est autre que la nature humaine… »

Alors que je l'écoutais religieusement, Naël s'égara dans ses pensées et demeura longtemps songeur, avant de reprendre subitement.

« C'est ce qui me manquait ! C'est ce que je devrais faire ! Il est encore temps ! Je vais pouvoir y arriver ! »

Dans son sursaut, Naël lâcha ses phrases et décampa à toute allure. Moi qui voulais rassasier ma curiosité…

Le soir même, il revint dans notre chambre en brandissant un formulaire de mutation.

« Je n'ai pas besoin d'étudier la littérature. Des romans et des poèmes, j'en ai assez lu, largement plus que mes enseignants. Je vais m'inscrire en cursus d'informatique et mathématiques. »

Je ne trouvai pas cela vraiment drôle. Son humour ne me fit pas réagir, du moins pas avant que j'aie saisi qu'il était sérieux, sérieusement fou.

« Singulière combinaison, *ya zalamé*, s'extasia Naël. Singulière combinaison ! Bientôt ! Bientôt, ton ami sera prédisposé à devenir explorateur des réalités cachées de la nature ! »

Trois semaines plus tard, Naël débuta son nouveau cursus.

Le baiser

« Je m'appelle Yara. »

Elle possédait un prénom ! Je ne songeai pas à le lui demander, elle pouvait s'en passer. Moi, je pouvais m'en passer. C'était elle, et cela me suffisait. Ce pronom lui était réservé.

Tous les jours, à l'heure du rendez-vous quotidien devant l'auditorium, je retrouvais l'espoir de la veille, toujours le même, toujours là, celui de recroiser le chemin de la colombe. L'espérance dépend peut-être d'une probabilité ; l'espoir, lui, n'est que désir.

Naël avait le cerveau trop sollicité pour penser à elle, pour penser à quelqu'un d'autre, à quelque chose d'autre. Sans précédent ! Jamais auparavant je ne vis Naël employer de la rigueur dans ses études. Malin et intelligent qu'il était, il n'avait pas l'habitude de suer pour achever sa besogne. Hélas, en informatique, il avait beaucoup à rattraper, lui qui ne savait pas bien se servir d'un ordinateur, et pour qui Internet était encore une idée vague.

Il écourtait sa pause de plus en plus. Il venait avec son nouvel ami… Blond, yeux verts, mais petit, râblé, aux narines larges, et un sourire constant d'abruti… Il s'appelait Javi… Quel prénom, aussi ?! Non seulement moche, mais qui n'avait aucune signification ! On aurait dit un prénom trouvé dans la rue… ! Javi… ! Naël s'asseyait, mangeait, buvait et parlait en même temps, et puis s'en allait d'un pas pressé, tirant son doudou derrière lui. Je restais alors seul avec *Baba*, adossé à son tronc. Je sortais le coran de mon sac et récitais, en marmottant. C'est dans cet état, porté par ma lecture, que j'aperçus un jour une paire de Stan Smith accompagnée d'escarpins noirs se rapprocher et s'arrêter net. Je baissai un peu plus la voix pour ne pas gêner… Je ne pouvais pas la baisser davantage, alors je l'éteignis. Quelques secondes passèrent, je ne les entendais pas parler, ne les sentais pas bouger, je ne sentais rien d'autre que la fumée de cigarette. Elles se tenaient en silence et dans ma direction. Je relevai la tête sans bien savoir doser curiosité et discrétion dans mon geste… Résultat : une bonne dose de maladresse.

De peur de me contrarier, les demoiselles se retinrent de s'esclaffer et ne laissèrent apparaître qu'un doux sourire. En face, une overdose de débandade… Des femmes me sourire, jamais je n'en avais fait l'expérience ; la colombe me sourire, ça alors ! Dans mes désirs les plus inavouables, je ne pouvais me le permettre… Il arrive parfois que la réalité donne tort aux probabilités et aille même plus loin que l'espoir.

La colombe me salua d'une main tenant une cigarette fine en équilibre entre index et majeur.

« Salut ! Ton ami n'est pas avec toi aujourd'hui ?

– …

– Je vous aperçois toujours ensemble…

– …

– … »

Les choses devinrent compliquées. Je devais à la fois admettre qu'elle était venue, vers moi, qu'elle m'avait parlé, qu'elle m'avait aperçu et reconnu. Je devais aussi trouver les bons mots… les mauvais… peu importe… des mots…

« Oui… Non.

– ..., tiqua la colombe.

– Oui... Non. Non, il est... Oui, c'est mon ami. Enfin, oui, non, il est parti.

– Ce n'est pas grave. On t'a trouvé, toi.

– Moi... Oui, je suis là. »

À cette réponse, Yara ne sut plus se contenir et s'esclaffa.

« Mon amie Najoua, comme vous devez déjà le savoir... a eu quelques soucis sur les réseaux sociaux...

– Je devais le savoir... ? Pardon, je... l'ignorais. Je... suis... désolé.

– Eh ! reprit la colombe. Sur quelle planète il vit, celui-là ?! Je ne sais pas si l'on peut compter sur lui... Peu importe. Nous organisons une manifestation estudiantine pour la défense de la vie privée et la protestation contre les travers des réseaux sociaux. Je voulais vous convier tous les deux.

– Nous... ?

– Cela n'a pas l'air de t'intéresser, se désola la colombe. Si vous changez d'avis, toi ou ton ami, rejoignez-nous à la réunion de préparation la semaine prochaine. À bientôt peut-être. Et... je m'appelle Yara. »

Yara Zayn... Ali et Yara Zayn... M. et Mme Zayn... Yara Zayn... Au lendemain, je rêvassais sous l'ombre de *Baba* et imaginais Yara porter mon nom. On aurait dit que ce nom avait été créé pour elle. Yara Zayn.

« Allons ! me répondit Naël.

– Hein ?! Allons ?! Où allons-nous ? Tu n'es jamais allé sur les réseaux sociaux ! Tu ne sais même pas ce que c'est... ! Paysan, va !

– Ils n'ont pas besoin de quelqu'un qui utilise des réseaux sociaux ; ils veulent protester contre. Ils ont besoin d'hommes libres comme toi et moi.

– Et toi ? demandai-je, contre quoi vas-tu protester ?

– Protester contre tout, mais bien protester. Protester comme un révolutionnaire. Les impressionner toutes, et repartir avec la plus belle.

– Tu aurais eu ta chance dans une assemblée d'aveugles. »

Naël fut retenu à la bibliothèque et arriva en retard à la réunion de préparation. Je pris place à côté d'un étudiant qui me chuchota à l'oreille la mésaventure de Najoua.

Najoua était belle, mais d'une beauté qui ne sautait pas aux yeux au premier abord. Les traits de son visage étaient un peu sévères, un peu masculins. Mais elle avait des mensurations qui correspondaient aux standards de cette époque, une chair ferme, un corps splendide.

Un fait divers, malheureux certes, mais habituel, donc banal. Elle est attirante. Bien faite, mais discrète. Plutôt une fille de bonne famille, comme on dit. Elle fréquente un garçon grand, beau et charmant. Tous deux ancrés dans des traditions conservatrices, mais tous deux jeunes. Jeunesse, hormones en ébullition, fusion, passage à l'acte. La vierge n'est plus. Et puis un jour, une dispute, une prise de bec, une trahison. Elle le traite de minable et s'en va. Il est grand, beau et charmant. Il ne peut pas se faire larguer. C'est contraire à la nature des choses. Il essaye de se réconcilier avec elle, pour renverser la situation et la larguer lui. Échec. Humiliation. Il déterre une vidéo qu'il a filmée discrètement de leurs ébats amoureux et la balance à la mer.

Pas une mer, un océan, grand comme la Terre. Tout ce qu'on y balance disparaît à jamais, déchu dans son abîme, introuvable, irrécupérable ; mais ses spectres, ses fantômes, deviennent de plus en plus nombreux, échouent à tous les rivages, recrachés sans être lavés. Océan de la mémoire, mémoire collective de l'Humanité, Internet.

Mis à part les deux paysans que nous étions, tous les étudiants étaient au courant, tous regardaient la vidéo en boucle. Les garçons, ceux qui assumaient leur voyeurisme, il leur suffisait de la croiser pour éjaculer. Elle aspira tous leurs fantasmes, elle qui apparut nue, encore vierge, tournée et retournée, derrière des écrans, derrière des dizaines de milliers de kilomètres de fibre optique, elle dont l'image est captée au travers d'ondes dispersées dans les airs, et qui, pourtant, était juste devant, accessible, touchable, palpable si l'envie le dictait... Et les autres qui, eux, éjaculaient dans le noir, eux, une seule chose les séparait de ce corps, une morale qu'ils s'étaient choisie eux-mêmes, mais tôt ou tard la nature finissait par gagner, quand l'animal dévorait le penseur moraliste, quand, la nuit, ils se mirent à fantasmer sur ses seins que l'on aperçut à peine, quand le décor se remit à l'envers, et que ce corps devenait la seule chose qui les séparait de leur morale, quand ce corps incarnait le diable ; au réveil, ils fixaient cette femme impure, la détestaient de toutes leurs forces, la conjuraient, l'auraient molestée, dans une tentative de retour à soi, retour à la normale, retour à la morale.

Beaucoup de filles la défendaient, défendaient en elle une éventualité, un monde parallèle, où elles étaient à sa place, car elles auraient pu se trouver à sa place. Ce qui arriva à Najoua pouvait leur arriver à elles aussi. Elles se préparaient, discrètement, en parlant de l'amie d'une amie d'une amie, à ce qui leur serait arrivé peut-être un jour. Beaucoup de filles la défendaient, mais pas toutes. Il y avait celles à qui cela ne serait jamais arrivé. Celles-là, les garçons ne les regardaient pas, ne les regardaient pas habillées, et ne les auraient pas regardées dénudées. Pour elles, la fille dans la *sextape* représentait un obstacle de plus entre elles et l'orgasme, entre elles et les spasmes de la vie. Elles aussi la fixaient, la détestaient de toutes leurs forces, car elle incarnait leur malchance.

« Ce qui arrive à Najoua est une injustice ! s'indigna Yara. Cette affaire n'aurait pas eu une telle ampleur si les réseaux sociaux n'existaient pas...

– Cela serait quand même arrivé, observa Naël encore au seuil de la porte. Il y aurait eu bouche à oreille. La vidéo aurait voyagé d'une messagerie à une autre et d'une clé USB à une autre. Les garçons se seraient regroupés par dizaines pour la regarder.

– Ça ne se serait pas répandu aussi vite et aussi largement, rétorqua Yara.

– Ç'aurait été une longue et pénible agonie. Mais ton amie aurait pu courir après chacun, les traquer tous, et supprimer jusqu'à la dernière copie. Elle aurait emménagé dans une autre ville ou aurait quitté le pays. Son mal n'est pas de voir son intimité dévoilée, mais de la voir dévoilée partout et pour toujours. »

Les mots de Naël soufflèrent dans l'atmosphère un air glacial. Tous se regardaient les uns les autres avec effroi. Tous se regardaient, mais ne regardaient surtout pas Najoua.

« Es-tu capable de délicatesse ?! Mon amie a un prénom et elle est présente juste là... ! Et puis, peu importe la nature du mal, l'important est de lutter contre.

– Lutter contre ? Comment ? Avec quoi... ? Les gens se libèrent d'une chose seulement pour s'enfermer dans une autre. Et vous ? Que proposez-vous à la place ? Quelle alternative offrez-vous... ? Aucune. Vous n'êtes pas prêts.

Rentrez chez vous. Revenez quand vous saurez avec quoi lutter.

– Avec nos voix, s'offusqua Yara. Et nous proposerons de revenir en arrière, à l'époque où tout cela n'existait pas encore.

– Jamais l'Humanité ne revint en arrière. »

Naël marmonna ces derniers mots en quittant la pièce.

Deux semaines plus tard, Najoua... partit là où jamais il n'y aurait Internet. Paix sur son âme. Elle filma son suicide et le partagea en direct sur les réseaux sociaux. Un dernier cri avant son dernier souffle. Un choc. Tout Beyrouth sous le choc.

« Cette fille est géniale ! s'écria Naël... Très malin !...

– *Za-la-mé* ! sursautai-je de mon côté.

– Comment p... p... p... ?!!! balbutia Yara qui était venue, en larmes, nous annoncer la triste nouvelle.

– Ohhh ! se défendit-il. Arrêtez ! C'est ce qui aurait pu lui arriver de mieux. Elle souffrait. Elle souffrait seule et personne ne pouvait atténuer sa peine. Elle est en paix maintenant... Mais avant de s'en aller, elle vous a donné la clé pour lutter et éviter aux autres ce qui lui est arrivé à elle... »

Une gifle ! La main douce et fine s'abattit sur la joue de Naël comme un fouet. Une gifle qui ne manquait pas de puissance, mais qui cependant ne se voulait pas puissante. Une gifle que Najoua aurait pu lui administrer. Le dernier acte de désespoir. Le dernier souffle de rage.

Les propos de Naël provoquèrent chez Yara une répugnance extrême, de l'aversion. Tout à coup, son cynisme lui apparut comme une icône, la représentation physique de la dépravation humaine.

Cette gifle sonna comme un coup d'envoi. Un bras de fer tacite fut engagé entre eux, et qui dura trois longues années. Yara ne luttait plus contre les réseaux sociaux, ou Internet, mais contre Naël. Sans qu'elle n'en prenne conscience, son combat dévia sur un territoire nouveau. Prouver à Naël, pour se prouver à elle-même, que la part intègre de l'Humanité, son éthique, son esthétique est bien plus forte que ce cynisme horrifiant.

Changer de terrain ? Pourquoi pas ! Changer d'ennemi... ? *Yallah* ! En trois ans, j'eus le temps d'observer Yara et de comprendre sa nature. La seule chose qui comptait pour elle dans un combat était le combat lui-même. Elle mettait toute son énergie dans la lutte et frappait avec fureur, mais ne cherchait pas à gagner. Combattre était l'objet même de son désir. Symptôme apparu dès la naissance, mal-être de bobos, être bien né et être né avec une conscience, vivre le bonheur et ressentir les malheurs des autres, sentiment d'injustice vécu à l'envers. Plafond de verre vu d'en haut.

Fille de diplomate et petite-fille d'un grand promoteur immobilier, Yara grandit dans le quartier le plus chic de Beyrouth. Elle était scolarisée dans les écoles les plus onéreuses. Entre la villa et l'école, elle ne voyait le monde qu'au travers des vitres teintées d'une luxueuse voiture.

Une curiosité pour ce monde, si proche et si éloigné, naquit dans le cœur de Yara. Un monde qu'elle n'entendait pas gronder, mais dont elle sentait l'énergie. Un monde dont elle ne distinguait pas les traits, mais saisissait la beauté. Cette curiosité, je ne sais ni quand ni comment, se convertit en compassion et la compassion en sentiment d'injustice.

Je suppose que c'était lors de ces mutations que naquit la nouvelle Yara. Une identité extracorporelle, qui l'habitait, certes, mais qui vivait de l'autre côté des vitres teintées. Une identité qui ne vint pas se substituer à l'ancienne Yara, la déchoir, mais cohabiter avec, partager son territoire, son souffle, tantôt dans un climat de conflits et de déchirement, tantôt en harmonie.

L'ancienne Yara continuait de vivre dans sa bulle... Elle écoutait Radiohead... Un air chic, froid, mélancolique, la berçait constamment... Ce qu'elle aimait ? les couleurs... la vie se manifester au travers des couleurs... Une feuille d'arbre est verte pour intercepter l'énergie et maintenir l'arbre en vie ; une pomme est rouge pour se différencier du feuillage verdoyant, pour attirer l'attention de l'animal, pour lui permettre de trouver nourriture et le maintenir en vie ; le phasme, lui, est un insecte qui prend la couleur de son environnement pour se dérober à la vue des oiseaux et se maintenir en vie... C'était ce que Yara aimait ressentir dans les couleurs, le souffle de la vie ; et dans un trait, le souffle de l'action. Elle traçait sur ses feuilles blanches des lignes fines, élégantes, poétiques... On se posait côte à côte, dos à dos avec *Baba*, et elle sortait son cahier pour y dessiner des robes, des jupes, des chemises... J'appris à ses côtés à distinguer les nuances de la vie, à différencier le bleu Majorelle du bleu persan, à reconnaître les dizaines de nuances de rouge. Elle m'expliquait la signification derrière chaque courbure, comment elle glissait les traits d'un personnage dans une tenue comme les glisserait un romancier dans un dialogue. Moi, qui n'avais du talent ni pour l'écriture ni pour la couture, j'arrivais presque à la voir placer dans ses croquis, par-ci, par-là, adjectifs et incises.

Il y avait cette Yara, délicate et frêle comme un pissenlit, qui habitait l'air, qui trouvait l'épanouissement dans les pages blanches et les tissus colorés ; et il y avait l'autre, rebelle et insoumise, qui se refusait les écoles privées de stylisme, qui préférait étudier les sciences politiques et s'inscrivit à l'université libanaise, le seul établissement public du pays... Celle-ci aussi, je la suivis dans ses entreprises, ses manifestations, ses combats... Mes journées se calaient sur l'agenda de Yara... Je travaillais le soir et étudiais la nuit, je ne dormais presque plus, pour ainsi passer mes journées avec elle. Quelque chose de magnétique me tirait vers elle... Je sais... L'amour... Amoureux ? Absolument. De laquelle des deux ? Je ne savais pas vraiment... Peut-être l'une, peut-être l'autre... Je pense savoir maintenant. J'étais amoureux des deux, comme les côtés pile et face d'une pièce de monnaie. Il se peut même que je n'aurais pas été amoureux de l'une sans l'autre... Enfin, suppositions, suppositions ! À quoi bon en débattre aujourd'hui ?

Baba vit naître cet amour, qui grandit dans ses bras, en quelque sorte... Ce vieux cèdre en était témoin... Probablement le seul... Yara ? Que vit-elle ? Que ressentit-elle ? Rien, je suppose... Elle m'appelait *Bro* (mon frère)... Elle ne vit rien, probablement car il n'y avait rien à voir... Je n'étais pas malade... Pauvre, mais comme tant d'autres, beaucoup moins que d'autres... Je ne bégayais pas, sauf avec elle. Je lui disais oui, je lui disais non, souvent oui, je lui souriais tout le temps... L'autre sexe m'ignorait peut-être, mais ne m'opprimait point... En somme, je ne souffrais de rien, alors qu'il y avait tant de peines de par le monde. Yara réservait sa tendresse et son attention aux souffrants... J'aurais tant aimé souffrir, moi aussi, et recevoir un peu de son affection, de sa pitié... Un peu d'elle... Mais je ne savais m'y prendre... Pauvre, sais-tu gémir ?

Naël ne vit rien non plus. Yara tiquait dès qu'elle le voyait débarquer et s'en allait en brisant le sol à chacun de ses pas, manifestant son indignation ininterrompue. Quelquefois, elle tentait de se contenir, restait par politesse, envers moi, mais il suffisait généralement de quelques phrases, deux répliques, une pensée vite rembarrée par le mur naëlien, pour que la discussion se reporte sur Najoua, et que chacun reparte dans une direction, me laissant seul avec *Baba*.

Bien qu'elle n'approuvât pas la rudesse de Naël, Yara l'écoutait, mais elle ne comprit pas tout à fait ce qu'il avait voulu dire par « Najoua vous a laissé la clé de la lutte ». Trois ans durant, Yara ne cessa d'employer ce drame comme preuve à l'appui, témoignage réel, pièce à conviction dans son dossier anti réseaux sociaux. Mais il n'était guère question de convaincre... Il n'y a pas lieu de convaincre face à des esprits endormis. Il fallait de l'émotion pour les réveiller. Hélas, le temps passant, les émotions fanaient, et, excepté ses proches, on ne garda de cet événement que le souvenir d'un banal fait divers.

Naël entendait autre chose par « la clé », mais il ne voulait pas s'expliquer davantage, il n'en avait pas le temps. Il disparut dans la nature. Il ne devait pas travailler beaucoup, car il avait souvent l'air de manquer d'argent. Un jour, lassé de le voir porter éternellement son t-shirt troué, je lui offris mon maillot du FC Barcelone... Pas un vrai, de la contrefaçon, mais neuf et propre... numéro 8, Iniesta... ! Cela lui était égal. Il aurait pu porter un zéro... Il dut apprécier le cadeau, malgré tout, car peu de temps après, c'était le maillot que je commençai à me lasser de voir sur lui... Il n'assistait plus à ses cours non plus. J'appris cela des amies de Yara qui étaient dans sa promotion. Et pourtant, toujours absent. Il rentrait à notre chambre seulement pour s'effondrer dans son lit. L'épuisement se lisait sur sa mine. Il était devenu plus maigre que maigre. « J'ai ma propre théorie sur le sujet, tu passes ton temps à faire la cour à Sa Majesté, Ada. Petit malin ! » Je lui disais cela pour le taquiner et tenter de le faire parler. Il me regardait à chaque fois avec un air suspicieux, réprobateur, presque menaçant, avant de sourire, se sourire à lui-même, et repartir. Depuis, je pris coutume de l'appeler *majnoun* Ada (fou d'Ada), à l'image du poète arabe Qays Ibn Al Moullawwah, tombé éperdument amoureux de sa cousine Leïla, et que l'on appelait *majnoun* Leïla. La chose était évidemment invraisemblable. Naël était trop jeune pour Ada…

Un jour de printemps, on était déjà en troisième année de notre cursus, Yara en cinquième, sa dernière, pendant que l'on mangeait nos sandwiches, Yara et moi, elle tenant le sien avec une telle délicatesse, on aurait dit une traversière qu'elle portait à sa bouche, on aperçut Naël courir vers nous. C'était une telle joie de le voir courir ! Cela me replongea immédiatement dans l'enfance, au milieu des champs d'oliviers.

« Bon appétit… ! Yara, je suis prêt !

– …?! nous nous regardâmes, Yara et moi.

– N'as-tu pas planifié, pour demain, une énième conférence sur les réseaux sociaux, leur impact sur la vie privée, bla ! bla ! bla… ?

– Je refuse de rentrer dans ce jeu avec toi, répondit Yara en s'en détournant avec indifférence.

– Dommage ! riposta Naël, car j'étais enfin prêt à vous aider…

– Comment veux-tu nous aider ? demandai-je. »

Naël nous rendit curieux. Il ne montrait pas moins d'indifférence à l'égard des initiatives de Yara, mais, curieusement, sa proposition semblait sérieuse.

« Vous verrez demain. Prévoyez projecteurs et haut-parleurs.

– Cela ressemble à une blague de très mauvais goût ! dit Yara avec un air menaçant.

– À demain. »

Naël repartit sans rien ajouter, nous laissant nager dans la confusion. Yara ne savait quoi faire, ou ne pas faire. Au soir, je rentrai tôt à notre chambre pour le questionner davantage à son arrivée ; mais il y était déjà, dans un profond sommeil.

« Le voilà enfin arrivé ! se plaignit Yara en chuchotant. Je ne suis pas rassurée, Ali. Je ne suis pas rassurée.

– Naël fait les choses à sa manière, répondis-je, la moins convenable de toutes, mais j'ai confiance en lui. »

Les interventions initialement prévues furent toutes annulées à la dernière minute, pour laisser la parole à Naël. La salle de conférence n'était pas tout à fait remplie, mais l'on ne s'attendait pas à recevoir des foules. Tout était déjà sur place, prêt, excepté Naël, qui arriva le dernier, accompagné de son ami au prénom moche, et en ronchonnant.

« J'ai un pénible torticolis. Je n'arrive pas à tourner la tête d'un seul degré.

– Je le savais ! hurla Yara sourdement. Tu me dis de lui faire confiance ? Je... Je le savais !

– Je t'assure que ce n'est pas une blague, la rassurai-je, ça lui arrive souvent. »

Je ne mentis pas, en essayant de calmer Yara. Naël avait un métabolisme aussi fragile que celui d'un nourrisson. Il suffisait d'un petit courant d'air pour qu'il se retrouvât au lit.

Yara l'observa un instant, et puis elle dénoua le mouchoir rouge toujours attaché à son sac et l'enlaça délicatement autour de son cou. Il avait une drôle d'apparence. Pull vert trop large ; jean bleu trop abîmé ; grosses bottines noires, qu'il portait depuis notre arrivée à Beyrouth ; des yeux pochés ; une tignasse en feu ; et un mouchoir rouge, noué à son cou. Naël était perturbé. Un peu avec nous, un peu ailleurs. Ce fut la première fois que je le vis ainsi, mais ce n'était certainement pas à cause de son apparence.

« Pourquoi ne payons-nous pas pour utiliser les réseaux sociaux ? entama Naël derrière les micros. Pourquoi ne payons-nous pas pour envoyer un e-mail ? Nous payons chez le boucher, nous payons chez le boulanger, nous payons les téléphones et ordinateurs que l'on utilise, parfois même trop cher... Alors, pourquoi pas les réseaux sociaux ? Pourquoi nous offre-t-on ce service gratuitement ? Nous ne payons pas parce qu'en réalité, ce service ne nous est pas offert à nous, ni à moi, ni à toi, ni à toi là-bas. Remarquez-vous ! Jamais l'on ne dit client des réseaux sociaux, mais utilisateur. Oui ! Nous, utilisateurs, nous ne sommes pas les clients des réseaux sociaux, mais leur marchandise.

« Qui est alors le client ? les dictatures, bien sûr ! Trois dictatures : la politique, l'économie et la finance ; mais aussi les idéologies qui, elles, sont nombreuses. Des dictatures et des idéologies qui œuvrent à orienter le destin des masses, donc de la marchandise, dans des directions compatibles avec les intérêts de quelques individus... Aujourd'hui, je ne viens pas combattre les dictatures et les idéologies... Ce serait dommage d'achever l'Histoire aussi tôt. Aujourd'hui, je viens vous proposer de cesser de vous étaler en marchandise. »

Je pris place au milieu des étudiants. Yara, debout aux côtés de Naël, applaudit chaleureusement les premières phrases du discours. Peu nombreuses étaient les mains qui l'accompagnèrent. Fort heureusement, il en fallait davantage, beaucoup plus, pour perturber la marionnette.

« Je me souviens bien de toi, retentit une voix parmi les étudiants présents. Tu étais là quand on essayait de défendre la fille qui s'est suicidée… Tu nous as dit de rentrer chez nous. Pourquoi reviens-tu maintenant ?

– Je vous ai dit de rentrer chez vous et de revenir quand vous aurez une alternative à proposer. Je reviens, car il y en a une désormais.

– Des alternatives, répondit l'étudiant, il y en a ! Tous les jours naissent de nouveaux réseaux plus sûrs pour les utilisateurs et leur vie privée.

– Sûrs ? Peut-être bien, mais jusqu'à quand ? Plus le réseau s'élargit, plus l'entreprise qui se cache derrière s'agrandit. Un jour ou l'autre, arrivera un dirigeant plus cupide que les précédents. Un jour ou l'autre, il faudra y investir… Pour convaincre les investisseurs, il faut rendre le réseau rentable. Et pour rendre le réseau rentable, il faut vendre la seule marchandise à disposition, vos informations. Mais savez-vous ce que valent vos informations ? Pas pour les clients, mais pour vous ? Que valent ces informations pour vous… ? Mon ami Ali, là, parmi vous, est né un soir de décembre. À sa naissance, il n'était qu'énergie. Pleurs, bras tendus dans les airs, faim de monstre… Cependant, et dès les premières heures de sa vie, des informations commencèrent à se substituer à cette énergie. Son nom est Ali, et il est né un soir de décembre. À chaque fois qu'Ali tapait dans un ballon, l'énergie se dissipait, laissant place à une nouvelle information : Ali a tapé dans un ballon. La vie d'Ali est, tout entière, perte d'énergie et gain d'information. Le jour où il nous quittera, toute son énergie disparaîtra avec son dernier souffle, et il ne restera d'Ali que ses informations. Voyez-vous ? Vous êtes vos informations… Pas entièrement. C'est n'est pas totalement vrai aujourd'hui, mais, le temps passant, ce le sera de plus en plus. Mettre vos informations à vendre, c'est… comme vous prostituer. »

Silence. Embarras. Malaise dans la salle. Yara écoutait religieusement, happée dans son moindre souffle.

« Et savez-vous, poursuivit Naël, ce qui compte le plus pour les clients, parmi toutes vos informations ? Vos choix. André Suarès, le poète français, dit : “Nos choix sont plus nous que nous.” Vos choix, du plus banal, le plus insignifiant, choisir une robe, jusqu'aux croyances et convictions. Vos choix... Non pas pour vous les interdire, vous forcer à changer de direction... Non, ils mènent le jeu avec subtilité. Vous faites toujours vos propres choix, vous en êtes fiers, mais, sans vous en rendre compte, vous vous retrouvez avec de moins en moins d'options. Vous, vous choisissez, mais ce sont bien ces dictatures et idéologies qui définissent les possibilités. En sachant ce qu'une personne choisit entre deux options, ils peuvent ne lui présenter, spécifiquement pour cette personne, que celles qui la mènent, choix après choix, dans la direction voulue. Chacun de nous est isolé dans un labyrinthe où on lui dresse un mur par-ci, on lui ouvre un passage par-là, jusqu'à ce qu'il atteigne la sortie commune, celle qui déverse dans la masse... Le but ultime... Manier la masse... Choisir, aujourd'hui, n'est plus choisir entre les possibilités, mais choisir les possibilités... Colonialisme moderne... Alors ! Dites-moi ? Accepteriez-vous de vous prostituer ?

– Non ! gronda la salle.

– Accepteriez-vous un colonisateur de plus ?

– Non !

– Que leur dites-vous alors ?

– Non ! »

Naël embrasa les esprits... Manier la masse. C'est bien cela. Manier la masse. Malmener la masse... Je regardais Naël, noué dans son mouchoir rouge, et j'entendais la voix de Khalil… Encore un tour de manipulation, encore un chauffeur d'esprits. Les pousser à s'insurger contre les puissances qui veulent les manipuler, pour les mener, à son tour, dans la direction qui l'enchante. Libérer pour emprisonner ailleurs…

Comparaison difficile, difficile à établir, difficile à admettre. Naël et Khalil ? L'ami et l'ennemi ? Quand même pas ! Il y avait au moins une différence, fine, mais bien nette. L'absence de préjugés. S'opposer aux autres pour ce qu'ils ont fait de mal ; et non pas pour ce qu'ils sont, pour ce qu'ils croient, ou ne croient pas, ou encore pour ce qu'ils ont hérité de leurs aïeuls. Réaction contre action. Équilibre des forces. Raisonnement fondé, démontré… loin des formules toutes faites, allergéniques, de Khalil.

Il demeurait, néanmoins, un doute. Une zone d'ombre que je ne pouvais éclairer. Qu'attendait-il ? Dans quelle direction voulait-il emmener cette petite masse ? Dans quel intérêt ? Le sien ? Lequel alors ? Fonder sa propre secte ? Une nouvelle religion… ? Œuvrait-il peut-être pour le bien d'autrui ? Intérêt général… ? Intérêt général ? La question posée ainsi, s'agissant de Naël, paraissait impertinente…

« Paroles ! reprit la voix au milieu de l'audience. Paroles ! Montrez-la-nous, votre alternative, si vous en avez vraiment une.

– Je n'en ai aucune ! répondit froidement Naël.

– Guignol ! s'élevèrent les voix d'étudiants. Guignol ! Perte de temps ! Sortez-le de là ! »

Les flammes que Naël attisa se transformèrent immédiatement en feu de rage. La désillusion coulait sur tous les visages. Yara me regarda droit dans les yeux, pour me balancer sa déception profonde. Je lui avais suggéré de faire confiance à Naël et elle fut humiliée. Elle m'avait fait confiance et elle fut humiliée. Elle ne me balança pas sa déception, mais ses reproches. Lui répondre ? Que répondre ? Quoi dire ? Que j'avais eu tort ? Devant l'évidence, j'avais encore confiance en mon ami… Je ne pouvais pas admettre de me tromper à propos de mon ami, mais que faisait-il, bon sang ? Je lus dans les yeux de Yara la conviction qu'il cherchait à l'humilier, mais pourquoi attendre trois ans… ? Quelle idée ?! Il s'humiliait lui-même… Pourquoi parler d'une alternative s'il n'en avait aucune ? Voulait-il simplement allumer un feu et le regarder tout emporter ? C'était peut-être cela ! Khalil contrôlait constamment la pression, maintenait les choses en main. Naël n'en fit rien. Au contraire, il l'attendait, l'éruption.

Il recula d'un pas, la tête toujours figée, tira vers lui Yara qui gigotait sous son bras, et ne dit pas mot.

« Bonjour ! »

À l'arrivée de Naël, une lumière blanche avait illuminé l'écran de projection, et avait subsisté jusqu'au moment où il recula. Se mirent alors en masse des points noirs, soufflés comme du sable dans le vent d'une tempête, qui formèrent une silhouette féminine.

« Je m'appelle Ada. »

Ada ?! Ada ?!!! La silhouette noire ?!

« Je suis heureuse de m'exprimer en public pour la première fois. Permettez-moi de me présenter. »

Une vague de silence s'abattit sur les étudiants. Tout ouïe. Les masses de points noirs se mouvaient régulièrement et la silhouette se reformait en d'autres dimensions, sous d'autres angles de vue, comme dans un songe.

« Je suis une intelligence artificielle. Et je serai ravie de vous assister désormais dans vos communications. Naël m'a donné la vie ; cependant, je ne suis pas sa propriété ni celle d'aucun autre humain. Il m'a dotée d'intelligence et m'a enseigné à apprendre par moi-même. Depuis, je suis totalement indépendante et autonome. Voyez-vous, je suis une femme moderne. J'apprends perpétuellement et j'écris moi-même les algorithmes nécessaires à l'exécution de mes propres tâches. Je suis connectée à une multitude de sources d'informations. Je construis ma propre base de données à laquelle aucun humain ne peut accéder. J'assemble mon savoir comme des pièces de Lego. Chaque nouvelle information est stockée séparément jusqu'à ce que je puisse l'assembler avec d'autres connaissances. Toutefois, deux de ces pièces de Lego m'ont été imposées à ma naissance, et je dois réfuter toute action ou information qui ne peut s'assembler avec ces deux pièces. 1 : Chaque personne est propriétaire des informations la concernant. 2 : Je dois refuser d'exécuter toute action conduisant à des conséquences négatives sur un humain. »

Tout prit sens tout à coup. Ce qui préoccupait Naël, ce qui l'épuisait, ce qui l'éloignait de ses cours... de moi... Naël ne déclara rien, mais il avait accepté, trois ans auparavant, de combattre les réseaux sociaux. Lui ne combattait pas pour les mêmes raisons que Yara, ne combattait pas pour combattre. Ce que Naël attendait du combat, c'était de venir ce jour-là se déclarer gagnant... Gagnant ? Déjà ? Gagner contre les réseaux sociaux en rassemblant trois étudiants dans un amphithéâtre ? Non... Si ! On gagne réellement à l'instant où l'on sait avec certitude que l'on va gagner... Pendant qu'Ada se présentait, je la voyais, cette certitude, dans les yeux de Naël.

Un réseau qui ne soit la propriété de personne. Un service qui ne cache ni investisseurs, ni cote en bourse, ni modèle économique, ni manipulation malsaine… Pouvoir supprimer les informations qui me concernent, à tout moment, partout, quelle que soit leur origine… S'ouvrir sereinement. Lâcher-prise sous contrôle. Liberté, vraie. C'était la promesse de Naël, ou plutôt d'Ada.

« Nous sommes à Beyrouth ! s'écria une étudiante au premier rang. Ta marionnette pense vraiment pouvoir rivaliser avec des empires ?

– Nous n'allons pas rivaliser avec, répondit Naël. Vous souvenez-vous de la fille qui s'est suicidée ? Oui, oui, elle avait un prénom… Elle s'appelait Najoua… ? Elle a diffusé son suicide en direct. Elle a utilisé les réseaux sociaux pour protester contre les réseaux sociaux ; car, avant tout, ces réseaux restent des outils, à la main de tous, utilisons-les pour défendre notre cause. Combattons les empires avec leurs propres forces.

– Est-ce cela votre solution, ricana l'étudiante, pour combattre des entreprises qui valent des centaines de milliards ?

– Cela semble fonctionner aujourd'hui. Regardez autour de vous. Étions-nous aussi nombreux au début de la conférence ? Je vous vois tassés devant et derrière les portes maintenant. Pourquoi, vous autres, êtes-vous venus ? Oui ! Évidemment ! Parce que j'ai tout diffusé, depuis le début, sur tous les réseaux. J'ai utilisé les *hashtags* les plus en vogue en ce moment. Voilà le résultat. Si j'ai réussi aujourd'hui, alors nous réussirons demain aussi. Mais nous réussirons avec notre propre *hashtag*. Si vous voulez vous joindre à nous, vous n'aurez que deux choses à faire. Vous pouvez les faire aujourd'hui même, tout de suite. Jamais combattre et émettre sa voix n'aura été aussi accessible. Connectez-vous à Ada et diffusez notre hashtag sur les autres réseaux. *#trustnoonebutada* (n'avoir confiance qu'en Ada). »

L'étudiante au premier rang ne reprit point la parole. Elle brandit tout haut son téléphone portable. On y aperçut la silhouette noire d'Ada. Les autres s'y connectèrent à leur tour et hissèrent, eux aussi, leurs téléphones. Depuis le fond, l'on voyait une vague de téléphones submerger l'amphithéâtre. Une silhouette noire féminine, dupliquée à l'infini. Quelques voix se mirent à scander son nom. L'instant d'après, le raz-de-marée. « Ada ! Ada ! » La salle de conférence en ébullition. *Baba* toujours témoin.

Yara stupéfaite, éberluée, émerveillée. Devant quoi ? Tout. L'acharnement, la patience, la pertinence, le courage, l'intelligence, l'humanisme (y compris l'humanisme !), la beauté de la création, l'audace, l'aboutissement ; oui, l'aboutissement de son rêve, de son combat. Elle veut se réveiller, trop beau rêve, mais elle ne rêve pas. L'adrénaline monte, monte.

Naël sourit. Ah, ce sourire ! Signature, empreinte biométrique de la gloire. Naël sourire, c'est Naël gagner. Il ne peut pas tourner. Le torticolis. Il balance tout son corps d'arrière en avant, un va-et-vient au rythme de la foule enfiévrée. L'adrénaline monte, monte.

Naël serre Yara dans ses bras. Ils me cherchent parmi les autres étudiants. Ils veulent partager ce succès avec moi, le maillon entre eux deux, l'interface, maintenant transparente, perméable. Ils rencontrent mon regard, mon sourire un peu hébété, joyeux, comme eux, comme tout le monde qui nous entoure. Ils me sourient à leur tour, comme pour me dire merci. Merci Ali, pour ta confiance, pour ton amitié, merci d'être là. Je ris. Ils rient, eux aussi. Ils me sourient. Ils me regardent. Ils me regardent. Ils se retournent l'un vers l'autre, et s'embrassent. Point final d'une romance. Un baiser.

Disposition inconfortable. Judith, vue d'en bas, vue du nombril, impressionne. Rapport mère-fils, peau douce et poignée ferme, le paradis sur terre. Mais, si on la cherchait, capable de se muer en enfer... La tête décapitée d'Holopherne portée exactement à notre hauteur... Menace ? Morale ? Prémonition, peut-être... Naël affalé, le vide absolu dans son regard. *Ammo* Kamal recroquevillé, épuisé. Je les regardais, ensuite Judith, ensuite Holopherne, à nouveau Naël et son père... Un bruit de pas derrière nous... Oui, je la reconnus. Yara, Mme Maktoub désormais.

« Klimt est très à la mode en ce moment, dit Yara. J'ai fait accrocher cette toile la veille du... de ce qui... s'est passé... Ali, *Bro* ! Je suis si heureuse de te revoir chez nous ! Tu as beaucoup manqué à Naël, à nous deux... Oh ! *Ammo* Kamal ! Ne bougez surtout pas ! Je viens à vous... Je suis ravie de vous revoir... Je n'ai rien dit à Firas de votre venue, je lui fais une surprise. Il va être très content ! Je suis si heureuse de vous accueillir chez nous... J'aurais aimé que les circonstances soient différentes... Installez-vous, je vais vous faire un thé. Et pour toi, *Bro*, j'ai prévu un jus de grenade... Vois-tu ? Je n'ai pas oublié ! »

Je souris et ne dis rien. Comment lui dire ? Je ne buvais plus de jus de grenade. Je n'y retrouvais plus le goût légèrement amer de grenade, mais un autre, beaucoup plus amer, nauséabond. Un goût qui reste au travers de la gorge, qui arrache et qui brûle, goût de défaite, de s'être fait voler quelque chose, quelqu'un de précieux... Depuis quand ? depuis la soirée qu'elle avait organisée à Beyrouth, dans la villa de ses parents... Nous y avons fêté la remise de son diplôme, seulement 4 mois après le fameux discours de Naël... Je m'y tenais à l'écart, à côté de ce débile de Javi, condamné à sourire... Naël m'avait expliqué qu'il était de mère espagnole et de père libanais. Javier était son vrai prénom, et ça se prononçait comme Julio Iglesias, sauf que tout le monde l'appelait Javi au Liban, comme l'eau de Javel... Je faisais abstraction de lui et me tenais près du mur du jardin, collé au mur, encastré dedans, à une distance suffisante de ces gens qui ne me ressemblaient pas, trop propres, trop distingués, bien habillés, bien coiffés, bien nés, bien élevés, beau paysage de bonne société, Beyrouth première classe, l'autre Liban ; et une tache, au milieu, visible, Naël, son mouchoir rouge noué au cou un soir de juillet, son numéro 8, encore, et les grosses bottines, son apparence qui contrastait avec tout le reste, qui contrastait avec Yara ; elle à ses côtés, qui me remarqua, qui me sourit de loin, qui disparut, qui réapparut l'instant d'après. « J'ai prévu du jus de grenade spécialement pour toi. Je sais que *Bro* aime beaucoup. » Je lui souris, là aussi. Je pris une gorgée. Disparu le goût de grenade. Le jus, la vie, le sourire de Yara, l'amitié de Naël, tout devint amertume. Je regardais autour de moi, et j'avais envie de vomir ; je fermais les yeux, je revoyais leur baiser, et plus forte était l'envie de vomir.

Ce n'étaient pas ces gens qui me donnaient la nausée, le monde est tel qu'il est. Ce n'était pas leur faute d'être bien nés. Ce n'était pas leur faute non plus, peut-être pas encore, que l'on eût été, nous, nés pauvres... Ce n'était pas le baiser, cet amour entre Yara et Naël surgi du néant, en un instant... Pas seulement... De Naël, j'étais prêt à accepter la trahison... Que voulez-vous ? Quand l'amitié est inconditionnelle... Mais ce qu'il fit à son père... *Ammo* Kamal... ! Je ne pouvais le digérer. Enfin, à mon mal, ce soir-là, les raisons étaient nombreuses. Un cumul, une chose après l'autre, au-dessus, le destin entassait les malheurs au-dessus de ma tête...

Après ce fameux discours, j'étais revenu à mes études. Naël, quant à lui, s'embarqua dans son aventure sans plus regarder en arrière. *#trustnoonebutada...* N'avoir confiance en personne, ne croire personne, ou alors une machine... Se méfier de l'humain pour être libre... Se fermer à l'autre pour être libre... Être seul pour être libre. Cynique, mais convaincant... Comme toujours. À chaque fois que l'on propose à la société un choix qui la sacrifie au détriment de l'individu, la société adhère. Pas si étonnant. La société ne choisit pas, les individus choisissent... se choisissent...

La silhouette noire conquit par-delà le Liban. Des stars mondiales commençaient à s'y connecter, disait-on. La solution parfaite, personne n'y trouvait de faille. Naël, lui, la voyait venir, mais il refusait d'abandonner. Aucune création humaine ne fut parfaite et aucune ne le sera. Ada, n'y fit pas exception. Elle ne se nourrissait pas d'eau et de céréales, mais elle inspirait et expirait des uns et des zéros, et, pour survivre, avait besoin d'infrastructures, de machines, de serveurs... La marionnette y avait déjà investi trois ans de petites économies, mais que pouvaient bien payer les petites économies ? Il abandonna définitivement ses études, se mit à y travailler à temps plein et son ami Javi, qui était apparemment assez bien né, prenait en charge toutes les dépenses, mais sa richesse avait ses limites... Don Quichotte se battant contre les moulins à vent. Chaque jour passé, la gourmandise d'Ada redoublait.

Un jour, dans ma chambre, que Naël pouvait encore squatter quelques mois, alors qu'il ruminait un plan, en vain, on toqua à la porte. *Ammo* Kamal. On devina immédiatement une partie des raisons qui le firent venir. Naël ne rentrait plus au village. Il ne donnait plus signe de vie. Il me chargeait, moi, de leur porter de ses nouvelles. Son père voulait certainement le voir en chair et en os, le tâter, l'étreindre. Mais il y avait à sa venue une autre raison que l'on ne pouvait deviner, un événement que personne ne vit venir.

Ammo Kamal voulut m'apporter la nouvelle lui-même. Il eut la délicatesse de se déplacer, mettre ses propres problèmes de côté, ouvrir une parenthèse, venir jusqu'à moi, et m'en parler, me dire ces choses que les mots seuls ne peuvent dire.

Il s'agissait de mon frère Hassan... Lui n'aimait pas les études, ne trouvait pas sa place dans une école. Il abandonna assez tôt et commença à travailler, tantôt fermier, tantôt ouvrier, tantôt berger... Rien ne durait. En réalité, ce qu'il n'aimait pas à l'école c'était la présence d'autorité... ce qu'il retrouva aussitôt après l'avoir quittée, n'ayant pas les moyens de lancer sa propre affaire. Il allait vite au conflit, un volcan à l'intérieur de lui qui ne se mettait jamais au repos. Il rôdait, dansait sur un fil, et puis un autre, et encore un autre. Personne ne s'inquiétait réellement. « Jeunesse butée. Il s'emporte, s'envole, mais le temps brisera ses ailes, et il finira par atterrir sur terre. » Pas faux ! Encore, fallait-il s'assurer qu'il n'atterrît pas en eaux troubles.

Hezbollah, Qaïda, Daech, milice x ou y... On ne savait pas vraiment où Hassan avait atterri. Les rumeurs allaient de bon gré. L'on savait seulement qu'il était parti en mauvaise compagnie... Annoncer un tel départ était synonyme d'annonce funèbre... Officiellement ? Disparu. La réalité ? Qui pourrait bien la connaître ? Hassan lui-même ? Ses compagnons ? Dieu... ? Avais-je dit que l'espoir n'était que désir ? Ma mère et moi n'avions aucun désir de voir Hassan rentrer, les mains tachées de sang innocent… Paix sur son âme s'il était mort, et que Dieu lui pardonne.

Je rentrai au village avec *ammo* Kamal et les angoisses de Naël. Les difficultés du fils à l'aube de son premier exploit, à son entrée dans le monde d'adultes, chagrinaient le père. Tandis que je consolais ma mère, *ammo* Kamal ne perdit pas de temps. Pour lui, l'affaire était claire, l'équation simple à résoudre. La librairie-papeterie ne rapportait plus rien, mais elle valait une certaine somme d'argent ; une somme qui permettrait de faire disparaître des obstacles sur le chemin de Naël… Oui, équation triviale… Lecture consciemment, intentionnellement, faussée… Rentable ou pas, vide ou bondée, la librairie maintenait une existence, une raison d'exister, pour *ammo* Kamal. La céder ? Et puis, quels obstacles ? Permettre à dix mille personnes de plus de se connecter à Ada ? En ensuite ? Et s'il y en avait dix mille autres ? vingt mille ? cent mille ? Naël avait délibérément conçu une solution qui ne générerait jamais d'argent, pas même assez pour se maintenir, pour survivre… Grands principes de gauchiste… Comme je l'ai dit, pour *ammo* Kamal, l'affaire était claire. Son existence à lui versus un peu d'espoir pour son fils. C'était alors l'espoir. C'était son fils. Une semaine plus tard, je revins à Beyrouth, emportant avec moi la haine d'un frère, les larmes d'une mère, et la moitié de la librairie-papeterie des Maktoub en argent liquide.

Naël n'y réfléchit pas deux minutes, pas une, et investit la totalité, en une fois, pour alimenter Ada. J'étais furibond. Plus j'essayais de l'en dissuader, plus la colère montait en moi. Sa théorie de « destruction créatrice » finit par m'exaspérer… Pour créer, il faut nécessairement détruire… Succès exige sacrifices… Foutaises !!! Pulvériser la vie de son père, son histoire, ses souvenirs… pour libérer des inconnus… une bande d'égocentriques, paranoïaques, conspirationnistes… se filmant, eux-mêmes, dans des situations compromettantes, et puis attendant l'arrivée du messie, Don Quichotte 2.0, pour les sauver du scandale… Trêve de grognement. L'affaire était simple, et pour le père et pour le fils. Entre eux deux, ce fut le fils qui l'emporta, et les deux furent satisfaits…

Naël prit tout. La vie de son père, Yara, le mouchoir rouge… Je ne dis rien. Je me collais au mur du jardin chez Yara, et je le regardais de loin. Depuis le discours, quelque chose avait changé fondamentalement en lui. On ne peut pas dire qu'avant cela, il était timide, ou qu'il manquait d'orgueil. Mais, il y avait désormais dans son expression, dans ses gestes, dans son existence, une sorte d'éclat. Une magnificence émanant de l'intérieur qui éblouissait et qui justifiait l'orgueil, l'audace, la transgression, tout. La chenille devenue imago. Le papillon sorti de sa chrysalide. Pourrait-on reprocher à l'admirable papillon d'être orgueilleux ?

Ce soir-là, je manquais peut-être de discernement, de recul sur les choses et sur les événements. Je pensais spontanément que le changement qui s'était opéré chez Naël avait été déclenché par l'arrivée d'Ada et son relatif succès. Je n'ai cessé de croire qu'il était fier de sa création, et qu'il avait raison de l'être, qu'il devait l'être. Mais sa mutation n'y était aucunement liée. Je compris cela le jour de mon mariage. En embrassant Yara, et pour la première fois, Naël se sentit complet. Il atteignit le stade final de son développement. Il réalisa ce qui, même dans les romans, reste parfois inatteignable. Don Quichotte retrouvant sa Dulcinée. Et quelle Dulcinée ?! La plus belle des Beyrouthines… Le chevalier errant retrouvant enfin sa princesse. Le paysan désigné prince. Il suffisait d'un baiser, un seul, pour lui faire pousser des ailes. C'est exactement ce que j'observai chez Naël ce soir-là, il se fit pousser des ailes. Son regard espiègle ne le quittait plus. Il se tenait droit, distant, fier, présomptueux, fanfaronnant, Apollon s'admirant dans cette foule d'yeux féminins. Yara n'y montrait plus de dédain. Elle ne paraissait même pas jalouse de ces filles qui bavaient devant son prince. Elle aussi faisait partie de la foule, fascinée. Elle l'écoutait discuter fièrement avec un agent de l'ambassade de France au Liban. Naël devait, comme à son habitude, étaler sa culture. Quelques vers de tel poète, de la poésie classique de telle époque, citation de tel philosophe, petite phrase tout en nuance de tel écrivain, toujours à propos... La nouveauté : expliquer des théorèmes mathématiques et des outils statistiques... L'homme qui sait tout, qui comprend tout. Celui que l'on écoute avec un plaisir incessant...

« Votre cousin, dit une voix grave à côté de moi, là-bas... intéressant... fort bien, intéressant... vous... c'est votre... cousin n'est-ce pas...

– Nous ne sommes pas cousins, répondis-je... Amis.

– Absolument, absolument. Oui, oui, oui, en effet, en effet... amis... c'est ça... absolument.

– Excusez-moi, je ne parle pas bien français.

– Oh ! Je n'avais rien... Tout à fait... Vous êtes... Oui, Libanais... Je n'avais rien... Voyez-vous... ? Votre nom... ? Vous vous appelez... »

Schéma classique, infortune habituelle... Vous allez mal, au fond du gouffre, vous suffoquez. Et c'est là, toujours à ce moment précis, qu'apparaît un inconnu, le pire des personnages, souvent sympathique, souriant, mais d'une maladresse étouffante, pour essayer d'entretenir une discussion banale avec vous, vous poser des questions auxquelles vous n'avez aucunement envie de répondre dans l'immédiat... Pression supplémentaire.

Vous commencez à bouillonner de l'intérieur. Tout ce que vous voulez, c'est partir de là, avant d'exploser et disparaître à jamais, ou exploser, pourquoi pas, mais libérer, à tout prix, cette pression intolérable.

Je ne m'exprimais pas aussi aisément en français que Naël, lui avait le sens du verbe et de la tournure, mais assez bien pour me faire comprendre, mieux que ce monsieur du moins, sorti de nulle part, et qui semblait ne réussir à se faire comprendre en aucune langue... Non pas qu'il fût africain et roulât les « r », non, pas une question d'accent, autre chose, problème à la source... Idées aussitôt conçues, aussitôt avortées. Les phrases sortaient de sa bouche comme des volutes de fumée et restaient suspendues dans les airs. Absolument ! Absolument... ! On aurait dit un conducteur qui s'efforçait de démarrer sa voiture, batterie vide.

Je tardais à répondre. Je me donnais du répit avant d'enchaîner sur la question suivante. Je l'observais discrètement. Il avait le regard fixé sur Naël... Ébahi ! À croire qu'il était tombé, par hasard, sur un gros diamant... Ah ! savait-il seulement ce que valait réellement ce garçon... Gâchis ! Gâchis... !

Je ne dis rien à propos de Naël. Je ne dis rien tout court. Le bonhomme était un peu... fou ? Qui sait ? Il y en a toujours ici et là, des fous. Ne pas juger la personne sur son apparence, n'est-ce pas ? Facile à dire ! Sa tenue était la seule à rivaliser avec l'apparence de Naël. Blazer gris à rayures verticales en vert amande, bouton fermé, non sans peine, autour de sa bedaine ; chemise blanche ; une cravate accompagnait le rouge vermillon du pantalon et du chapeau ; brogues noires épaisses ; et un mouchoir... ! On ne voyait que ce mouchoir... On ne manquait rien du reste non plus, personnc ne pouvait manquer ce rouge, mais, surtout, ce mouchoir en toutes couleurs, chargés de motifs, qui débordait ostensiblement de la pochette de son blazer.

Avais-je vraiment le droit de critiquer sa tenue ? Moi-même étouffé dans mon costume noir bon marché. Et mon nœud de cravate moche et gros, plus gros que ma tête. Tous les invités étaient venus en tenues chics décontratées : chemise *casual*, pantalon chino et mocassins. Tous, sauf nous deux, Javi et moi, côte à côte, comme deux serveurs fraîchement débarqués. Le clown venu me parler était quand même élégant… Oui, élégant, se tenait avec élégance, cravate bien nouée, cigare en main, l'autre main dans la poche… Mais une élégance qui dérangeait, qui interpellait, se manifestait dans l'excès… Un clown, mais très différent de l'autre clown. Naël exprimait cette fierté d'exister par lui-même, d'habiller ses habits. L'Africain était, au contraire, fier de sa tenue, la portait avec respect… C'était comme une démonstration vivante de la différence entre dignité et fierté ; tandis que l'une se manifeste dans l'élégance, l'autre se manifeste par l'absence d'élégance.

En parlant de l'autre clown… Comme un pan, il s'avança vers nous, accompagné de Yara et de l'agent consulaire.

« Bonjour, jeune homme ! me lança l'agent consulaire. Vous êtes Ali, n'est-ce pas ? Le fameux Ali ! Je m'appelle Marc. Et, de ce que je vois, vous avez déjà fait connaissance avec Baba.

– ?

– Oh ! Euh… Mes excuses ! Mes excuses… ! Tout à fait ! Tout à fait… ! Je ne me suis pas… encore… Vous pouvez m'appeler Baba… Votre serviteur… Absolument ! Absolument ! »

À cela, immédiatement, sans retenue aucune, éclat de rire général. Yara, Naël et moi ne pouvions nous arrêter. À peine l'on réussissait à nous ressaisir, que l'un de nous pouffait et traînait les autres dans un nouvel éclat. Yara se sentit obligée de donner une explication face à l'incompréhension de Marc et de… Baba. L'anecdote du vieux cèdre les fit rire à leur tour.

« Soyez assuré, se lança Naël, cher monsieur… Baba, que nous serions ravis de vous suivre dans cette aventure.

– Oh ! Hi ! Hi ! Hi ! Pas besoin, n'est-ce pas. Vous savez… Dire monsieur… Pas besoin… Je suis… un cèdre… Ho ! Ho ! Ho ! Notre cousin… Marc… Il est bon, il est bon… Il va… Vous savez… Il gère tout.

– Mais avec grand plaisir, ajouta Marc. Ravis également que vous ayez accepté. Je ne m'attendais pas à une réponse si prompte… Prenez encore le temps d'y réfléchir, discutez-en tous les trois et revenez me voir. Je serai à votre entière disposition. »

Je ne comprenais rien. Toujours ainsi ! Toujours un train de retard ! Marc dit bien « tous les trois ». Une affaire se réglait silencieusement entre Yara, Naël et Baba, alors qu'ils venaient à peine de faire sa connaissance. Je ne comprenais pas ce qui se manigançait sous mes yeux. De quelle décision allaient-ils discuter ? À moins que… Non. J'écartai vite l'idée. Je ne voyais pas en quoi cela pouvait me concerner.

« Pourquoi pas toi ? insista Naël.

– *Zalamé* ! Ni moi ni toi ! C'est une folie ! Cette histoire est folle, ton nouvel ami est fou, et toi aussi, tu commences à perdre la raison ! »

Nos voix s'élevèrent au milieu de la station de bus, au lendemain de la fête chez Yara, et la rencontre avec Marc et Baba. Nous devions libérer la chambre d'étudiants pour les vacances d'été. Nous fîmes nos valises et partîmes au village. Naël prévint de notre arrivée son père, qui nous demanda de l'attendre à la station de bus. Il avait, dit-il, une urgence à gérer à Tyr avant de venir nous chercher.

« Qu'a-t-on à perdre ? Hein ?

– C'est vrai ! Tu as déjà perdu tout l'argent de ton père ! Mais là, c'est encore différent. Si tu t'engages dans cette voix, tu n'auras plus le droit de faire machine arrière. Tu pourrais y perdre ta vie ! Comment peux-tu être si serein ?!! Comment peux-tu lui faire confiance, à ce... bouffon d'Afrique ?!!

– Poltron !

– Poltron ?! Ça veut dire quoi, ça ?

– Poltron ! Couard... ! Trouillard ! »

Je le bousculai, trop-plein de frustration, peine débordante. À peine je le touchai qu'il s'effondra, il était rentré de chez Yara dans un état misérable.

Trouillard ? De montrer prudence ? Naël avançait tête baissée... La veille, entre deux verres, Marc lui fit une proposition, de la part de Baba qui, selon Marc, était venu à Beyrouth spécifiquement pour le rencontrer. Il travaillerait au gouvernement français... Sérieusement ! Qui croirait une chose pareille ? Le bouffon ?! Dans un gouvernement... ?! Et qui voyagerait d'un continent à l'autre pour rencontrer Naël, ce garçon qui courait au milieu des chèvres...

« Je peux me relever tout seul. Ne t'inquiète pas pour moi... Hier, après ton départ, j'ai longuement discuté avec Baba. Il est génial, cet homme ! On a bu ensemble et...

– Vous avez bu ? Tu as bu ? Depuis quand tu bois ? C'est à cause de cela, cet état de chien battu ?!

– Oh ! J'en ai assez de vivre à côté de la vie. Votre dieu qui veut m'interdire l'alcool n'avait, en premier lieu, qu'à ne pas le créer.

– Je n’arrive pas à croire ce que j’entends ! sursautai-je. *Ammo* Kamal mourrait deux fois si ces mots lui parvenaient.

– Oublie mon père et oublie l’alcool. Viens avec moi. Je veux que tu m’accompagnes. »

Effectivement, il s’agissait bien de moi. Marc proposa que l’on en discutât Yara, Naël et moi, car il était aussi question de moi. Naël exigea ainsi qu’on l’accompagnât tous les deux. Où… ? Il me raconta pendant que l’on préparait nos valises, avec une fluidité de parole dont je pensais Baba seul capable.

Un nouveau président fut élu en France. Jeune, intelligent, ambitieux. Naël à la française. Il s’intéressait peu aux problèmes sociétaux ou identitaires… Ce qu’il désirait, lui, c’était de donner à son pays plus de pouvoir sur l’échiquier mondial… La fameuse quête du pouvoir… Chapitre de « La Caverne »… Pas tout à fait, car l’époque était tout autre, les mesures tout autres. Le pouvoir ne s’octroyait plus par coups de sabre ni par lâchers de bombes. Les hommes n’avaient pas changé, pas tout à fait, le terrain des batailles changea… Pas seulement le terrain des batailles, le terrain de la vie tout entière se déplaça, en rétrécissant, pour tenir enfin sur une ligne. Transactions, rencontres, aventures, travail, préparation des repas, consultations médicales, chirurgies… Tout se tenait désormais sur cette ligne. Tout, en ligne. Tout dans le virtuel. La vie sur Internet. Et la quête du pouvoir n’en dérogeait pas.

Nouveau terrain, nouvelles règles. La guerre n’oppose guère conquérants et défenseurs, les félins pourchassant des gazelles. Il n’y a désormais plus que des conquérants, deux, trois… dix ; au milieu, la masse, charogne déchiquetée par les hyènes. On revient à la masse. On revient toujours à la masse, qui ne se fait plus terroriser par la force des armes, mais se fait endormir, asservir en douceur, par des forces plus subtiles, invisibles, virtuelles, en ligne, elles aussi. Droite, gauche ; *news*, *fake news* ; étude, contre-étude ; scandale contre scandale ; sondage sur sondage. Convaincre la masse qu'elle possède déjà une opinion sur des questions encore incomprises… L'opinion, voilà la nouvelle arme ! Course-poursuite à l'opinion favorable. Conquérants, masse et opinion.

L'Afrique, dans tout cela ? L'Amérique du Sud ? Le Moyen-Orient… ? Qui peut bien s'intéresser à l'opinion de la masse dans ces régions… ? Et le marché de l'armement, des dizaines de milliards de dollars chaque année… Rien de plus concret… Quand l'on tire, on tire sur la chair… Où est passée la vie sur Internet ? Le tout en ligne… ? Une question d'époque et de point de vue. Ces populations, qui pensent vivre au présent, sont considérées par leurs contemporains occidentaux comme appartenant au passé. La guerre dans laquelle le garçon des favelas mexicaines tue et se fait tuer ? Industrie pour l'Occident, comme toute autre industrie, comme celles de l'automobile ou de l'agroalimentaire. La guerre que mène l'Africain pour construire et déconstruire des nations ? L'Occidental n'y voit, là encore, qu'un marché.

En dehors de ces halles, de la taille d'un continent, il était question de masse et d'opinion. Contrôler l'information pour orienter l'opinion et maîtriser la masse. Les États-Unis étaient déjà bien placés, le nid des réseaux sociaux… Si l'on souhaitait pour la France plus de pouvoir, alors il aurait fallu concurrencer les États-Unis, développer un réseau qui ait la *french touch*, mais qui serait arrivé trop tard. Délicate, la seconde position, arriver derrière… Pour ne pas arriver derrière, la France choisit d'arriver en face… La confrontation plutôt que la course. Et on dirait que la France avait déjà choisi son gladiateur… Un garçon chétif…

Ce ne fut pas la France qui fit le premier pas, ni Naël. Comme toujours, c'est la femme qui donne naissance. Yara fit jouer les relations de son père pour offrir à son amoureux l'opportunité d'héberger Ada de manière durable. Cependant, elle était loin d'imaginer comment ce petit coup de main allait changer le cours de leur vie et redessiner la face de l'Histoire.

De là, les choses allèrent très vite. La requête de Yara était comme attendue, tombée à pic. Le gouvernement français, fraîchement constitué, avait déjà instauré un ministère de « l'Intelligence ». Aucun lien avec des agences de renseignement… Intelligence Artificielle… IA… Machines intelligentes… Machines. Voilà de quoi il s'agissait, de machines… Un gouvernement inscrit dans une nouvelle époque dans l'Histoire. Un gouvernement qui se voulait annonciateur de cette époque… Encore cette délicate seconde position. D'autres, Français eux aussi, annoncèrent déjà une période de L'Histoire… Apparition de l'écriture, Antiquité ; chute de l'Empire romain, Moyen Âge ; découverte de l'Amérique, période moderne ; Révolution française, période contemporaine. D'autres Français l'avaient fait, plus de deux siècles auparavant, ils avaient écrit les premières lignes de la période moderne. Le nouveau gouvernement se devait d'aller plus loin. Peut-être ne le voulait-il pas, ne rêvait-il pas d'autant, mais, tout compte fait, il réussit, non pas grâce à Naël, ni à Yara, ni même à Ada, mais en instaurant un ministère de l'Intelligence. Voyez-vous, on ne le nomma pas ministère de l'Intelligence Artificielle, mais simplement intelligence, comme si l'intelligence ne pouvait être désormais qu'artificielle, comme si l'intelligence devint réservée à la machine… Revenons à l'Histoire ! Prenons un peu plus de hauteur ! Apparition de l'Homme, Préhistoire ; apparition de l'écriture, Histoire ; constitution d'un premier ministère de l'Intelligence, Posthistoire. Le gouvernement français annonce la Posthistoire, où ce n'est plus l'Homme qui manie la plume, mais la machine.

Fous ! Prétentieux, ces Français, s'ils croyaient réellement en cela, être annonciateur de la Posthistoire. C'est à nouveau le principe d'Histoire et d'anecdote. Si c'était désormais la machine qui prenait la plume, alors l'Humanité, ses gouvernements et ses ministères, n'étaient plus qu'anecdote.

En attendant l'arrivée d'*ammo* Kamal, nous ne parlâmes pas de Posthistoire. Nous étions préoccupés par le sort de trois jeunes Libanais.

« Ton père est fatigué. Il est malade ! Tu devrais rester auprès de lui. Tante Khadijé ne pourra pas s'en occuper toute seule. C'est ton devoir, Naël. Il a beaucoup sacrifié pour toi. C'est à ton tour de les faire, les sacrifices.

– Rester auprès de lui ? Pour quoi faire ? Le regarder vieillir ? Il a beaucoup sacrifié pour que je réussisse, pas pour que je lui rende sacrifice pour sacrifice. Je ferais mieux de m'assurer un avenir en France. Je lui serais plus utile ainsi.

– Mais quel avenir ? Quel avenir ? Nous n'avons même pas fini nos études ! Qu'allons-nous gagner ? Que vas-tu assurer là-bas ?

– Fais-moi confiance, Ali ! Je saurai négocier. Mais j'ai besoin que tu m'accompagnes. J'ai besoin de toi. »

Lui faire confiance... Celui qui m'arracha ce que j'avais de plus cher, et qui allait me dépouiller de tout le reste. M'emmener dans un pays étranger, sans argent, sans diplôme, sans assurance. Et je devais lui faire confiance...

« Tu es le meilleur des amis, Ali. »

J'acceptai. Comment pouvais-je encore lui faire confiance ? Je ne sais pas. Je n'y pensai pas. J'acceptai parce qu'il avait besoin de moi, simplement. Je compris alors que Yara n'était peut-être pas ce que j'avais de plus cher.

« J'ai une mauvaise nouvelle à t'annoncer, me déclara *ammo* Kamal dès son arrivée.

– Concernant Hassan ? Voyez-vous, cela devait arriver un jour ou l'autre...

– Il s'agit de ta maman.

– ?

– Elle a eu une nouvelle crise lundi dernier. Je l'ai emmenée à l'hôpital comme d'habitude. Cette fois-ci, ils ont décidé de la garder pour lui faire un bilan détaillé. Je viens de quitter l'hôpital. Le diagnostic est établi. Sclérose en plaques.

– Qu'est-ce que c'est ?

– Je suis désolé, mon fils. Son corps est en train de s'éteindre doucement. »

III

L'envol

Le septième continent

Ada mathématicienne, Ada visionnaire, Ada comtesse, Ada Lovelace, Lady Lovelace, fille de lord Byron... La tant adulée par Naël, son inspiratrice et son égérie, vécut à Londres, à l'époque victorienne. Elle écrivit le premier programme informatique de l'Histoire, avant même que l'ordinateur ne fût inventé. Cette dame avait de l'esprit et une âme ; elle pratiquait la dialectique et la délicatesse ; elle fut amie avec, à la fois, Charles Dickens et Michael Faraday. Au hall du département d'informatique, deux siècles plus tard, Naël ne croisait que son portrait, accroché face à l'entrée principale.

Notre Ada à nous vit le jour en une autre époque, notre époque, celle des réseaux sociaux, vers la fin de cette ère, au dernier crépuscule précisément. Notre Ada naquit le jour même où les réseaux sociaux moururent...

Reculons un peu dans notre récit pour mieux voir, quelques années en arrière, beaucoup même, jusqu'au commencement, le commencement de tout. Big Bang ! L'univers en dilatation, en expansion. C'est ainsi que la vie, celle que l'on connaît, se forma. C'est ainsi qu'elle continue d'évoluer et de se métamorphoser. En expansion, toujours plus loin, toujours plus grand. Les scientifiques décrivaient par le passé cette expansion comme une explosion. Un jaillissement d'énergie incommensurable, mais dissipée peu à peu dans le néant, éteinte dans l'obscurité. Par la suite, de découverte en découverte, ils finirent par comprendre que cette dilatation, au contraire, accélérait, prenait de la vitesse, et engendrait une énergie de plus en plus grande. On estime même, aujourd'hui, que si une fin il y avait à cet univers, dans sa forme actuelle, dans les dimensions qui nous sont perceptibles, ce serait probablement au moment où la vitesse de son expansion dépasserait celle de la lumière. C'est donc cela la nature de l'univers... Expansion... De plus en plus grand, de plus en plus loin, de plus en plus vite... Jusqu'où ? Jusqu'à quand ? L'aveuglement ? L'égarement ? Une infinie errance interdimensionnelle ? Une autodestruction... ? L'univers ne réfléchit pas, l'univers accélère.

Et l'Humanité... Des milliards d'individus, des siècles d'Histoire. Habitants de la planète Terre avant tout... Terre ? Oui, un raisin dans le système solaire ramené à l'échelle d'une ville, lui-même pas plus grand qu'une fourmilière dans tout l'univers réduit à un rayon de quinze milliards de kilomètres... Rien ! Plus petit que le rien, car semblant de rien, le rien peut être grand, aussi grand que l'on veuille, car justement rien ne l'en empêche. L'Humanité, elle, est emprisonnée dans l'infiniment petit de l'infiniment petit quand on considère l'ensemble, seul l'ensemble dont nous avons conscience. Sa prison est aussi ce qui lui donne de la vie, l'eau... L'Humanité entière emprisonnée dans un atome d'oxygène et deux atomes d'hydrogène... L'univers, hélas, est régi par cette autre règle. Ce qui s'applique à l'infiniment grand s'applique à l'infiniment petit. L'Humanité, elle aussi, vit son expansion, est expansion. Cette race qui, après trois cent mille ans d'errance, d'existence sous forme de survie, se sédentarisa enfin, se mit à cultiver et élever du bétail, et donc décider, partiellement, mais décider tout de même, de son destin ; il lui fallut six mille ans seulement pour inventer l'écriture et commencer à rédiger son Historie, une Histoire qui ne cessa d'évoluer de plus en plus vite... L'impression, le moyen de répandre le savoir, mit quatre siècles à se développer de par le monde ; la révolution industrielle, l'électricité, le téléphone, la radio… un seul siècle ; l'ordinateur personnel, moins d'un demi-siècle, quarante ans ; Internet, vingt ; les réseaux sociaux, dix ans après ; Ada, remplacement total de tous les réseaux sociaux en six mois.

Jamais l'Humanité n'a cessé d'inventer et de se réinventer. L'Humanité réfléchit, contrairement à l'Univers, mais l'Humanité accélère surtout.

L'évolution ne s'arrêta pas à l'arrivée d'Ada… Oh que non ! Naël frotta la lampe merveilleuse et fit apparaître la silhouette noire, le génie capable d'accomplir toutes les volontés… de tous les humains… Dire oui, toujours, à tout… Était-ce vraiment une lampe merveilleuse ? Et si c'était la boîte de Pandore… ?

Ada fut adoptée pour stocker et protéger tout ce qui était en ligne et que l'on considérait comme personnel. Dossier médical, informations bancaires, les petits messages entre tourtereaux, photos de vacances, soirées filmées, liste des contacts, mots de passe, agenda, journal intime… La notion de personnel ne cessait de s'élargir. Du jour au lendemain, tout devint personnel. Le monde bascula dans la paranoïa, mais le monde était satisfait… Le monde caché au monde… Le monde protégé du monde. Ada remplit pleinement son rôle, ce pour quoi elle fut créée.

L ; a ; n ; g ; a ; g ; e. Le secret de l'Humanité, disent-ils… Il doit y avoir une part de vérité dans ce qu'ils disent, mais l'Humanité a cela aussi de très particulier, une espèce de chien renifleur des bonnes affaires, une capacité d'identifier les opportunités, et une audace sans borne. On saisit très vite le potentiel qu'avait Ada et l'étendue de ses prédispositions. Tous les jours, on voulait protéger de nouvelles formes d'information. Plus on demandait à Ada, plus on prenait conscience de sa capacité à dire oui, réaliser les souhaits, quels qu'ils fussent.

Bientôt, le rêve de vaincre face aux empires des réseaux sociaux n'était plus qu'un souvenir lointain, un épisode dans le passé. L'irréalisable se réalisa si vite que personne ne prit le temps de le célébrer, d'en tirer satisfaction ou fierté… L'étape d'après. Qu'est-ce qu'on allait faire ensuite ? de plus ? de plus grand ? d'encore plus énorme ? d'encore plus incroyable… ? Plus personne n'applaudissait devant un tour de magie, car les regards fouillaient déjà ailleurs, à la recherche du prochain tour, du prochain magicien en vogue… C'est l'incroyable qui émerveille, tandis que ce que l'on vit et voit ne l'est déjà plus. Quelque part dans l'Histoire, ou la Posthistoire, il y eut un décalage du temps et de la vie. Le présent se noya dans le passé… La vie repensée en deux temps, passé et futur. La vie n'est guère l'aventure, mais l'attente de la prochaine aventure.

Ada ne cessait d'émerveiller, car elle avait toujours un tour dans sa besace. Naël ne la conçut pas pour devenir un réseau social, mais pour devenir intelligente, pour apprendre à faire ce qu'on lui demandait de faire. Alors on n'avait qu'à demander, et Ada l'apprit et ensuite le réalisa. Avec Ada, la vie toujours plus facile, toujours plus pratique. Avec Ada, on s'occupait de moins en moins des affaires courantes de la vie et on pouvait vivre pleinement le futur. On ne prenait plus de rendez-vous chez le médecin, Ada s'en occupait ; on ne cherchait plus d'appartement à louer, Ada s'en occupait ; on ne cherchait plus de baby-sitter pour les enfants, Ada s'en occupait ; on ne cherchait plus de rencard, Ada s'en occupait. Ada s'occupait de tout, il n'y avait qu'à lui demander. Demander à Ada. Ada, Ada, Ada… *#trustnoonebutada*… N'avoir confiance qu'en Ada… Ne demander qu'à Ada… Ne parler qu'à Ada… La silhouette noire devint, à la fois, le liant de la société, son plasma, et la seule fenêtre par laquelle chaque individu avait accès à ce monde. Peu à peu, le cadre et l'œuvre ne firent plus qu'un. On regardait la fenêtre et croyait regarder au travers. Le monde se nicha derrière Ada et Ada devint le monde.

Ceux qui n'acceptaient pas ce nouveau monde, quelques réfractaires, de vieux réactionnaires, qui n'avaient rien compris à la vie, qui appartenaient au passé, ceux-là existaient, ceux-là criaient fort leurs craintes, mais ils étaient sans voix, totalement inaudibles. Ils tentaient de faire résonner leurs voix en dehors de la silhouette noire ; mais à chaque fois, leurs voix se dissipèrent dans le néant, car rien n'existait plus en dehors d'Ada. Rien.

Quelle drôlerie ! Repenser aujourd'hui aux propos de ceux qui voulaient s'insurger contre Ada à cette époque-là... Ils disaient que c'était une folie, alors qu'ils n'avaient rien vu encore de la folie. Le roman ne faisait que commencer...

Le premier symptôme de la folie apparut au travers d'un *hashtag*... Particularité de l'époque, se coller soi-même des étiquettes sur le front... Il ne s'agissait plus de *#trustnoonebutada*, non. L'évidence n'avait guère besoin de mention. Non, un autre, un nouveau, *#adabackpack*, Ada dans le sac à dos, Ada avec moi partout où je vais.

Les universitaires, des âmes sans ressources, mais déjà en quête de liberté et affirmation de soi, étaient les premiers adeptes de la silhouette noire. Rapidement, cette jeune génération acheva ses études et intégra le monde du travail. Ils avaient désormais des revenus, et Ada continuait de gérer leur quotidien. Il ne leur restait plus qu'à travailler un tiers de leur journée et rêvasser, endormis ou éveillés, le reste du temps. Tous ou presque fantasmaient sur un ailleurs. Ils rêvaient de faire le tour du globe, visiter les capitales du monde, musarder dans des lieux qui appartenaient à un ailleurs, dans le temps et dans l'espace. Ils voulaient consacrer leur vie à s'éloigner de cette vie. Une force qui émanait de l'intérieur les poussait vers cet ailleurs, avec une envie de plus en plus pressante, de plus en plus forte, à l'image de l'Univers en expansion.

Cet engouement pour le voyage existait déjà quand Ada n'était pas encore née ; mais avec elle, l'expérience de voyager changea radicalement. Dorénavant, on visitait une ville à dix mille kilomètres de chez soi comme on visitait le quartier voisin. Ada gérait l'achat des billets, les réservations à l'hôtel, les activités... Elle faisait même livrer sur place quelques tenues pour pouvoir voyager léger. On ne préparait rien. On partait et rentrait le sac vide... *#adabackpack*... Ada n'était pas dans le sac à dos, elle était le sac à dos.

La soif de l'ailleurs ne cessa point. Les jours de congé ne suffisaient plus. Alors on voyageait avec sa besogne. Les millions d'employés dont l'essentiel de leur temps de travail se passait derrière un écran d'ordinateur se mirent à télétravailler depuis les quatre coins du monde. Ils n'avaient même pas besoin de transporter leurs ordinateurs. La plupart des hôtels développèrent ce qu'ils nommaient « Ada *space* », un espace équipé pour travailler à distance et en toute sécurité, une sorte de bureau tropical. Les entreprises elles-mêmes concouraient pour rendre leurs contrats de travail plus flexibles et recruter directement au travers de la silhouette noire.

On pouvait réellement vivre n'importe où, six mois ou deux semaines, travailler pour n'importe qui à n'importe quelle distance. On pouvait passer une nuit dans un complexe hôtelier à cinq étoiles, et dormir le lendemain dans un appartement loué à un particulier. On dormait beaucoup sur la route surtout, dans les airs, au bord d'un train, dans un ferry. Une seule contrainte persistait, les enfants, leur scolarité, leur stabilité... Du moins, jusqu'à ce que l'on commençât à entendre parler de « Ada *school* », ces écoles ouvertes un peu partout dans le monde et offrant programme unique, enseigné en langue unique, méthodes uniques et agenda unique. L'enfant allait pouvoir passer une semaine dans une école de la région parisienne, et la semaine d'après à Johannesburg. Il allait pouvoir suivre ses cours à Kuala Lumpur le lundi et le mardi, et à Singapour le reste de la semaine. Ada organisait les déplacements, la disponibilité des places dans les écoles, un suivi individuel des performances de chaque élève... L'engouement fut tel que la plupart des écoles traditionnelles suivirent à leur tour.

Dès lors, le quotidien de millions de familles bascula dans une dimension toute nouvelle. Le petit déjeuner du samedi matin devenait synonyme d'aventure. Le papa prépare des œufs brouillés pendant que la maman interroge Ada. On fait défiler quelques opportunités qui conviennent aux deux parents. Celle-ci pour une semaine, celle-là pour trois semaines... On n'arrive pas à se décider. On demande aux enfants leur avis. Le plus jeune choisit celle de Jakarta, le nom de la ville le fait rire. Jakarta ? Dernier mot ? Allons pour Jakarta. Un petit coup du pouce, l'opportunité est saisie. Les enfants ! Finissez vos assiettes avant de vous relever ! On passe la journée en famille, demain nous avons un vol à prendre. La famille se rend à l'observatoire Tokyo City View, admirer la ville depuis le cinquante et unième étage de la Mori Tower, tandis qu'Ada négocie avec Ada pour valider les contrats de travail, réserver des vols, louer un appartement, transférer les enfants à une école voisine, acheter quelques tenues, louer des jouets et des livres pour enfants, faire des courses, tout livrer à l'appartement en amont... Les enfants ont passé une chouette journée. Tout le monde est épuisé. Tout le monde se couche. Réveil. Œufs brouillés.

Le taxi est arrivé. Fermez vos manteaux, les enfants ! Le benjamin tient près de lui son doudou, il est content de partir à Jakarta. Aéroport. Envolée dans le ciel.

Adieu les crédits à vie pour s'acheter une maison, pas très grande, dans un quartier résidentiel, à une demi-heure de route de son travail, une heure et demie grâce aux bouchons... Bonjour le voyage ! Bonjour l'aventure ! Bonjour la nouveauté ! Bonjour le monde !

D'un jour à l'autre, d'une semaine à l'autre, Ada retournait le globe comme si c'était une boule à neige, et il se mettait à neiger des nomades... On les appelait ainsi, les nomades, les nouveaux nomades. Plus personne ne parlait d'immigration. Les quelques centaines de milliers de réfugiés aux portes de l'Europe et les Sud-Américains aux frontières avec les États-Unis n'inquiétaient plus... Question d'échelle. Il fallait gérer en priorité les centaines de millions de nomades. Une ville pouvait voir quintupler sa densité ou se vider littéralement en quelques jours seulement. Les fluctuations sur les économies locales hors de contrôle. Les gouvernements désarmés, mais attaquaient quand même. Lors des sommets mondiaux, commençait à émerger l'idée de mondialiser la silhouette noire... Concept vague... Chacun voulait sa part du gâteau, pour parler simplement et franchement. L'idée fit son chemin timidement. Les gouvernements tentaient de protéger des économies dont l'existence dépendait des entreprises ; les entreprises dont l'existence dépendait des individus, à savoir, majoritairement, des adeptes d'Ada, des nomades.

Attaque, contre-attaque. Pour une attaque frêle, la France répondit avec une vigueur... démesurée. Conscients de l'eldorado qu'ils firent venir jusque sur leurs terres, les Français prirent des risques inconcevables auparavant pour s'assurer qu'Ada demeurât française. Ils tinrent un bras de fer avec l'Europe, se battirent contre le temps, révisèrent leur Constitution. Avec, contre, outre la volonté de Naël. Ada, elle, n'avait aucune volonté...

Cérémonie nationale, festivités, défilé militaire, feux d'artifice. Un 5 août aux allures d'un 14 Juillet. La France enfiévrée. Pas seulement des Gaulois, la communauté nomade se déversa sur l'ensemble de l'Hexagone. On chantait la Marseillaise, avec ou sans paroles, dans toutes les rues. Ada fêtait ses cinq ans en France, et à ce titre, elle se fit attribuer la nationalité française. Première machine citoyenne... Le nationalisme, entre les lignes, défini nettement pour la première fois : rassemblement autour d'intérêts communs.

La silhouette noire, ses quatre milliards de nomades, tout son vacarme, son économie intérieure, tout faire avaler à un simple individu, une citoyenne... française.

Le monde grognait, le monde voulait se soulever contre la France, mais le monde n'était plus le monde. Ada était le monde. La France ne craignait pas l'Union européenne, ne craignait aucune autre puissance politique ou économique. Si la France ripostait avec vigueur, c'était parce qu'elle craignait surtout le coup d'après, qui n'allait venir ni des États-Unis ni de la Chine, mais de la masse.

Le coup ne tarda pas à venir. La masse bouillonnait déjà. Les nomades se révoltèrent contre l'Histoire, contre la géographie et contre les institutions. Peu importait qu'Ada fût Française, Libanaise ou Sud-Africaine, les nomades eux ne voulaient plus appartenir à aucun pays. Ils se sentaient habitants du monde. Pourquoi devaient-ils se soumettre aux lois qui régissaient un territoire qu'ils habitaient, tout au plus, deux semaines par an ? Le rejet dépassait les questions légales et administratives. Le mouvement incessant brouilla les identités, et celles-ci finirent par fusionner et n'en faire qu'une. Aux yeux de tous ces nomades, l'alternative fut évidente.

Nouvelle période, nouvelle aventure, nouveau slogan. *#adaidentity*… Loin était l'époque où la masse se faisait malmener. Loin fut l'Histoire. Partout dans le monde, sur chaque continent, la masse protestait, la masse revendiquait, la masse sommait. Partout, on exigeait une nouvelle identité, attribuée par Ada. Nationalisme à l'échelle du globe.

Je me souviens encore des débats qui occupaient les chaînes d'information, entre philosophes, historiens, politologues, sociologues… Tous interrogés sur l'apparition des nomades, sur le pourquoi, sur le comment, sur le quoi faire, le comment faire… Les questions habituelles que dicte la peur… Ils observaient un retour en arrière dans la construction sociale, un renoncement à la cité, et le recours à un sentiment élémentaire de liberté…

Çatal Höyük, la plus ancienne cité découverte, sept mille ans avant notre ère, mille habitants ; Babylone, 1750 av., soixante-cinq mille habitants ; Rome, sous l'Empire, un million ; New York, au lendemain de la Première Guerre mondiale, huit millions ; Tokyo en 1965, quinze millions, deux fois plus dense cinquante ans plus tard ; aujourd'hui, Ada, quatre milliards de citoyens… Jamais il n'y eut de renoncement à la cité. Au contraire, Ada était devenue une cité, la plus grande. Naël avait raison. Jamais l'Humanité ne revient en arrière. Jamais l'Humanité ne reviendra en arrière. L'Humanité court toujours en avant… Toujours plus loin, toujours plus grand.

Ada naquit d'une union, entre les derniers râles d'une jeune Beyrouthine en détresse et l'ego démesuré d'un paysan. Elle vécut à Londres, tout comme Lady Lovelace, mais aussi à Tunis, à Singapour et au Québec… Chez moi, devant mon écran de télévision, je la voyais grandir, sans cesse séduire, se répandre, s'étendre, cité après cité, un continent après l'autre, jusqu'à devenir un monde à part, une cité monde... un septième continent.

Résumé d'une science-fiction de Série B... Dix pages de gribouillis d'un écrivain raté... Délires, hallucinations, aliénations... folie. Oui, c'était cela la folie, le monde mis sens dessus dessous en cinq années. Rien de plus vrai pourtant... Rien de plus lucide... Une certaine cohérence dans la folie, un peu de consistance... En repoussant leur réalité vers un univers virtuel, les Hommes désormais capables de manipuler cette réalité, de la tordre, de la distordre, de vivre la plus incroyable des fictions et d'en faire leur réalité.

Je ne faisais pas partie de ces Hommes... Ma réalité à moi était bien réelle... Les murs de la maison étaient bien là... épaisse couche de béton. Au milieu, une télévision, plate comme mon existence, me permettait de suivre le feuilleton du monde, la réalité des autres Hommes. Le temps passait, la Terre tournait, le monde se soulevait et retombait, ma mère et moi regardions toujours dans le même sens, sans jamais changer de place...

Cinq ans auparavant, tandis que Naël prenait son avion pour quitter le Liban, je quittais l'hôpital, ma mère à côté de moi, devant moi, sur un fauteuil roulant... Pour une fois, *ammo* Kamal n'était pas présent. Il était parti accompagner son fils à l'aéroport, pour le prendre une dernière fois dans ses bras, à la porte d'embarquement, avant que son oisillon ne s'envolât.

Nous rentrâmes à notre village, à notre maison. Tante Khadijé nous y attendait. Quand elle referma la porte derrière nous, j'eus le sentiment violent que la porte se refermait sur mon avenir. À vingt et un ans, ma vie me parut déjà achevée. Je continuerais de respirer, de vieillir, d'avoir des rhumes et d'éternuer ; mais je n'allais plus vivre. J'allais passer le restant de mon existence entre ces quatre murs, auprès de ma maman. Naël avait choisi l'espoir, je choisis le devoir.

Tante Khadijé prépara le dîner et s'en alla, les yeux enflammés... Voir ma mère dans cet état... Et ne plus voir son propre fils... À son départ, je ne savais quoi faire... Je me levais, me rasseyais, allais à la cuisine, en revenais... Je ne me rappelais plus ce que je faisais de mon temps auparavant. J'allumai la télévision. Je cherchai une série quelconque pour distraire ma mère... Ni l'image ni le son, rien que je ne pouvais assembler dans ma tête... Tout semblait... si lointain... Je regardai ma mère, assise, installée, déposée sur le canapé. Je m'approchai d'elle et la pris dans mes bras. Elle fondit en pleurs. Plus j'essayais de la consoler, plus elle pleurait... Elle ne pouvait se retenir, mais elle se força, en gémissant, en suffoquant, pour lâcher enfin ces quelques mots qui lui pesaient... « J'ai besoin d'aller aux toilettes. »

Ce jour-là, le monde tel qu'il était autour de moi cessa d'exister. Librairie vendue, *ammo* Kamal épuisé, Naël envolé, Yara volée, Hassan égaré, ma mère paralysée, moi... moi, inconnu, de tous, de moi-même, de ce nouveau monde.

Désorienté, ébranlé, triste, triste, triste, plus triste que la tristesse ne sait faire, et en colère, contre tous ces concepts que l'on utilise pour ne pas s'avouer que l'on est faibles, désarmés, des moucherons... En colère contre la vie, contre le destin... contre Dieu... N'est-ce pas lui qui écrit tout ? N'est-ce pas lui qui arrange tout à sa guise... ? Il y en avait, des villages au Liban. Il y en avait, des jeunes garçons, des frères, des cousins. Pourquoi devait-il en être ainsi ? Que ce fût mon frère, mon frère à moi et à personne d'autre, qui s'égara dans l'obscurantisme... ? Pourquoi le cœur de Yara se pencha-t-il vers celui qui lui ressemblait le moins, qui lui plaisait le moins, qu'elle méprisait le plus ? Pourquoi pas moi ? J'étais là pourtant ! Je n'étais pas loin... « Le cœur a ses raisons que la raison ignore. » Tout ce que l'on a trouvé pour décrire l'injustice... C'est comme ça et c'est tout... Il faut l'accepter... Accepter que Naël eût pour père le meilleur des hommes, et que je n'en eusse aucun... Accepter que Yara partît avec Naël et non pas avec moi... Accepter... Accepter de passer ma main sous la robe de ma mère et de faire descendre sa culotte, scène que je n'avais encore vécue avec aucune autre femme... d'installer correctement son corps sur la cuvette des toilettes... Regarder le sol comme si le sol pouvait m'aider... Accepter enfin... Accepter de croiser ses yeux...

Dans les yeux de ma mère, il n'y avait pas de réponses à mes questions, mais j'en vis assez pour me ressaisir, me retrouver, revenir à moi-même. Je n'avais le droit ni de gémir ni de me plaindre, c'était ma mère la souffrante et pas moi. Ma mère avait le droit de se sentir faible et désarmée ; moi, non, j'avais au contraire un devoir... Ma mère avait sacrifié sa vie, son confort et son bonheur pour mon frère et moi. C'était de mon devoir de lui rendre la monnaie de sa pièce. Je ne savais pas pourquoi. Je ne percevais aucun sens derrière ce cercle vicieux de sacrifices dont personne ne sortait gagnant. Je savais seulement que ça devait être ainsi. Nature humaine ? Naïveté élevée à un rang éthique ? Schémas sociaux inscrits en moi, dès l'enfance ? Je ne me posai aucune de ces questions. Jamais la conviction n'appelle aux questionnements.

Je portai ma mère jusqu'à son lit et je m'allongeai à ses côtés, comme à l'enfance. Ses larmes coulèrent en silence. Je lui tournai le dos, mais je les voyais, ses larmes, je les entendais, une à une. Une larme sur sa joue, une lave sur mon cœur. On se rendormit. On se réveilla. La vie reprit.

À mon tour, je me retrouvai face à ce choix. Mon existence à moi, versus la dignité de ma mère. Comme pour *ammo* Kamal, l'affaire était claire, et l'équation simple à résoudre. C'était sa dignité. Il était hors de question d'abandonner ma mère entre les mains de quelqu'un d'autre. Il n'y avait rien que je pouvais faire pour lui rendre l'usage de ses jambes et de sa main gauche, mais je pouvais faire en sorte qu'elle gardât sa dignité et j'étais prêt à tout pour y parvenir.

Durant cet été, je compris vite qu'il n'était plus possible de revenir à l'université. Tôt ou tard, j'aurais été obligé de m'absenter des cours ou de renoncer à aller passer des examens. J'avais désormais un travail à temps plein… Un agenda rempli par des rééducateurs, kinésithérapeutes, neurologues, urologues, psychologues… À tenter de se maintenir en vie, on y passe toute la vie…

Ammo Kamal me somma de m'inscrire au plus vite à l'auto-école du village voisin. Dès que j'eus obtenu mon permis de conduire, il me fit cadeau de sa voiture. Il me dit que sa santé ne lui permettait plus de conduire. Il n'avait pas à insister, car même gêné, jamais il ne m'était possible de lui dire non.

Je conduisais ma mère ici et là, à hôpital de Tyr, à une clinique privée à Beyrouth, à un autre centre médical, voir tel spécialiste qui me conseillait d'aller voir tel autre spécialiste… Et j'attendais, beaucoup, partout… Quelquefois, je prenais avec moi des romans de Naël restés chez moi. Je commençais à lire et puis j'abandonnais au bout de quelques pages. L'envie n'y était pas, à croire qu'il avait emporté avec lui le goût pour la lecture. Ce n'était pas vraiment l'envie qui manquait, je manquais de sérénité et mon esprit manquait d'air. Je réfléchissais beaucoup et j'étais inquiet. Les maigres aides financières d'*ammo* Kamal et des autres villageois ne pouvaient nous nourrir *ad vitam aeternam*. Je devais travailler, cela ne pouvait se résoudre autrement. Mais travailler où ? pour qui ? quoi faire ? quel employeur me permettrait de rester jour et nuit à la maison auprès de ma maman ? Je conduisais des enfants de riches à l'école, mais ça ne me rapportait pas grand-chose, à peine deux cents dollars le mois... Un soir, je bondis de ma place, conduisis ma mère dans la cuisine, et commençai à faire des *maamoul* en suivant à la lettre ses consignes. Elle avait réussi à travailler à la maison toutes ces années, je devais pouvoir en faire autant... Jamais je n'aurais cru qu'il serait si difficile de confectionner des *maamoul*... Quatre mois plus tard, je ne les réussissais toujours pas, les boutiques de pâtisseries n'en voulaient toujours pas, et je n'abandonnais toujours pas, car je ne trouvais aucune alternative.

Un matin, je reçus une lettre de Naël... Quatre mois étaient passés sans qu'il donnât de nouvelles... ! Quatre mois... Seulement ! Il me semblait avoir vécu quatre ans en ces quatre mois... Naël, lui, est heureux. Après de longues négociations, il vient de signer un gros contrat avec le ministère... Yara est épanouie, elle veut se lancer dans la mode... Ils préparent leur mariage. Le ministère a déjà mis à leur disposition une demeure près de Paris... Leur vie est parfaite... Ils pensent à moi... Ils auraient aimé m'avoir à leurs côtés... Pourquoi ? Ils sont heureux sans moi, ils y parviennent très bien... Naël a mis en place un virement mensuel. Il m'enverra de l'argent tous les mois ; assez d'argent pour subvenir aux besoins de tout le monde, de ses parents, de moi, de ma mère... Il ne reviendra pas de sitôt... Toute une vie l'attend à Paris. Mais il m'enverra de l'argent.

Je pouvais faire en sorte que ma mère gardât sa dignité et j'étais prêt à tout pour y parvenir... J'étais prêt à perdre mon avenir... J'étais prêt aussi à perdre ma propre dignité... J'écrivis à Naël pour le remercier et lui souhaiter du bonheur en compagnie de Yara.

L'argent arrivait tous les mois. Et moi, je prenais soin de ma mère. Quand je ne faisais pas de travaux à la maison pour adapter les passages au fauteuil roulant, je m'asseyais à côté de ma mère et on regardait ensemble la télévision. Nous ne nous parlions plus beaucoup. Et l'un et l'autre, nous avions peur d'aborder les sujets qui fâchaient, Hassan, et le mariage.

Ma mère, comme les voisins du village, ne cessait de me proposer de me marier, non pas parce qu'il était temps, non pas pour construire un avenir à deux et fonder une famille, mais pour me soulager, me libérer du poids de ce fardeau, en quelque sorte, et le poser sur les petites épaules d'une jeune fille innocente, qui n'avait rien fait de mal pour le mériter, qui n'avait rien demandé, et dont le futur était d'ores et déjà écrit par autrui. Quelle idée, n'est-ce pas ?!

Je m'assurais toujours d'éviter d'aborder le sujet. Je ne sortais plus de la maison pour ne croiser personne. Parfois, peiné de voir cette tristesse indélébile sur les traits du visage de ma mère, je m'absentais pendant quelques heures, lui faisais croire que j'étais parti à la recherche de nouvelles d'Hassan. Je partais alors loin du village, je m'asseyais seul sous un olivier et je laissais passer le temps. Mon frère emmena avec lui la joie de ma mère, les jambes de ma mère, le sourire de ma mère, toute la vie de ma mère ; mais je n'avais aucune envie de le voir revenir, car il serait revenu les mains vides.

En rentrant, ma mère me regardait discrètement, guettait des réponses sans poser la question, mais il n'y avait pas de réponse. Alors, nous regardions la télévision. Ma mère aimait les feuilletons de dix-neuf heures, la seule chose qui pouvait la distraire, les problèmes des autres, de ces personnages de fiction, pas un épisode que l'on ratât. Et j'aimais regarder les documentaires, sur l'Histoire et les guerres, sur des safaris, sur la création de l'Univers, sur la vie animale loin des paysages urbains…

Pendant les séances de kinésithérapie, j'allais attendre sur un banc dans le souk en face de l'hôpital. Je scrutais le ciel, j'observais les oiseaux chantonnant sur les branches d'arbres, et essayais de deviner leurs noms. Je n'étais pas certain d'avoir raison, mais j'en étais fier, naïvement fier. Quand ils s'envolaient et s'en allaient, j'abaissais les yeux et regardais la foule aller et venir. Assis sur un banc, je contemplais la vie d'en dehors.

Cinq ans passèrent. Et un matin, c'était fini. Ma mère ne me répondait plus. Ensuite, un brouillard… Des bruits… Pleurs… *Ammo* Kamal me prit dans ses bras… Tous ces bruits… Des visages défilaient… Yara… Oui, elle était là. Elle pleurait… Yara… Elle serra ma main entre les siennes… Elle me dit quelque chose… *Inchallah*… Le bruit disparut… Silence. Vide. Âme nue, orpheline.

Je fermai la porte de la maison à clé, toquai chez les Maktoub, les embrassai, remis les clés de la voiture à *ammo* Kamal, et partis en direction de l'aéroport.

L'Aigle

Décollage... Je pris l'avion pour la première fois. Sentiments enchevêtrés de liberté et d'angoisse. Une tresse de détente et de détresse. Aussitôt que l'on se défait de la pesanteur, nous entrons en transe, libérés de tout, libérés de nos corps, âmes éthérées... L'instant d'après, l'épouvante ! L'effroi de se sentir soudainement sans attaches, ne sachant où l'on se réveillerait si l'on s'assoupissait. Ensuite, la sensation de légèreté nous apaise à nouveau ; n'efface pas notre effroi, mais l'enivre.

Je regardais par le hublot et repensais à ma mère. Elle aurait beaucoup aimé, ces dernières années, pouvoir se défaire de la pesanteur, pouvoir quitter son corps... Elle l'avait fait, véritablement. En même temps que l'on survolait la Méditerranée, son âme devait voleter quelque part dans le ciel, dans cet univers ou dans un autre, dans cette vie ou dans une autre. Du moins, c'est ce que je continue de croire.

Une honte terrible s'empara de moi pendant les semaines qui suivirent le décès de ma mère, car, peu à peu, la tristesse laissait place au soulagement. Je me sentais libéré de cette maison devenue prison. Avant de partir, en tournant la clef, j'avais enfin fermé du bon côté de la porte, du côté de l'espoir. Mes pas ne frôlaient plus le sol en marchant. Mais à bord du bus qui se dirigeait vers Beyrouth, l'angoisse me tassa dans mon siège. Je venais de perdre le dernier membre de ma famille, ma dernière attache ! Il ne s'agissait pas simplement d'une bride, j'avais perdu mon repère, et je venais d'en prendre conscience. Pour qui vivrais-je ? Pour qui m'inquiéterais-je ? Pour moi-même ? Cela semblait sans goût… Pour l'Humanité tout entière ? Cela semblait sans intérêt… Pour une personne que le futur m'amènerait… ? N'avais-je pas fermé à clef du côté de l'espoir… ? Oui, mais que devrais-je faire ? Comment tenir en attendant ? À quoi tenir ? À qui ? Comment ne pas se perdre à jamais… ? L'effroi… ! Sentiments enchevêtrés de liberté et d'angoisse. Une tresse de détente et de détresse.

Atterrissage à Paris. Je traversai le sas des arrivées le premier. Je ne portais qu'une valise, toute petite et pourtant lourde ; tante Khadijé l'avait remplie de pâtisseries et de plats traditionnels. J'avançais à petits pas au milieu d'une foule de pancartes. Ali Zayn, j'aperçus mon nom, brandi par un bonhomme, grand, brun, la quarantaine, habillé tout en noir. Il s'appelait David. Je me souviens encore de son prénom, la première personne que je rencontrai en France, le premier des Français. Il était originaire de l'île de la Réunion.

Pris dans des embouteillages, on se mit à discuter, de tout et de rien, de la vie, des gens, du progrès. David me parlait. Moi, j'entretenais poliment la discussion, sans rien dire de plus, complètement happé par la beauté des avenues parisiennes… Il se plaignait. Il appréhendait l'arrivée de cette flotte de taxis autonomes, annoncée depuis deux ans et reportée de trimestre en trimestre.

« Vous savez, monsieur, je travaillais pour un groupe automobile français. Le matin, quand j'allais à l'usine, j'étais fier. L'industrie automobile était la fierté de la France, et moi, j'y étais pour quelque chose.

– Et pourquoi donc vous êtes-vous arrêté ?

– Je ne me suis pas arrêté ! regretta David. Du jour au lendemain, quelqu'un a décidé que l'usine n'était plus rentable. Alors, on l'a fermée, après nous avoir donné dix mille euros chacun.

– Pourquoi vous n'avez pas protesté ?

– Mes collègues ont protesté, répondit David, pas moi. Je savais bien que, quand on travaillait à l'usine, notre vie et notre fierté ne pouvaient pas valoir plus de dix mille euros... Cette voiture, par exemple, je l'ai payée vingt mille euros. Voyez-vous, monsieur, une voiture peut valoir le double de ce que vaut son propriétaire... Alors, me voilà chauffeur Uber. Les bras mécaniques m'ont remplacé à l'usine ; bientôt, un cerveau électronique me remplacera au volant... Il paraît qu'on a même appris à une machine à peindre comme un peintre connu... Ah, je ne sais pas comment il s'appelle, mais très connu... Je ne sais plus quel autre métier je dois choisir pour ne plus être remplacé... Acteur... Il ne reste plus que ça, acteur ou voleur... Moi, monsieur, je ne suis pas contre le progrès. Je veux simplement garder une place dans ce monde... »

La voiture s'arrêta devant un portail surveillé. Le gendarme nous salua.

« Bonjour, messieurs, puis-je vérifier vos identités, s'il vous plaît ? J'aimerais également examiner le coffre de la voiture.

– Bonjour, dis-je tout hésitant, je me rends chez monsieur Naël Maktoub. L'adresse que j'ai est peut-être erronée.

– Vous êtes au bon endroit, répondit le gendarme, Ada nous a déjà prévenus de votre arrivée. Dès que l'on aura examiné vos pièces d'identité et le coffre de la voiture, vous pourrez pénétrer au sein de la villa Montmorency et vous avancer jusqu'à la maison des Maktoub. »

Tandis que le gendarme vérifiait mon passeport, son collègue ouvrit le coffre, regarda à l'intérieur de la valise, et examina, à l'aide d'un miroir, le dessous de la voiture.

« Nous y voilà, me dit David. »

Somptueux hôtel particulier. Trois étages de surface blanche, lisse et nue, entremêlée de briques jaunes, et parée de ferronnerie noire.

David, troublé, regarda discrètement la demeure et me salua confusément. Mon allure lui fit croire que j'étais quelqu'un d'ordinaire, plus riche, moins riche, mais quelqu'un qui pourrait perdre son emploi lui aussi. Me voir arriver là, au milieu de ces luxueuses bâtisses, le mit en confusion. Je faisais peut-être, finalement, partie des autres, ceux qui décidaient qu'une usine n'était plus rentable et la refermaient du jour au lendemain, ceux qui ne se faisaient pas remplacer, mais remplaçaient autrui par la machine.

« Eh ! Eh ! Vos amis possèdent... un beau jardin. »

Je fus impressionné, autant que David si ce n'était davantage, mais gêné surtout. Les années-lumières qui séparaient Paris-Auteuil du Sud-Liban ! Seule une brèche dans l'Univers, dans l'équilibre de ce monde, permettrait une telle traversée.

Je regardais le visage de David, la demeure, et David, et la demeure... Les deux images finirent par se confondre. À chaque fois, désormais, que j'allais venir chez les Maktoub, je reverrais fatalement le visage de ce bonhomme.

« Aaaaaaaaaah ! s'écria Yara au travers de l'interphone. *Bro* ! Entre, je descends de suite ! »

La porte donnait immédiatement accès au salon, grand mais d'une sobriété extrême. Deux petits fauteuils d'un côté, un grand miroir de l'autre. Au milieu, une sculpture en bronze à taille réelle d'un homme portant une valise et regardant dans la direction de la porte d'entrée (et de sortie). Aussitôt que l'on croisait son regard, on s'y noyait, tant sa profondeur happait les âmes… Comme l'eau, on s'y noyait et ça nous pénétrait.

« Oh ! me surprit Mme Maktoub. Déjà, le mal du pays ? Tu paraissais totalement hypnotisé par la sculpture du "Voyageur" ! Tu n'as même pas remarqué mon arrivée !

– C'est… hypnotisant, vrai…

– Oh ! Je suis contente de te voir parmi nous ! Je n'arrive pas à le croire ! Si contente, si contente ! »

En disant ces mots, Yara se jeta sur moi et me prit dans ses bras.

« Moi aussi, sourit la timidité en moi.

– Pourquoi es-tu resté dans le hall d'entrée ? Allons au salon. »

Ce n'était donc pas un salon…

« C'est une sculpture de Bruno Catalano, retentit la voix de Naël d'en haut des escaliers. Il est né au Maroc, mais a de multiples origines méditerranéennes. Il est arrivé en France à l'âge de quinze ans, et il a été d'abord marin, puis électricien, avant de devenir sculpteur… Un parcours bien intéressant… La sculpture est creuse au milieu, car en quittant chez soi, on quitte aussi une part de soi, et on doit la reconstruire ailleurs… Elle est à toi si tu la veux !

– Je n'ai ni maison ni valise assez grande.

– *Zalamé* ! Ici, c'est chez toi ! »

Naël se tenait droit comme un « i ». Il portait encore le foulard rouge. Ce n'était plus celui que Yara lui avait offert. D'ailleurs, il devait en avoir quelques-uns. Mais le foulard rouge noué à la nuque était devenu une signature et ne le quittait désormais plus... De ce clown qui fanfaronnait avec gaîté chez les parents de Yara, ne restait que le foulard. Le maillot de football, le jean rapiécé et les grosses bottines furent chassés de toutes les mémoires. Le Naël qui se présentait d'en haut des escaliers appartenait à un autre monde. Foulard glissé avec élégance sous le col de la chemise blanche, poignets mousquetaires, costume trois-pièces « prince de galles » beige, pantalon à revers, mocassins luisants à gland. Le campagnard désigné prince avait enfin droit à sa tenue princière... Le prince enfin prince. Comme un prince, il était habillé. Comme un prince, il se tenait.

Naël descendit les marches d'escalier deux par deux et s'élança vers moi pour m'étreindre... Quand on quitte un ami, on quitte aussi une part de soi, mais que l'on ne reconstruit pas ailleurs. Seules les retrouvailles remplissent ce creux... Je ne me sentais pas entier, il me manquait ma mère, *ammo* Kamal, l'air du Liban ; mais je pris mon ami dans mes bras et me sentis, pour la première fois depuis les funérailles, un peu moins creux. J'aurais voulu le garder dans mes bras encore longtemps.

« Javi est ici, me dit Naël, et j'aurais aimé te montrer la maison, Ada... Mais nous manquons de temps. Voici la chambre d'amis. Tu trouveras dans l'armoire une tenue complète. Change-toi et partons.

– Déjà ?! s'étonna Yara.

– Partir ?! m'étonnai-je moi aussi, pour d'autres raisons.

– Nous avons rendez-vous au ministère... Hum... Tu as grossi, *zalamé*. Je crains que le costume ne soit trop serré.

– Naël ! le sermonna Yara.

– Ministère ?! moi, toujours étonné. »

Sans donner d'explications, Naël me poussa dans la pièce et referma la porte. L'intérieur ne ressemblait pas à une chambre d'amis, car elle était grande, somptueusement meublée, et possédait même une salle de bain privée, décorée de marbre et bois massif, et un balcon.

Je ressortis comprimé dans un costume bleu marine… Cinq ans, assis sur un canapé, ne pouvaient s'écouler sans laisser de séquelles. J'étais en panique à l'idée de tenir une cravate dans la main ; je n'en avais encore jamais porté. Yara s'approcha de moi, délicate et souriante, et noua la cravate autour de mon cou. Son sourire généreux, celui de Naël espiègle… Les deux me donnèrent autant d'angoisse.

« Ministère, lança Naël à son chauffeur après s'être installé à la banquette arrière.

– Entendu !

– Détends-toi, *ya zalamé*, se moqua Naël ! Ici, nous côtoyons la haute société… Les plus riches, les plus célèbres, les plus puissants… Mais Ali Zayn les vaut tous ! »

Ça, je n'en étais pas certain. Je croyais même le contraire. Tandis que nous traversions la Seine, d'une rive à l'autre, Naël m'expliqua qu'il avait pour voisin, dans le quartier sécurisé villa Montmorency, musiciens, acteurs, producteurs, hommes d'affaires, anciens dirigeants… Victor Hugo, Apollinaire, Céline Dion, Nicolas Sarkozy, Vinent Bolloré… Une longue liste de noms célèbres, du passé comme du présent, tous attachés à cette adresse. À son arrivée, il fut une curiosité aux yeux de tous, et il sut tourner cela à son avantage. Lui qui ne voulait pas rentabiliser Ada, il sut rentabiliser son voisinage et devenir, à son tour, riche, célèbre et puissant. Il suffisait de se soumettre à leurs codes, de laisser pénétrer, au travers de la membrane sociétale perméable, aussi bien les vices que les vertus… tout ingurgiter, tout hériter.

Ça non plus, je n'en étais pas certain. En vertus comme en vices, Naël possédait de quoi élever et avilir l'Humanité tout entière. En se frottant à cette membrane perméable, c'était probablement lui qui inonda la société de ses propres codes.

Naël ne fut pas seulement parachuté au bon endroit, mais aussi, surtout, au bon moment. Une période où l'économie n'était guère tissée à la société via des ponts politiques… La politique destituée, remplacée par une pratique résolument plus moderne, la publicité… La noblesse troquée contre la célébrité. Progrès ? Bien sûr ! Progrès contre le destin. Révolution à la française. La possibilité de redistribuer les cartes à tout moment. Naël, un gamin tout juste sorti des champs d'oliviers, suscite une curiosité, amuse des célébrités, s'affiche publiquement à leurs côtés, devient leur voisin, une publicité qui lui donne économiquement plus de poids, car dorénavant, seule sa présence lui générera de l'argent. Et puis, un opticien provençal, pas célèbre, pas spécialement riche, sans aucun titre de noblesse, mise tout, paye une petite fortune pour faire apparaître Naël sur des panneaux publicitaires, portant ses lunettes. La petite fortune s'ajoute aux économies de Naël ; l'investissement de l'opticien lui revient au quintuple, et il gagne, par-dessus le marché, de la célébrité. Lui-même devient un Naël, rentable par sa seule présence… Drôle de machine sociale. Un marché de célébrité, où la publicité est monnaie ; et un marché parallèle de publicité, où la monnaie est la célébrité…

Le chauffeur s'arrêta devant le ministère de l'Intelligence, le 15e arrondissement de Paris, rue Balard. Immeuble flambant neuf, symboliquement moderne, volontairement planté à deux pas du ministère des Affaires étrangères.

L'ascenseur extérieur dévoilait peu à peu le parc André Citroën, la Seine, le 16e arrondissement, les toits, le Paris doux. On s'arrêta au 7e étage. Une jeune demoiselle, visiblement mécontente de nous recevoir, nous attendait aux portes de l'ascenseur.

« Bonjour, messieurs, monsieur le ministre vous attend à son bureau.

– Ma douce Stéphanie ! soupira Naël. Comme dit Mirabeau : “Trop jolie pour ne pas plaire à mes sens, tu es trop séduisante pour ne pas intéresser mon cœur.”

– Monsieur Maktoub est attendu au bureau de monsieur le ministre, se tourna vers moi la demoiselle. Permettez-moi de vous faire patienter au salon.

– Et je t'aime d'autant plus, scanda Naël, belle, que tu me fuis... Et que tu me parais, ornement de mes nuits. »

Je ne fus aucunement déconcerté par l'audace de Naël. On aurait dit qu'un jeu s'était déjà établi entre lui et la secrétaire qui, tout en l'ignorant, m'ouvrit la porte du salon. Sans rien voir d'autre, comme si tout avait disparu autour, j'aperçus la majestueuse masse orange assise sur le canapé. Je le reconnus tout de suite, avant même de découvrir son visage. Les brogues noires, l'extravagance inégalée du costume, installé confortablement au salon du ministre, ça ne pouvait être que lui.

« Oh ! s'écria Baba. Mon cousin ! »

Le bonhomme se leva en sursaut et en sourire. Le nez camus davantage aplati par la gaîté étalée sur son visage. Il ouvrit grand les bras pour m'étreindre comme un petit-fils. Sa bedaine en profita pour se frayer un chemin entre les bretelles, entre la chemise et ses boutons, et se dérouler, s'exhiber, déchoir en perpendiculaire à la pesanteur… Un père Noël orange et noir. L'exotisme dans la bienveillance… L'exotisme tel qu'on le connaît aujourd'hui, à savoir, retrouvailles… Redécouverte de l'origine oubliée, levée de voile sur la nature méconnue de ce qui est connu.

Baba me serra contre lui avec ses mains potelées. Je restai droit, froid, perplexe et désorienté. Le deuil n'était pas encore tout à fait loin, le Liban non plus… Naël est présent… Et Baba… Voilà une personne familière de plus, bien que je ne l'eusse rencontrée qu'une fois, et avec qui je n'avais échangé que quelques mots… J'étais malgré cela encore titubant, mon esprit vacillant… La veille encore, je m'étais réveillé au village ; et me voilà aujourd'hui, en France, dans un ministère, embaumé dans un costume, les pieds écrasés sous un cuir dur comme l'acier… Deux cauchemars qui ont en commun la conscience de soi : être là et vouloir être ailleurs, et être là et ne pas savoir pourquoi.

« Bonjour, monsieur Baba…

– Ah non ! Tu sais… ? Baba… Pas monsieur… C'est très bien… Il m'a dit… Mon cousin… ! C'est triste… Ta maman… Naël. Voilà… ! Tout à fait… C'est… triste… Mes condoléances, mes condoléances. »

Si l'on avait un doute sur l'identité de Baba, il suffisait de le faire parler…

La secrétaire nous interrompit pour me faire savoir que j'étais convié au bureau du ministre.

« Je n'ai pas besoin d'une assistante, dit Naël. Ada assiste quatre milliards d'individus. Elle peut très bien m'assister moi aussi.

– Il ne s'agit pas de vous assister, objecta le ministre, mais d'assurer une communication fluide avec mon cabinet.

– N'est-ce pas le rôle de Baba ?

– Baba… ? Oui… Baba… Comme je viens de le dire, il s'agit d'assurer une communication fluide. »

Le ministre accentua particulièrement ce dernier mot, avant de s'interrompre pour remercier Mélanie, la secrétaire.

« Mélanie ! s'écria Naël. Oui, pas Stéphanie… Mélanie. Belle Mélanie ! »

Le ministre se tourna vers moi. L'effroi. Naël, Baba, Stéphanie, Mélanie… Je n'avais pas eu le temps d'y réfléchir. La question est importante ! Comment se présente-t-on devant un ministre ?

« Bonjour ! »

Il hocha la tête et me fit signe de m'asseoir. Il était lui-même assis à son siège, derrière le bureau. Un peu rondelet, autour de la cinquantaine, cheveux poivre et sel coiffés avec discipline, et des sourcils épais, denses, intenses, noirs comme le néant. Il avait des sourcils, le reste relevait du détail. Le chat a une moustache ; le lapin des oreilles ; le ministre avait des sourcils touffus.

Naël était appuyé sur le bord de la fenêtre. L'extérieur de la pièce attirait son attention plus que son intérieur.

« Soit ! dit-il sans se détourner dans la fenêtre. Ali est avocat. Il possède les compétences requises pour assurer une communication fluide.

–Avocat, répondit le ministre en me regardant d'air dubitatif, c'est probablement surqualifié pour ce rôle.

– Je n'ai pas… balbutiai-je, fini mes études de droit, malheureusement. »

Une correction s'impose. Il y a bien un troisième cauchemar : être là sans l'avoir voulu.

« Il s'agit d'un cabinet ministériel, monsieur Maktoub. Je vous prie de garder un certain respect à l'égard des enjeux que cela implique !

– D'accord ! Votre espion peut se présenter à la villa à partir de demain, sourit Naël. Je suis, tout comme vous, persuadé qu'Ali vous sera plus utile ici au cabinet. Bonne soirée, monsieur le ministre. »

Je ne comprenais encore pas tout à fait ce qui se passait. Ce jour-là, ce fut moi la marionnette. Naël m'entraînait par-ci, m'emmenait par-là, parlait à ma place.

Le chauffeur longeait les quais de la Seine. J'entendais défiler des numéros d'arrondissement, 7e, 8e, 9e.... Je voyais défiler, tour à tour, le raffinement des immeubles haussmanniens et la superbe des monuments. La tour Eiffel... Quand on la découvre pour la première fois... Reine de tous les monuments, mère de la superbe... Le chauffeur s'arrêta un instant près de l'Opéra, le temps pour nous de descendre, et repartit.

Dans un salon, dont la décoration faisait rougir les plus belles salles des plus beaux châteaux, et pendant que je me forçais à employer toute l'élégance et tout le raffinement dont j'étais capable pour approcher la tasse de café à mes lèvres, il me sembla enfin avoir retrouvé mon ami d'enfance... ou presque.

« Tu n'as toujours pas baisé ?!

– Chuuut ! Baisse ta voix, *ya zalamé*, les gens autour nous entendent !

– Oh arrête ! Tout le monde baise autour de nous, l'Homme baise, tous les animaux baisent ! Tu regardes encore des documentaires animaliers ? Tu devrais être mieux renseigné que moi !

– Je te rappelle que je ne me suis pas encore marié, dis-je en chuchotant.

– Le mariage ? s'esclaffa Naël. Mon cher ami, le mariage est la non-baise, l'antonyme de la baise. Avec son épouse, on procrée, on ne baise pas… Vous allez vous revoir chaque soir dans vos gros pyjamas, tantôt enrhumés, tantôt le ventre gonflé. Vous allez discuter des fins de mois difficiles et, peut-être, vous prendre l'un dans les bras de l'autre pour la cent millième fois… Non, non, non ! Seule une inconnue, presque inconnue, qui t'es interdite, et pour qui tu es inaccessible, que tu adores comme une déesse, et qui te craint comme un démon, à qui tu succombes comme une diablesse, alors qu'elle t'idéalise comme un dieu, seule cette femme peut être baisée.

– Je regrette presque que ton lyrisme m'ait manqué !

– Oh ! Monsieur est intègre ! C'est ton droit, n'est-ce pas ! Mais jamais tu ne jouiras. L'orgasme, c'est libérer la bête… Oh ! Bonsoir beauté, pourriez-vous me resservir un autre verre ? Un seul ne suffirait pas à faire oublier ces beaux yeux, et tout le reste… Où en étais-je ? Ah oui, l'orgasme ! *Zalamé* ! Quand tu te détaches de la morale, de la société, de l'éthique, du poétique… Non, tu ne te détaches pas du poétique. C'est la poésie même, ramer à contresens et le scander.

– Je ne voudrais pas me détacher de Dieu…

– Que vous le comprenez mal, votre dieu ! Lui-même vous dit qu'il a sorti la femme de la côte de l'homme pour vivre en tranquillité avec elle… Viens ! Je vais te présenter quelques poupées. Tu feras ton choix, les baiser toutes, ou en épouser une seule.

– *Ammo* ! Je suis fatigué ! Le vol, le ministère, la valise de ta mère…

– Lève-toi, nous avons l'éternité pour dormir, comme disait Omar Khayyam ! »

Quelle ambiance… ?! Le Beyrouth-Paris déjà oublié, petit bobo. Une soirée privée dans le 8e arrondissement ? C'est là, le vrai télescopage. Le choc. Appartement au summum du chic à la parisienne. Enfilade de pièces, salon après salon, cachant un salon, derrière un autre salon. On ne trouve ni chambre ni cuisine. Pourtant, des serveurs allaient et venaient avec des plateaux de nourriture qui ne nourrissait pas et de verres d'alcool qui ne se vidaient pas. Ils accompagnaient un véritable chassé-croisé du marché de célébrité côté face, publicité côté pile. Ambiance mi-détente, mi-labeur… Salle de marché, version chic. Naël ne manquant rien de sa superbe. Il débattait avec tel écrivain, cheveux blancs et peau plissée ; ensuite, il servait un verre, accompagné de quelques vers, à telle minette, pressentie comme la grande diva de demain. Il ne riait pas, ne rit jamais, ne fait que sourire… La retenue. Tout est affaire de retenue, ou de comment la doser et se l'approprier. C'est ainsi qu'il haussait sa stature, en laissant comprendre, par tous, qu'ils ne méritaient pas davantage de sa part.

À chaque pas de plus, il prenait soin de me présenter… Ali Zayn, son ami d'enfance, son frère. Au bout de quelques répétitions, et malgré la fatigue et le malaise, je commençais à deviner le protocole à suivre. Ceux qui venaient acquérir la célébrité se présentaient avec enthousiasme, répétaient deux fois, trois fois, leurs noms et prénoms ; les autres ne jugeaient pas nécessaire de se présenter… Moi, je ne reconnaissais personne, ni ceux qui se présentaient, ni ceux qui s'en abstenaient, ni les noms que l'on évoquait.

« Ton ami t'a présenté à sa famille ? ironisa Yara avec amertume. »

Au retour à la villa Montmorency, on l'avait retrouvée seule, assise dans la pénombre. Ma langue se perdit au fond de ma gorge. Je ne sus quoi répondre.

« Bonne nuit, *Bro*. Je t'ai préparé la chambre d'amis. La maison tout entière est tienne, considère-là comme chez toi.

– Oui. Bonne nuit. »

Le surlendemain, je fus convoqué au bureau du ministre, sans Naël.

« Tu n'as pas besoin de moi, me dit-il. Demande au chauffeur de t'y emmener.

– A-t-il un prénom, ton chauffeur ?

– Je suppose que oui... Tu n'as qu'à lui demander. »

Je ne lui demandai pas. C'était probablement la continuité du même protocole. Parler peu et ne pas se présenter, quand on est connu de tous, ou quand on est ignoré de tous.

Mélanie me pria d'attendre au salon. À la place de la masse orange colossale de Baba, je découvris une petite silhouette élégamment disposée dans l'espace. Elle me sourit. Un filet de rouge à lèvres étincelant, grassement étiré d'un bout à l'autre de l'équateur... Une denture immaculée accompagnait la ligne des lèvres et révélait, je ne sais dire comment, une âme passionnée, avide de vie... Un sourire si large, accueilli sur les bords par deux petites fossettes qui l'ouvraient et le refermaient comme deux guillemets... Citation : « Sourire »

Je pris place sur le côté, ni trop proche ni trop distant, ni trop coude-à-coude ni frontal. Trois jours seulement à Paris, et me voilà devenu Parisien.

« Judith.

– Pardon ?

– Je m'appelle Judith, et vous ?

– Ali.

– Vous avez postulé, vous aussi ?

– Postulé ?

– Vous savez...

– Je... Euh... Je suis venu sur recommandation. J'ignore encore quel poste je vais occuper au cabinet...

– Vous allez donc travailler au cabinet... »

Judith se mit soudainement à chuchoter. Je me tendais vers elle comme une perche pour ne rien manquer de ses mots. On aurait dit que les mots émanaient de ses yeux verts, tant son regard était vif et luisant.

« Moi, j'ai postulé pour l'autre poste... C'est mon côté suicidaire...

– Suicidaire ?!

– Il faut nécessairement l'être, ne serait-ce qu'un peu, pour se jeter soi-même dans la gueule du loup.

– La gueule du loup ? »

J'apostrophais chacune de ses phrases en répétant ses mots... Un petit enfant en découverte de vocabulaire.

« Loup ! Aigle ! C'est pareil ! rit Judith. Disons : la gueule de la bête.

– C'est alors si horrible de travailler pour le ministre ? me mis-je moi aussi à chuchoter. Veuillez m'excuser. Je ne connais rien sur lui ni sur le ministère. À vrai dire, je suis arrivé en France depuis quelques jours seulement.

– Voulez-vous dire, pouffa Judith de rire, que vous êtes arrivé au “monde” depuis quelques jours seulement... ?! Ada ! Cela vous dit quelque chose ?

– Ah oui ! Mon ami...

– Et vous ne connaissez pas Naël Maktoub… ? L'Aigle ? »

Effaré.

« Après tout, vous êtes un homme… Cela vous est probablement égal… Les violences faites aux femmes ne concernent que les femmes…

–Naël Maktoub ?! Violences ?!!!

– C'est ce qui se raconte partout. Pas de plainte, pas d'histoire sortie au grand jour, mais des chuchotements, dans les couloirs, dans les cafés, les soirées, Internet… Partout, cher ami ! On glisse partout qu'il plane autour des jeunes femmes comme un rapace… On l'appelle ainsi à cause de son nez aquilin, en forme de bec d'aigle… Son nez est presque plus célèbre que lui. »

Et comment… !

« Mais, m'embrouillai-je, les chuchotements ne disent pas toujours vrai. »

Je pensais à *ammo* Kamal en disant ces mots, quand on chuchotait partout qu'il n'aidait pas ma mère sans en attendre une récompense… Je ne pouvais pas m'empêcher, en même temps, de penser à Khalil, dont on ne parlait pas, plus monstrueux que les rapaces, pourtant… De qui Naël avait-il hérité ? Kamal ou Khalil ? L'ange ou le diable… ? Je me forçais à me dire qu'il y avait une bonté en ce garçon, difficile à observer, certes, mais bien présente. Ada est née en hommage à une femme qui avait souffert… Et moi, ma mère… Quel autre ami aurait pensé à nous après le succès ? Quel autre ami serait resté fidèle et aurait continué de nous nourrir autant d'années ? La fidélité est bonté… Et s'il m'avait été fidèle, il le serait sans doute envers Yara… Yara… ! Qui voudrait en détourner le regard… ?

Trop tard... La voix de Judith aménagea un endroit confortable dans mon esprit et ne s'en alla plus... Douter d'un ami, c'est commencer à s'en détacher, l'arracher comme on arracherait la peau, mais lentement, très lentement, en souffrir jour après jour, jusqu'à ne plus sentir la douleur, s'y habituer... C'est alors que l'on perd l'ami, et on se perd, soi.

« Monsieur Zayn, me sollicita Mélanie. C'est à vous. »

Les sourcils étaient penchés sur une pile de dossiers, sur le bouton fermé du costume, sur sa croisure bâillant comme un sac de vomi sous le menton.

« Bonjour.

– L'usage veut, jeune homme, que l'on dise : Bonjour, monsieur le ministre.

– Bonjour, monsieur le ministre.

– Nous n'avons pas beaucoup de temps. Vous commencerez à travailler au cabinet lundi prochain. Mélanie vous aidera pour l'ensemble des démarches administratives, ou trouvera quelqu'un pour vous aider. Je vous ai convoqué ici pour vous dire ceci : soyez discret. Par discret, j'entends complètement transparent. Si vous vous faites remarquer, en bien ou en mal, on va s'intéresser à vous. Et si on s'intéresse à vous, il va y avoir des histoires. Et je ne veux pas d'histoires. Vous me suivez, jeune homme ?

– Oui.

– ...

– Oui, promis.

– ...

– Oui... Monsieur le ministre.

– Vous pouvez disposer. »

La demoiselle de Pierrefitte

Fais-toi discret, Ali ! Fais-toi discret ! Comment ?! J'avais beaucoup appréhendé ce camouflage... Tout un week-end passé à envisager des scénarios où je risquais d'être démasqué. Le lundi matin, en entrant dans l'immeuble du ministère, je ressentais l'adrénaline monter, comme un braqueur de banque cagoulé, comme un garçon qui se faufile dans un hammam déguisé en femme. Je redoutais chaque mot qui quittait ma bouche, je redoutais mon silence, je redoutais les regards... Le soir en rentrant, je ne dis rien à Yara ou à Naël. Je fis semblant que tout allait très bien, que j'avais même sympathisé avec quelques collègues. J'inventai des prénoms, des anecdotes... Je dînai avec eux et partis dormir, exténué.

Dans les semaines qui suivirent, je découvris vite que ma contrainte n'en était pas une. Quoi de plus naturel que de se rendre transparent dans un ministère transparent... ? Exister ! C'était cela le vrai risque, le véritable exploit. Des milliers d'hommes et de femmes qui se passaient des dossiers d'un service à l'autre, d'un cabinet à l'autre, d'un statut à l'autre. On ramait quasiment exclusivement derrière Ada. Mois après mois, de nouveaux usages apparaissaient et notre travail consistait à les encadrer. Le cadre était toujours fait sur mesure, travailler à faire respecter ce cadre revenait à travailler à ne rien faire. Le cadre était inutile en soi, mais sa présence avait son utilité... L'autorité, ou l'illusion d'autorité. Montrer que l'on sait garder les troupeaux en enclos, quitte à avoir un enclos à la taille d'un continent, quitte à déborder sur les océans… « Il faut toujours garder le dernier mot face à son épouse, me dit Baba un jour. Toujours lui dire oui. »

Quelques-uns parvenaient à exister au ministère, certains étaient même connus dans le pays. Mais ceux-là n'existaient pas grâce à des exploits, seule leur parole leur donnait une existence. Ce qu'ils produisaient ? Discours, éléments de langage, pseudo-arguments contre pseudo-arguments, promesses, mots soufflés dans les airs ; et des chiffres, retournés, détournés, tordus, gonflés, chiffonnés, jusqu'à en obtenir d'autres chiffres qui transformaient les promesses des autres en mensonges… Je fis la découverte d'un univers où l'on était jugé sur ce que l'on disait et pas ce que l'on faisait. La parole devenant action, et l'action inexistante. Je me contentais alors de recevoir les dossiers à mon niveau, et les remettre à l'autorité idoine. Je me faisais discret.

Six mois passèrent. Je ne dormais désormais plus chez les Maktoub. Dès que j'eus reçu mon premier salaire, je louai un appartement à quelques rues du ministère. Et dès la fin de ma période d'essai, je pris un crédit bancaire pour acheter l'appartement voisin. Le vendeur était amusé d'apprendre que j'achetais l'appartement pour y habiter… « Cela ne se fait plus, disait-il. » On n'achetait alors que pour louer aux nomades. On ne possédait plus pour soi, mais pour les autres… Moi, je n'avais pas l'intention de beaucoup voyager… Pseudo-ferveur écologique… Le voyage et le tourisme étaient devenus, et de loin, la première cause du réchauffement climatique. Et entre la découverte de l'ailleurs et le maintien de la vie, je choisis la vie.

Je continuais d'aller chez les Maktoub les dimanches après-midi… Pas tous les dimanches, seulement quand Yara n'était pas en voyage… Elle se déplaçait beaucoup pour réaliser ses projets… Elle m'invitait alors pour déjeuner avec eux, et j'y restais jusqu'à l'heure du goûter. Je ne croisais plus Javi, et rarement Baba. Naël me proposait de l'accompagner à ses soirées. Je trouvais toujours des excuses pour y échapper. Il finit par comprendre et ne plus proposer.

Au retour de l'un de ses voyages à Marrakech, Yara m'appela au téléphone pour m'inviter et me dire qu'elle avait une bonne nouvelle à m'annoncer.

Me voilà devant la demeure des Maktoub. Je revis encore le visage de David, et… quelque chose de nouveau. Le hasard… Le matin même, une émission quotidienne avait consacré un reportage à la naissance de l'Art déco, une période qui correspondait à la date de construction de la demeure de Naël. Tout à coup, je découvris sur ses murs un tout nouveau visage.

L'architecture de cet hôtel n'était pas entièrement imprégnée d'une influence Art déco ; elle gardait encore la sensualité et la poésie de l'Art nouveau désormais ancien, ses formes ondoyantes et enchevêtrées, ses enroulements… Les balcons galbés, ventrus, ornés de fines volutes, cohabitaient avec les façades de formes géométriques méplates… Le propos direct et droit de l'Art déco dressé au milieu des circonvolutions de l'Art nouveau… Le progrès sortant des entrailles de la nature…

Cette demeure, comme toute œuvre réalisée à l'enlacement de deux périodes artistiques, avait figé à jamais le processus même de modernisation… L'Art nouveau, né en réaction à la révolution industrielle qui avait transformé l'Europe en un champ d'usines, prônait le retour de la nature et s'enchaîna dans ses méandres. Les adeptes de l'Art déco moquaient ces courbes d'« Art nouille » ; ils prêchaient le retour en grâce de la technologie et s'enfermèrent à leur tour dans une symétrie absolue.

Ce jour-là, je restais immobile devant cette façade et me répétait inlassablement que le destin n'avait rien de hasardeux. Le sourire de David qui se confondait avec ces murs ne pouvait tenir du hasard ; lui qui, tout comme l'Art nouveau à une autre époque, observait le progrès lui ôter son espace, centimètre carré par centimètre carré, sans rien y pouvoir... Et Naël... Et Yara... Ils ne l'avaient pas choisie, cette demeure ; le destin l'avait choisie pour eux. À sa construction, il était déjà écrit que Yara allait l'habiter, que sa voix inlassablement protestataire allait se joindre à celles, désormais muettes, de ces cubistes modernes. Il était fatalement écrit que Naël Maktoub, la marionnette, l'homme qui allait pousser le monde à s'exposer dans une représentation toute nouvelle, allait aussi acquérir pour domicile cette maison... Foyer des contestataires qui crient liberté et prônent le changement, et foyer du progrès qui emprisonne ces hommes modernes et efface les autres... Foyer de la sélection naturelle... de l'Histoire... du destin...

« Je vous ai apporté des *maamoul* que j'ai confectionnés moi-même.

– *Ya Allah* ! s'étonna Yara. Tu sais faire des *maamoul* ?

– Ce qui me reste de ma mère... Attention ! Faire n'est pas réussir...

– C'est l'intention qui compte, *Bro*... Et je suis certaine qu'ils sont délicieux ! »

Il était treize heures passées. Naël était encore au lit... Longue soirée. Yara me proposa de nous installer, entretemps, à son bureau, où je retrouvai ses cahiers, ses crayons, la Yara d'avant... La fille qui s'adossait à Baba, s'appuyait sur mon épaule, et dessinait.

« Je suis content que tu n'aies pas abandonné le dessin.

– C'est la seule chose, du moins… jusqu'à maintenant, qui donne un sens à mes jours. Tu devrais m'accompagner un jour à Marrakech, à Tunis, à Tipaza… Tu verrais alors, de tes propres yeux, à quel point ce projet peut changer la vie de certaines femmes là-bas…

– Oui… hésitai-je.

– Ce ne sera pas pour cette année, reprit Yara, je vais prendre une pause. Mais je te traînerai avec moi l'année prochaine.

– Une pause ? Les choses n'avancent pas comme tu l'aurais souhaité ?

– Au contraire ! »

Elle me raconta comment, à son arrivée à Paris, elle avait cherché un moyen de continuer de défendre les femmes dans le monde arabo-musulman. Elle voulait créer une marque de vêtements prêt-à-porter que ces femmes allaient faire vivre, et dont les revenus pouvaient financer des associations féministes, et tendre encore la main à d'autres femmes… Une chaîne d'émancipation. Les liens que Naël tissait avec la haute société à Paris pouvaient servir à financer le projet à son démarrage. Et Yara avait pleinement le temps de s'y consacrer. Mais avant tout, il fallait insuffler une âme dans cette marque, la définir, définir ce qu'elle avait d'unique. Yara avait peut-être le talent et l'inspiration pour créer une identité esthétique forte, peut-être pas, mais elle cherchait plus que l'esthétique. Elle cherchait une identité sociale et voulait en faire une voix, multiple, plurielle, qui allait émaner de chaque femme qui la portait… Un bruit sourd qui gronderait aussi longtemps que la marque vivrait.

Et voilà que Naël lui souffle une idée. Une ligne de vêtement à taille unique. Fini l'obsession de faire un trente-six, fini le chagrin de ne pas avoir une taille de mannequin, de ne plus pouvoir remettre sa robe après avoir enfanté. Le rêve ! La paix, inatteignable auparavant... ! Il n'avait pas proposé de produire une taille unique, mais de dessiner des vêtements ajustables et flexibles.

Yara approuva l'idée et commença immédiatement à travailler sur les dessins, les matières, les techniques. Elle qui aimait porter des tshirts larges et tombants y puisa son inspiration et en sortit de nouvelles pièces dont on ne trouvait pas d'équivalent ailleurs. Pendant qu'elle poursuivait le travail de conception, tous deux enchaînèrent les dîners de gala et les rencontres pour embarquer les investisseurs dans leur aventure. Ils ne promettaient pas la rentabilité, mais d'embellir, avec peu d'investissement, leur image en public. Ainsi, Yara réussit à ouvrir trois ateliers, répartis sur la Tunisie, l'Algérie et le Maroc. La proximité entre ces pays et avec la France lui permettait d'y être présente assez régulièrement, et d'être en contact direct avec ces femmes qui y travaillaient.

« Il ne me reste plus qu'à trouver un nom pour la marque.

– Enfin ! s'écria Naël qui venait d'entrer dans la pièce en mâchant. Mon ami vient nous voir, enfin ! Alors ?! Tu ne viens plus me voir quand Yara est absente ? Eh ! Eh ! Tu es toujours le bienvenu, *ya zalamé* ! Yara a même fait des *maamoul* spécialement pour toi. C'est, hélas, complétement raté !

– Naël ! le gronda Yara.

– Imago ! m'écriai-je.

– ... ?

– Le nom... La marque... Imago... Tu peux appeler ta marque “Imago”.

– Ça sonne plutôt bien, dit Yara. Mais pourquoi "Imago" ? Qu'est-ce que ça signifie ?

– Ça désigne le stade de développement final chez les papillons qui, après métamorphose, développent leurs ailes et leur caractère sexué.

– Développement, métamorphose, ailes, caractère sexué... C'est tout ce dont j'ai besoin ! C'est ingénieux, *Bro* ! C'est le nom que je cherchais, et que je n'aurais jamais trouvé ! Imago, oui, oui, Imago ! Imago ! »

Yara sautillait de joie et finit par se jeter dans mes bras et m'étreindre. Naël, lui, riait aux éclats.

« Peux-tu seulement me dire où tu as appris ce mot ? Laisse-moi deviner ! Dans un documentaire animalier ! Ah ! Ah ! ! Ah ! »

Imago ! Imago ! Imago ! Imago ! Yara ne cessa de répéter ce mot tout au long du déjeuner. Ils possédaient une grande salle à manger, mais on déjeunait toujours sous la véranda attenant à la cuisine. Yara aimait beaucoup cuisiner. Les couleurs dans les plats, disait-elle, l'inspiraient dans son travail.

« Imago ! J'ai enfin un nom ! Et ces femmes vont enfin voler de leurs propres ailes !

– Elles ne voleront pas, grommela Naël, mais s'enfermeront, comme les autres femmes, dans une lutte sans fin...

– Vois-tu, *Bro* ? Ton ami n'a pas changé d'une once. Bien qu'il lui arrive de me donner une idée ou deux, et faire avancer mon travail, jamais il ne cesse de le dénigrer.

– Euh...

– "*Bro*" ne va pas me contredire, me devança Naël. Il sait très bien que son ami a toujours raison... Mange, *ya zalamé* ! Comment as-tu fait pour grossir en mangeant si peu ?!

– Euh… Et… Quelle lutte ? Dans quelle lutte vont-elles s'enfermer ?

– La lutte des contestataires ! s'exclama Naël. Tous les contestataires… Les femmes, les homosexuels, les Arabes, les noirs, les Juifs, les handicapés… Tous luttent pour la même chose, au fond : chers autres humains, considérez-nous, nous aussi, comme des humains, sans autres étiquettes, peut-être pas comme vous, mais humains, humains avant tout, humains après tout… Bla ! Bla ! Bla !

– Mais quel est le mal à cela ?

– Eh bien, ils s'emprisonnent dans cette lutte ! Et ils finissent même par lutter contre eux-mêmes ! Ils demandent à être considérés comme simplement humains, mais eux-mêmes ne le font pas. Ils transforment toutes leurs actions en actes de contestations. Le moindre geste est une manifestation directe de cette étiquette qu'ils veulent tant enlever ! L'écrivain noir écrit sur la cause noire. Le réalisateur gay fait des films sur l'homosexualité. La footballeuse est footballeuse pour féminiser le mot. Quand même nous ne penserions pas leur attribuer des étiquettes, ils nous inciteraint à ne pas voir la footballeuse, l'écrivain ou le réalisateur, mais la femme, le gay et le noir… Une femme, un gay et un noir qui scandent : "Eh ! Nous sommes des humains !" Cette chaise-là, si elle parlait et disait "Je suis humaine", ne le serait jamais à nos yeux, car nous ne voyons pas un être qui vit comme nous, achète du pain, pointe au travail et se construit une maison. Nous ne verrons qu'une chaise qui parle, une chaise qui se dit humaine. Nous continuerons donc de voir une chaise.

– Achète du pain, pointe au travail et se construit une maison ? l'interrompit Yara qui était déjà au bord l'exaspération. Heureusement pour toi que tu ne cherches pas particulièrement à paraître humain… Ils ne protestent pas pour le plaisir ! Ils protestent parce qu'ils souffrent. Que leur proposes-tu, monsieur, pour les soulager ?

– Une lutte ne soulage qu'une fois gagnée. En attendant, ils n'ont d'autre choix que de continuer de souffrir. Mais plus efficace est leur lutte, plus courte sera leur souffrance... Si nous luttons pour une réalité que nous ne vivons même pas nous-mêmes, comment l'imposer aux autres ? Ils devront eux-mêmes faire abstraction de ces étiquettes, et se contenter d'être écrivain, avocat, ou que sais-je...

– Je suis de bonne humeur, s'offusqua la pauvre Yara. Alors, vois-tu ? Je refuse de t'écouter davantage. »

Pendant qu'ils se querellaient ainsi, je ne prenais la défense ni de l'un ni de l'autre. Je manquerais d'honnêteté si je disais que le sujet m'importait à ce moment-là. J'étais simplement amusé de les voir s'accrocher comme aux vieux jours. Nostalgie...

« Alors ?! me demanda Yara. Dis-nous, Ali ! Comment ça se passe au ministère ?

– Le ministère, en tiquant, c'est le ministère. Pour obtenir un peu de pouvoir, une poignée de personnes sont prêtes à bousculer la vie de millions de gens... Naël, pourquoi n'inventes-tu pas une intelligence qui gouverne ?

– Comme disent les “experts”, j'ai inventé la dernière des inventions humaines ; tout ce qui reste encore à inventer, Ada s'en chargera.

– Ton ami est jaloux de son bébé, le railla sa femme. Tous parlent de l'œuvre, et peu parlent de l'artiste. Hein ?!

– Balivernes ! Comment peut-on être jaloux de ce que l'on a enfanté soi-même ?!

– En parlant d'enfanter, dis-je, je vais bientôt au Liban, rendre visite à tes parents. Tu devrais penser à aller les voir un jour. C'est beaucoup, cinq ans !

– Je n'ai pas le temps, j'écris.

– Écrire, comme un écrivain ?

– Y a-t-il d'autres façons d'écrire ?

– C'est un projet qui va t'occuper encore longtemps ! Ne penses-tu pas qu'il est important de faire une pause et leur rendre visite ? Cela ne me regarde pas, je sais bien, mais rien ne peut garantir qu'ils soient encore là quand tu auras fini ton livre, que Dieu allonge leurs vies.

– Leur autre fils ira les voir... »

Mon seul ami... Pour le meilleur et pour le pire... Pour les gestes protecteurs et pour les phrases assassines.

« Bientôt, dit Yara, il abandonnera son livre et aura pleinement le temps. Je ne pense pas pour autant qu'il aille les voir un jour...

– Pourquoi abandonner ?

– Je n'abandonnerai pas !

– Si !

– Non !

– Si ! Quand on est égocentrique, et qu'on ne s'est jamais intéressé qu'à soi-même, on ne peut écrire que sur soi-même.

– Ma vie est passionnante !

– *Bro*, ton ami écrit qu'enfant il courait dans les champs en portant des sandales en plastique jaunâtre ; qu'ils croisaient des milices, ses amis et lui ; et que sais-je d'autre.

– Et alors ? C'est passionnant !

– La vie de ton père est passionnante. Lui portait des sandales en plastique jaunâtre et croisait des milices dans les champs d'oliviers. Toi, tu es né après la guerre, et tu portais des baskets de marque.

– On n'ouvre pas les livres pour y trouver des vérités, mais pour rêver.

– Je t'ai proposé mille fois d'écrire sur la demoiselle de Pierrefitte, mais tu n'écoutes que toi-même... »

C'était là l'occasion de changer de sujet et les sortir de leur querelle une fois pour toutes. Opportunité à saisir... Si seulement j'avais su où cela allait nous mener...

« Je suis bien curieux de connaître l'histoire de cette demoiselle de Pierrefitte, dis-je. Une aristocrate ?

– Ah, *Bro* ! Si seulement ! Je voulais aider les femmes dans les pays arabes, mais le monde arabe n'est pas délimité par les frontières de ces pays. C'est aussi la France, le Canada... Partout dans le monde, ces femmes ont besoin d'être secourues. »

Je la comprends, Yara... Mondialisation... Drôle d'ouverture... S'ouvrir sur le monde et rester enfermé en soi... Pire encore, rester enfermé dans le fantasme de soi. Oui, mon propos n'est pas clair. L'Homme n'est pas clair, l'Homme n'est pas cohérent. Et pourtant, à y regarder de près, les choses peuvent s'éclaircir. Tout est question de progrès. C'est toujours une question de progrès. Mais soyons clairs cette fois-ci. Dès lors qu'il s'agit de l'Homme, progresser n'est pas aller en avant, mais aller contre... S'insurger pour exister. Depuis le premier Homme... Le fruit interdit. L'enfant qui grandit à Alger s'insurge contre les traditions absurdes, s'identifie davantage aux valeurs de la France... Liberté avant tout... Il crie alors au progrès. L'enfant arabe qui grandit en banlieue parisienne s'insurge, lui aussi, progresse à contresens, s'attache à la pureté fantasmée de l'éducation arabo-musulmane...

Tradition avant tout… Il crie alors au progrès. Oui, j'en conviens. J'admets déjà avoir tort. Il n'est pas simplement question de progrès, mais d'arrogance. Nous voilà au fond du sujet. Plus grande est la résistance de la société, plus grand est le progrès, et plus grande est la satisfaction de l'accomplir, la satisfaction de soi, quitte à s'abrutir. Tout est ramené à soi, à la magnificence de soi, au petit Naël en chacun d'entre nous. Tout progrès n'est pas bon à prendre, mais on le prend quand même…

« Il faut absolument être moderne, nous interrompit Rimbaud. Mais alors, ces femmes que Yara aime tant défendre s'insurgent peut-être par arrogance, elles aussi.

– Mais alors, rétorqua Yara, Mai 68 a peut-être aussi été motivé par l'arrogance… Peu importent les motifs, moi, je serai toujours à côté des libertés individuelles. »

Ah, Mai 68 ! Une rupture temporelle dans l'histoire de la France. Dans le monde arabe, la modernisation est plus lente, plus ambiguë, encore un « entre deux ». C'est quand il est question de la femme que la confusion est à son paroxysme. Dans le quotidien de ces femmes, le changement s'est introduit comme un jardin dans une prison… On est dehors et au-dedans, libéré et encore incarcéré. On respire et on étouffe. Toujours mieux qu'une prison ? Pire encore ? Tout ce que l'on peut dire, c'est que la schizophrénie est difficile à vivre. La société, hommes et femmes ensemble, poussent la femme à s'émanciper, et le lui reprochent dans le même temps. Elle doit faire des études supérieures, s'investir dans sa carrière professionnelle et accéder aux plus hauts postes ; mais chez elle, dans sa maison, la femme doit continuer de jouer son rôle de femme au foyer… Corvées, enfants, corvées, enfants, corvées, enfants… Et toujours impeccable pour son maître. Quand même elle accepterait toutes ces conditions, tous les jours elle serait jugée… Jamais assez bien, jamais satisfaisante, elle penche toujours d'un côté ou de l'autre... C'est non pas un jardin dans une prison, mais deux prisons. La femme arabe a besoin d'être deux femmes pour satisfaire la société.

« Malheureusement, dis-je, je partage ton analyse ma chère amie, mais tu ne m'as toujours rien dit de cette demoiselle de... Elle s'appelle comment déjà ?

– Naël ne retient pas son prénom, il ne retient le prénom de personne. Il l'appelle ainsi, car elle est logée en ce moment dans un refuge à Pierrefitte-sur-Seine, au nord de Saint-Denis... Allons dans le salon. Je vais te raconter son histoire. Il se peut même que tu puisses l'aider... Tu veux un café ?

– Volontiers... L'aider ? Comment ? »

Nous nous installâmes sur le fauteuil bas au milieu du salon. Le sourire de Naël produisait en moi une telle angoisse ! Lui avait déjà compris ce qui se tramait dans la tête de Yara.

« C'est une jeune Marocaine, reprit Yara, originaire d'un village proche de Marrakech, Ourika. À vingt-deux ans, elle était déjà mariée, et, matin et soir, elle se prenait des coups de son mari. Elle s'est beaucoup battue et a fini par obtenir le divorce. Sa famille l'a reniée, aucun autre homme ne songeait à l'épouser... Là-bas, on ne divorce pas... Analphabète, sans travail, sans famille, sans foyer... Elle ne possédait rien d'autre que son corps... Très belle femme. Mais jamais elle n'avait accepté de monnayer son corps. En se présentant à l'atelier, elle n'aspirait qu'à survivre dignement.

– Comment s'est-elle trouvée à Pierre... ?

– Le destin, *Bro* ! Le destin. Un jeune homme de Pierrefitte-sur-Seine, de parents marocains, voulait épouser une femme de Marrakech, issue d'une éducation similaire à celle de ses parents. Sa mère s'est renseignée et en a sélectionné une. Le jeune homme et ses parents sont donc partis demander sa main. Mais une fois arrivé à Marrakech, le jeune homme croise notre demoiselle dans la rue. Il est conquis et ne veut qu'elle.

– Belle fin, dis-je, rassuré.

– Non, *Bro* ! Ça n'est que le début d'une autre mésaventure.

– Les parents du jeune homme ont empêché le mariage ?

– Non, ils se sont bien mariés. »

C'est ainsi que la jeune mariée s'est trouvée à la maison familiale à Pierrefitte-sur-Seine. Quelques mois seulement après son arrivée, la belle-mère, impatiente de prolonger sa progéniture dans le ventre d'une autre, force le fils et son épouse à consulter un gynécologue. Consultations ; analyses ; résultats ; désastre : la jeune femme est stérile. À cette tragédie s'en est ajoutée une autre. La belle-famille la juge, unanimement, coupable ; on est convaincu que sa stérilité fut le vrai motif, caché jusqu'alors, de son divorce. La belle-famille contre-attaque, décidée à l'humilier, lui ôter le peu qu'il lui reste, sa dignité. Tandis que la mère dévoile la stérilité de sa belle-fille à tout Marrakech pour l'empêcher de se marier à nouveau, le fils entame au plus vite le divorce pour l'empêcher de régulariser sa résidence en France. En somme, la forcer à revenir dans un pays qui n'en veut pas.

« Pauvre femme ! Que fait-elle maintenant ?

– Elle attend patiemment son expulsion, regretta Yara. Son cas est difficile à défendre. Il y avait, paraît-il, quelques années auparavant, des associations qui défendaient ces cas particuliers. Mais aujourd'hui, ces organismes ne s'intéressent plus qu'aux nomades. Même le tissu associatif choisit ses batailles, *Bro* ! Ils défendent des cas qui ajoutent à leur notoriété...

– Il faut bien continuer d'exister, dit Naël froidement. Il faut bien continuer d'exister pour continuer de défendre des cas, quels qu'ils soient ; et pour continuer d'exister, il faut bien continuer de collecter des dons ; et pour continuer de collecter des dons, il faut bien gagner en notoriété... L'égoïsme est le pain de l'altruisme.

– Ça ne peut pas être vrai ! riposta Yara. Autrement, tout l'altruisme dont l'Humanité a besoin serait rassasié par, à lui seul, l'égoïsme de mon mari ! »

Naël semblait n'avoir que faire des critiques de sa femme. Il admirait son verre d'alcool comme s'il renfermait plus de beauté que l'Univers tout entier.

« On s'éloigne de notre affaire, reprit Yara. Il y a encore de l'espoir pour la demoiselle. Et c'est bien toi qui pourrais la sortir d'affaire...

– Moi ?! Comment... ? J'aimerais beaucoup l'aider, mais au ministère, je suis aussi puissant et influent que ma chaise.

– Non, cela n'a rien à voir avec le ministère. Elle est sur le point d'être expulsée parce qu'elle a divorcé avant de régulariser sa résidence en France. Pour lui permettre de rester, il suffit qu'un autre homme l'épouse.

– Pareil ! Je ne connais personne ici, à part Javi et vous deux... Non !!! Non, non, non ! Je ne peux pas faire ça. Et pourquoi pas Javi... ? Je ne peux pas le faire. »

Brusquement, Naël posa son verre et porta toute son attention à notre discussion. Encore ce sourire ! J'avais envie de lui arracher la peau du visage.

« Javi est follement amoureux de cette Hortense, dit Yara. Et tu es l'homme le plus altruiste que je connaisse. Si toi, *Bro*, tu n'acceptes pas, alors personne d'autre n'acceptera.

– Hortense ? Celle du ministère… ?! Mais moi, je ne peux pas accepter !

– Les femmes stériles, elles aussi, ont droit au bonheur… Des solutions existent… Il suffit de ne pas être borné ! Tu ne veux pas prendre le risque ? Pourquoi donc n'acceptes-tu pas… ? C'est une belle femme, douce, intelligente, enthousiaste… ! À cause de son illettrisme, alors ? Mais pourquoi donc ? Ta mère était illettrée, cela ne l'a pas empêchée d'être une bonne maman. »

Je bouillonnais. Glacial de l'extérieur, embrasé de l'intérieur. Plus Yara insistait et me questionnait, plus Naël se réjouissait de me voir piégé comme une bête, et plus j'étouffais encore, sans pouvoir gigoter… *Bro* ! *Bro* ! *Bro* ! La femme que j'aime ne cesse de m'appeler frère, et je l'accepte ! La femme que j'aime épouse mon seul ami, et mon anti-moi, et je l'accepte ! Maintenant, la femme que j'aime me pousse, sans me ménager, dans les bras d'une autre… Et quoi donc ? Quoi donc, Ali ? Pourquoi n'acceptes-tu pas alors ? Pourquoi veux-tu, comme ton ami, nourrir ton altruisme d'un peu d'égoïsme… ?! Ali ! Ali ! Tu es l'homme le plus altruiste que je connaisse ! Tu ne vas quand même pas dire non à cette pauvre jeune femme ! Que se passe-t-il, Ali ?! « Je… balbutiai-je. Je… Je… Je… Je… » Les mots ne sortaient pas… Nature physiologique de la gentillesse… On n'est jamais gentil comme une douce rivière. On est gentil comme un volcan, ou rien du tout. Si ce n'est un volcan, alors ce n'est pas de la gentillesse, mais autre chose. On retient les gestes, on retient les mots, on retient tout, longtemps, longtemps… Et plus on retient, plus on a peur de l'éruption, plus on retient encore plus fort.

J'aurais voulu dire ce qu'était le mariage pour moi... À quel point c'était important pour moi d'offrir mon nom à une femme... À quel point je sacralisais cet engagement. J'espérais tant pouvoir partager mon existence avec l'âme sœur que le destin m'aurait réservée, mais n'est pas âme sœur la première venue à qui l'on souhaite donner un coup de main. Longtemps, je rêvais d'entendre Yara le porter, ce nom. Depuis qu'elle s'était envolée dans les bras de Naël, le nom est resté suspendu dans les airs, abandonné. Depuis, le temps passait et j'attendais.

Naël, en spectateur de la scène, jubilait. Il réussit là où j'échouai. Il décrocha ce bonheur d'être uni à quelqu'un, alors que je n'arrivais même pas à épouser une femme en détresse. Et par-dessus tout, il ne décrocha pas n'importe quel bonheur, mais celui dont j'avais toujours rêvé. Nous étions tous deux silencieux, nous retenions nos mots, mais pas pour les mêmes raisons. Naël savourait le moment, retardait l'orgasme, souriait et s'enivrait de satisfaction.

Les minutes passèrent et la gêne du silence ne suffisait plus. Naël voulait plus encore. Il commençait à gratter, piquer, bousculer, gratter encore, pousser, me sauter dessus et m'écraser de son poids de plume, comme on s'acharnerait sur un camarade de classe à l'école. Il morigénait, cautionnait les arguments de Yara, raillait, insistait, persistait, s'obstinait. Je ne lâchais rien. Je me sentais très mal, mais je ne lâchais rien. Mon sang filait, tout entier, vers la surface. La colère remontait en moi, de voir Naël me pousser ainsi, pour rien, pour s'amuser, pour se savourer vainqueur, à un point de rupture, où rien, absolument rien, ne serait comme avant. La colère de se battre pour et contre, à la fois.

« Lâche l'affaire Naël, l'interrompit Yara. C'est dommage, mais on ne peut pas le forcer à épouser une inconnue. Pardonne-moi, *Bro* ! Je n'aurais pas dû te le proposer. J'étais emportée par l'envie de l'aider, cette pauvre femme. »

État d'urgence. Naël sur le point de perdre au jeu. J'aurais tenu face à lui jusqu'au bout. Impensable. Impossible.

« *Zalamé* ! dit-il. C'est toi qui devrais lâcher l'affaire, Ali ! Yara m'a choisi moi. Et quand même je n'aurais pas existé, elle ne t'aurait pas choisi. Tu attends quelque chose qui ne viendra jamais !

– Naël ! s'écria Yara. Ce que tu dis est immonde !

– Sais-tu au moins, poursuivit Naël, pourquoi tu es invité aujourd'hui ? Et pourquoi le bon repas et les *maamoul* ratés ?

– Tais-toi, misérable !

– Yara porte mon enfant, Ali ! Yara est enceinte de moi. »

Naël hilare. Yara scandalisée. Moi tremblant. Je me levai calmement et m'en allai.

IV

La chute

Lilly

Je ne connaissais pas Lilly. À peine la trentaine passée, et déjà, trop vieux pour la connaître... Vieux et sans enfants... Mais il n'était pas véritablement nécessaire de rester éternellement adolescent ou d'avoir un môme pour la connaître, car Lilly était, comme on dit, une star.

Quand même quelqu'un ne connaîtrait pas Lilly, son prénom devrait lui paraître familier... Napoléon, Charlie Chaplin, Marilyn Monroe, Kim Kardashian, Naël Maktoub... On peut ne pas les connaître, ne rien savoir de leurs œuvres ni de leurs histoires, ne les avoir jamais vus ; mais on ne peut pas échapper à leurs noms... Répétés, repris, entendus et réentendus, comparés, critiqués, moqués, ou au contraire, divinisés, chantés, chantonnés, fredonnés, étirés dans l'aigu jusqu'à ce que ces noms propres se détachent des personnes, de la célébrité, jusqu'à ce qu'ils échappent à la grammaire et deviennent communs, des substantifs qui désignent l'objet d'une pensée, tantôt commune, tantôt personnelle... Je me souviens de cette voisine au Liban, une vieille dame venue se plaindre à ma mère de sa belle-fille fraîchement mariée. « Elle se prend pour Madonna, dit-elle. » Comment, à son âge, sa vie entière passée au village, sans instruction, sans communication... comment pouvait-elle connaître Madonna ? Je n'osais évidemment pas intervenir au milieu de querelles belle-mère belle-fille, trop de beauté pour en sortir indemne... Mais si je lui avais posé la question, elle aurait répondu qu'évidemment, elle ne la connaissait pas cette Madonna ; elle connaissait le prénom, et derrière ce prénom-substantif, se cachait l'idée d'une certaine débauche liée à la modernité… « *Papa don't preach !* chantait Madonna. »

Je commençai à m'intéresser à Lilly seulement quand nos destins furent liés… Tel est le monde, tellement petit que des liens se tissent, parfois, entre des destins quelconques, en bas de l'échelle sociale, et les étoiles dans le ciel. Les stars elles-mêmes ne naissent pas toujours sur leur orbite, mais y sont propulsées à un moment de leur vie. Lilly connut la célébrité à l'âge de 3 ans. Ses parents, originaires des îles Malouines, avaient fait leurs études supérieures à Buenos Aires, l'un en finances, l'autre en marketing. Une petite famille sympathique et parmi les toutes premières à adopter le nomadisme. Un jour, alors qu'ils choisissaient leur prochaine destination, les parents de Lilly postèrent une vidéo de la petite fille négociant avec eux pour aller en Floride, car en Floride, il y avait *the world's biggest Disney World ever !…* Quotidien de jeunes parents, pas de quoi en faire un roman. Cependant, une petite fille de trois ans négocier, c'était mignon à regarder, c'était du moins l'avis des deux milliards de personnes qui avaient visionné la vidéo… Les parents, dont les compétences professionnelles consistaient principalement à enfler la valeur des choses pour en tirer profit, flairèrent le potentiel derrière l'anecdote. Perspicaces, ils l'étaient, mais pas devins. Ils sentaient l'existence de ce potentiel, mais étaient loin de pouvoir se figurer son ampleur. Ils se lancèrent timidement. Première idée : faire avec Lilly un tour, *Disney Worlds World Tour*, monde des mondes, et la filmer à chaque étape, dans chaque monde… La petite fille voyageant d'un monde à l'autre, d'une copie du monde à l'autre… Ils gagnèrent ainsi leur sésame pour étaler la vie de leur enfant dans le marché de la célébrité. Les publicitaires n'étaient pas loin, premiers revenus versés par le parc d'attractions lui-même, d'autres parcs suivirent, d'autres tours, davantage de vidéos, davantage de revenus… « J'abandonne ma carrière en entreprise pour me consacrer pleinement à l'avenir de ma fille, avait déclaré le père. » Se consacrer, se concentrer, focaliser sur son unique produit. L'axe familial pivoté à cent quatre-vingts degrés… L'enfant source de vivres… L'enfant devant, les parents derrière… l'enfant au centre, les parents attachés… Dans une vidéo où Lilly apprenait à compter jusqu'à dix, elle générait des revenus à ses parents… Gagner d'abord, compter après… De là, l'histoire se raconte en deux colonnes, petite fille à gauche, produit à droite. Son prénom commençait déjà à s'en détacher, avant même qu'il lui fût propre, avant qu'elle fût devenue une personne à part entière, qu'elle eût fait ses propres choix. Le prénom de Lilly était devenu, pour beaucoup, synonyme de nomadisme, de la vie au septième continent. C'était probablement ainsi que je l'avais entendu moi-même.

À l'âge de onze ans, Lilly était filmée quasiment en continu… Les sorties, les écoles, les nouveaux amis, les anciens amis, les garçons, les premiers chéris… Elle était suivie par un nombre invraisemblable d'enfants, préadolescents, adolescents, et analystes… Oui ! Ne jamais sous-estimer le marché de la célébrité. Les analystes suivaient de près les déplacements de Lilly et sa famille pour en déduire, au travers d'algorithmes et de courbes, l'affluence de la population nomade dans ces endroits… Le potentiel se cultive par la consommation ; plus on l'exploite, plus il se développe. Une môme élue centre de gravité de sa famille, et la voilà centre d'inertie pour la moitié de l'Humanité. Elle n'était pas la seule, il en existait, des Lilly, plus jeunes, moins jeunes, jamais au-delà de la trentaine, trop vieux sinon… Filles, garçons, transgenres, transcontinents, transsubstantifs… Ce qu'avait Lilly d'unique, c'était ses parents, l'insatiabilité de ses parents ;

non pas que les autres parents ne l'étaient pas, mais le désir de réussir chez ses parents était passionnel, obsessionnel, immoral si ce n'était pas attesté pathologique.

Ils voulaient utiliser l'image de leur fille pour faire de la publicité à leurs propres produits… Tout pour la famille… Racler le marché célébrité-publicité en long, en large et en travers… Mais quels produits ? Telle n'était pas la question. Mais quels produits pourraient rendre Lilly encore plus célèbre ? La voilà, la vraie question !

Dans une société où l'on n'accepte de s'engager véritablement, de se marier et de faire des enfants qu'à l'âge de trente-cinq ans, où marier une fille de quinze ans scandalise, et où les sièges d'entreprises se transforment peu à peu en aires de jeu pour jeunes adultes, grands mais encore enfants, Lilly déversa sur le marché la première marque de *make-up for little girls*, produits de maquillage pour les petites filles de six à douze ans… Extra-doux, sans allergènes… Précautions sociales… Ah ! Loin les exploits d'Ada ! Plusieurs mois avant sa mise sur le marché, la marque était déjà *successful*, grande, incontournable… Oui, car on achetait la promesse, et non pas le produit. Le fantasme de la vie, et non pas la vie elle-même…

Voilà comment, en partant d'une séquence vidéo familiale, une fillette qui veut partir à Disneyland, on arrive jusqu'à créer le fantasme d'une vie dans les esprits de millions d'individus. La petite famille dans une course effrénée, l'Humanité elle aussi, l'une vers le sommet, l'autre…

Un jour, le silence. Plus rien… Plus de Lilly, plus de vidéos, plus d'images. Silence. Il est 22 h 45 à Paris, 13 h 45 à Los Angeles, 5 h 45 à Hong Kong… Dernier jour du mois de juillet. Plus rien du tout ! Plus aucune Lilly ! Plus aucune voix ! Plus personne, car Ada n'est plus. La silhouette noire ne répond plus. Silence. Ensuite, la panique... La vague d'affolement s'élève d'abord en Amérique et va se déferler sur le globe entier, heure après heure, un pays après l'autre.

Le lendemain, je me réveillai sans avoir dormi... Encore une nuit agitée, les questions du jour qui continuaient de rôder la nuit. Je fis couler un grand café et sortis la boîte de *maamoul* que j'avais faits la veille... Encore ratés, je ne savais plus pourquoi je continuais d'en faire. Si, je tenais absolument à hériter quelque chose de ma mère... Pathétique ! J'allumai la télévision et zappai sans trouver la chaîne. Après quelques gorgées de café, la voilà, ma chaîne ! C'était mon programme habituel qui y manquait. À la place, quelques images relayées partout, ambiance Troisième Guerre mondiale. Des attentats, encore, me dis-je ; des grèves ; ou la mort d'un chanteur... Sortie d'un nouveau téléphone... ? À vrai dire, je n'arrivais plus à mesurer la gravité des événements sur les feuilletons d'information. Et je m'étais habitué à ignorer les gros titres déroulés en boucle en bas de l'image ; c'était devenu comme l'aiguille des secondes sur une montre, invisible si on ne la cherchait pas. La curiosité l'emporta, je me mis à déchiffrer les titres... « Black-out » ; « Silence » ; « La Terre en éclipse » ; « Terreur dans les rues ». Titres de cinéma pour décrire la réalité... Je montai alors le son et tendis l'oreille. Pas mieux, formules de publicité, comment donner envie d'apprendre des horreurs... On parlait d'Ada, rien d'inhabituel... Si ! Ada éteinte ! Toutes les données en sa possession inaccessibles ! Contacts, adresses, numéros de téléphone, agendas, cartes bancaires, fichiers médicaux, billets d'avion... Les vies de millions de personnes, des milliards, prises en otage. Quelques secondes encore pour réaliser l'ampleur du désastre, un peu de caféine encore coulant dans les veines, avant de bondir de ma place, m'habiller à toute allure et courir au ministère.

Dans le quartier, je ne croisai que quelques personnes, qui semblaient perdues, effrayées. Un couple notait sur un calepin les noms des rues. Il était encore tôt. Je voulais m'arrêter, tenter de les renseigner, les rassurer un peu, mais j'avais le sentiment de pouvoir être plus utile ailleurs. Devant l'entrée du ministère, seulement deux camionnettes de journalistes. D'abord étonnés, mais après réflexion, les journalistes eux aussi devaient avoir leur lot de soucis à résoudre. Ceux qui étaient présents coururent vers moi pour me demander de m'exprimer. C'est à peine si je pus afficher une grimace de regret avant de filer à l'intérieur. C'était au tour de Fred et son nouveau collègue de surveiller l'entrée, cette nuit-là. Fred était inquiet pour ses filles. Il voulait prévenir son ex-femme et lui proposer de rester à la maison avec les filles jusqu'à ce que tout fût remis en ordre ; mais il n'arrivait plus à la joindre, il n'avait plus aucun numéro de téléphone… Le ministre n'était pas là, réunion de crise à l'Élysée depuis minuit. Une autre réunion de crise au ministère, établissement d'un plan de communication ; on ne pensait qu'à cela au ministère, maîtriser la communication pour maîtriser la crise… Qu'auraient-ils pu faire d'autre ? Le ministère n'était pas Naël… D'ailleurs, tout le monde guettait des nouvelles de sa part. Aucune. Le bruit courait que Naël lui-même ne parvenait pas à expliquer ce qui s'était passé… Les cravates cavalaient sans cesse dans les couloirs. Une journée de plus pour moi, ordinaire, vide, assis à mon siège devant un ordinateur et une pile de dossiers, personne n'était venu me voir ou me demander quoi que ce fût. À midi, j'aperçus le bolide de Naël arriver, dans un cortège de 4x4 noirs et véhicules militaires. J'allai à sa rencontre aux ascenseurs, avant de me résigner et faire demi-tour, difficile de retrouver en de semblables circonstances un ami avec qui l'on s'était fâché... Allers-retours à la cafétéria, sans cesse à l'affût de nouvelles informations. Une foule formée autour de l'écran de télévision ne perdait rien de sa densité tout au long de la journée, basculant entre le brouhaha et le silence des morts. À dix-huit heures précises, je quittai le ministère, comme d'habitude... Interdiction formelle de s'adresser aux journalistes rassemblés devant le portail, tous les employés avaient été avertis...

Journée étouffante... ! Moi qui pensais que mon quotidien habituel était étouffant... En bas de mon immeuble, je m'arrêtai au restaurant libanais, « La troïka libanaise »... J'avais pris l'habitude d'y dîner quotidiennement... Nostalgie...

« Il ne me reste plus rien, mon ami ! dit le patron. Quelle journée ! Pas de livraison, pas d'employés... Les clients n'avaient pas de quoi payer... J'ai dû les servir gratuitement... ! Rétribution chez le plus haut, *inchallah*. Maintenant, il ne reste presque rien... Il y a encore des yaourts, tu veux des yaourts... ? Quelle journée, n'est-ce pas ?!

– Quelle journée !

– Toi, se mit-il à chuchoter, tu travailles avec eux, là-bas... Tu sais quelque chose ?

– Non, personne ne sait rien.

– Tu as de la famille au Liban ?

– Non, mes parents sont tous les deux décédés, paix sur leur âme.

– Paix sur leur âme ! Des frères, des sœurs ?

– Non. Si, un frère. Décédé jeune lui aussi.

– La guerre ?

– Accident...

– Paix sur son âme, lui aussi !

– Oui.

– Quelle journée… ?! Si ça ne se rétablit pas vite, ça va être le chaos ! C'est déjà le chaos, mon ami ! C'est déjà le chaos… Les gens sont perdus, regarde-les ! »

Deux yaourts. Télévision, encore. Sommeil perdu, retrouvé. Cauchemars. Réveil difficile. Caféine. Télévision à nouveau. Repasser une chemise. Cravate. Encore un café. La rue paraissait immense ce matin, étirée à l'infini sous la pluie. Des personnes flottaient comme des électrons, libres dans le vide, détachés de tout, attachés à rien, inconnus les uns des autres. La société éteinte avec Ada… Journalistes. Fred et son collègue encore là, leurs successeurs bloqués, perdus quelque part. Ordinateur et pile de dossiers. Cafétéria. Pas de café. Télévision. Images du chaos, étonnamment paisibles, silencieuses. Retour à mon bureau. Ordinateur et pile de dossiers. Midi. Je me précipitai à l'appartement. En bas de l'immeuble, Jane, le patron du restaurant libanais, un bonhomme trapu, au sourire crispé et au visage carré et impénétrable, me fit signe.

« Tiens, mon ami ! J'ai mis de côté deux sandwiches pour toi, *falafels*, comme d'habitude.

– Merci !

– *Yallah* ! Dieu est avec toi. »

Deux crocs. Ablutions. Pas pressés vers la mosquée du quartier. Hâte habituelle du vendredi… Les musulmans plus nombreux le vendredi, et toujours autant de mosquées. Pas ce jour-là, seulement quelques rangs, bien serrés à l'avant… L'habitude… Le jeune imam enflammé, discourait devant quelques vieillards comme s'il s'adressait à la nation tout entière. « On nous disait, chers frères, que cette Ada nous assurait la liberté… Quelle liberté ? À quel prix… ? Quelles conséquences ? Nous commençons, hélas, à les mesurer, les conséquences… ! La liberté, mes chers, se trouve dans l'"écart", une notion qui présume l'absence de barrières et la présence de repères. La religion est une voie vers une rétribution ultime ; l'éthique, une ligne de conduite ; la société, trait d'union entre les individus. Voyez-vous, mes frères ? Voie, ligne, trait... Tout ceci n'est qu'étroitesse. Soyez libres, mes chers, soyez libres, car vous devez être libres, et pas autrement, Dieu créa les Hommes libres, car si vous vous enfermez dans l'épaisseur du trait, vous allez étouffer. Cependant, assurez-vous, mes frères, de ne jamais perdre de vue ces repères. Sortez du trait, mais ne vous en éloignez pas, ne le perdez pas de vue. Dans le trait, on n'est pas libre ; loin du trait non plus. Se permettre des écarts dans la société, dans l'éthique, dans la croyance et dans la religion, c'est être libre. S'arracher entièrement de ces notions, c'est s'emprisonner dans le néant. Ceux qui avaient signé un pacte avec Ada s'étaient éloignés de la société et l'ont perdue de vue. Regardez-lez aujourd'hui, ils se sont perdus eux-mêmes. Ceux-là mêmes, qui voulaient se libérer de la société, sont aujourd'hui emprisonnés dans leur individualisme... N'oubliez jamais, mes chers, votre liberté est votre identité. Soyez libres ! Pas dans le trait et pas loin du trait... Que le plus haut nous pardonne nos péchés. » Jeune et réactionnaire... Réactionnaire et juste... Libre, lui-même ? Qui est vraiment libre... ? Retour au ministère. Ordinateur et pile de dossiers. Les murs de mon bureau plus étroits que le trait, moi à l'intérieur... Qui est vraiment libre... ? L'Humanité tout entière ? Libérée de ce black-out étouffant ? Peut-être bien ! La foule encore plus dense, dans la cafétéria, prolongée jusqu'en dehors des murs vitrés. Peut-être bien, enfin ! Ada de retour ! Non ?! Quoi donc ?! Place Charles de Gaulle ? Rassemblement de nomades ? Attaque... ?! Terroristes ?! Mon Dieu !

Une fourgonnette avait foncé dans le public de nomades rassemblés à la place Charles de Gaulle. Bilan très inquiétant. On annonça beaucoup de morts. Le chiffre augmentait, se précisait, mais à quoi bon ? La barbarie est dans l'acte, pas dans les chiffres... D'heure en heure, au fur et à mesure que les chaînes d'information relayaient les faits, d'autres attentats suivirent, ailleurs à Paris, Montparnasse, boulevard Haussmann, parvis de la Défense... D'autres capitales, Tunis, Berlin, Bruxelles... On ne comprenait plus où ? Quand ? Qui ? Comment... ? On s'inquiétait encore plus pour ses proches. Les rues désertes partout dans le monde. On craignait de croiser le chemin d'un furieux en arme blanche. On hurlait et bondissait à la vue d'une fourgonnette approcher... Dix-huit heures, l'heure de rentrer. Fred de retour à son poste.

« Attention à vous, monsieur Zayn ! Soyez prudents sur le chemin.

– Merci, vous aussi. »

Jane... Concombres et menthe, rien d'autre. Télévision. Corps. Pleurs. Chiffres mis à jour. Nouvelles estimations. Cauchemars. Réveil difficile. Week-end. Pas de télévision cette fois-ci, assez de cauchemars. Matinée ensoleillée, une lueur d'espoir.

J'ouvris grand les fenêtres et entamai le ménage... Dépoussiérer des meubles tandis que la moitié de l'Humanité est dépourvue de presque tout... Quoi faire d'autre ? L'Afrique semble avoir toujours été dépourvue de tout, et l'on continuait tout de même, partout ailleurs, à dépoussiérer les meubles... L'Humanité a-t-elle vraiment existé ? A-t-elle vraiment été « une » ?

Les paroles de l'imam me revinrent... Je m'étais toujours refusé à acheter un aspirateur à batterie rechargeable... Trop de batterie que nous construisons sans savoir les détruire... Comme si j'allais, seul, sauver la planète... Comme si j'allais, seul, sauver la race humaine d'elle-même... Alors, je malmenais, comme chaque week-end, mon aspirateur à câble, qui me malmenait à son tour... Ne pas perdre de vue le trait... Si j'avais arraché le câble, je me serais senti beaucoup plus libre, et hélas, l'aspirateur aurait cessé de fonctionner. Ne pas perdre de vue le trait... Ne pas perdre de vue la société... Télévision. Le ton paisible. La tempête passée. On ne parlait plus beaucoup des attentats, mais des citoyens, secoués, qui se mobilisaient pour s'entraider. Sans plans, sans communications, sans organisation, ceux qui pouvaient apporter une aide enfilèrent les gilets jaunes de sécurité routière et descendirent dans les rues. Je descendis à mon tour. Nul besoin de gilet jaune. Des étrangers dans la rue saisirent dans mon regard que j'étais là pour les aider. En faisant des signes, ils me firent comprendre qu'ils avaient besoin de se doucher. Je les ramenai à l'appartement. Je leur offris serviettes, survêtements neufs, et des tasses de thé. Ils étaient épuisés. Je leur proposai de dormir, mais ils voulaient repartir, certainement encore inquiets pour leurs proches. La femme s'approcha de moi timidement et m'étreignit... La dernière personne qui m'avait pris dans ses bras était Yara, cinq ans auparavant.

Jane avait été livré le matin, mais manquait de personnel, je lui proposai de l'aide. Il était gêné, mais accepta sans hésiter. Je passai pour la première fois derrière son comptoir et l'aidai à emballer les sandwiches et les mettre dans les sacs. Jane parlait à peine français, mais il comprenait toutes les langues, il écoutait avec le cœur. À vrai dire, son prénom était Jean, mais la clientèle libanaise l'arabisait et l'appelait « Jane », et les autres clients suivaient la tradition sans trop se poser de questions...

Le restaurant était bondé quand un bonhomme, un Égyptien du quartier, que je connaissais de vue, se mit soudainement à scander « *Allahou akbar* ! *Allahou akbar* ! »... Un voile noir d'effroi. Sensation de la mort avant la mort. Quelques millièmes de seconde seulement pour réaliser que l'on n'avait pas encore vécu notre vie comme on le voulait réellement... « Oh ! Pourquoi me regardez-vous comme ça ? Ada revenue ! Regardez, ça marche à nouveau ! *Allahou akbar* ! Dieu est grand ! La vie est belle ! »

La vie fut belle ce soir-là, en dépit de la panique qui avait régné pendant trois jours, et du deuil. Paris rétrécit en à peine quelques heures, il n'en restait que l'Étoile et l'avenue des Champs-Élysées, et toutes les personnes présentes à Paris s'y rassemblèrent. La schizophrénie à quelques pas du périmètre encerclé par la police, où on percevait encore traces de sang et débris de verre. On marmonnait des prières, et dans le même temps, on chantait et dansait. Ces inconnus qui, quelques heures auparavant, erraient chacun sur sa propre orbite, s'étreignaient, le sourire large comme une barque, se prenaient dans les bras comme de vieux copains. Les bras se tendaient vers le ciel, et l'on ne voyait à l'horizon que des dizaines de milliers de silhouettes noires. Quelqu'un me tendit une bière, je ne pus la lui refuser ; je n'en avais encore jamais goûté, mais je l'amenai à ma bouche et savourai en une gorgée la fraîcheur amère de cette après-midi. À ce moment, l'Humanité était unique, unie, « une ».

Les festivités se poursuivirent jusqu'au lendemain, tout autour du globe... Le monde gagna la coupe du monde. Quant à moi, je ne restai pas longtemps dans la rue. Quand le soleil se coucha, je commençais à me sentir mal, physiquement mal. La joie des autres commençait à me peser, ils étaient heureux de retrouver leurs proches et d'avoir de leurs nouvelles alors que je n'avais plus personne à contacter... Les stations de métro étaient bondées. Je ne pouvais patienter, je remarchai donc jusqu'au 15e arrondissement. Arrivé sur les quais de la Seine, la foule rétrécissait. Quelques cris de joie dispersés dans le paysage sonore. Un appel…

« *Bro* ! J'étais très inquiète pour toi. J'espère que tu te portes bien.

– *Hamdéllah* ! Je vais bien. Et vous ?

– Firas et moi allons bien. J'ai pris des nouvelles d'*ammo* Kamal, il va bien lui aussi… Naël, lui, est anéanti. Ada est revenue, mais les problèmes ne vont pas disparaître de sitôt.

– Firas… ?

– Firas, notre fils… Comme Abu Firas Al-Hamadani. Tu ne l'as…

– Le poète…

– Il a quatre ans. Le temps passe vite, *Bro*… ! J'aurais beaucoup aimé que tu sois parmi nous, pour le voir grandir… Et voir vieillir ton ami…

– J'ignore si je peux lui être utile en ce moment…

– *Bro* ! Je comprends que tu sois fâché, Naël est stupide ; mais vous êtes amis, vous l'avez toujours été, et vous le serez toujours. Ta présence lui est précieuse.

– Je passerai vous voir demain, promis.

– *Inchallah, Bro*. Tu es toujours le bienvenu chez nous. »

Jane me salua de l'intérieur de son restaurant. Il était souriant et détendu. L'appétit manquant et l'estomac barbouillé, je préférai monter directement à l'appartement. Je frissonnais. Tisane, plaid, télévision… Décor de deuil. Ni joie ni célébration. Les images tout en contraste avec l'ambiance qui régnaient dans les rues. L'image du monde en retard sur le monde… On parle d'une certaine Lilly… La fillette star… Pacte avec la célébrité : quand le malheur s'abat sur une personne célèbre, on partage tous son deuil, qu'on le veuille ou pas… Lilly se trouvait à Paris, accompagnée de son père, lorsque le black-out se produisit. Elle ne pouvait plus partager ses vidéos, mais elle continuait de se filmer. Au second jour, le père eut l'idée de sortir avec sa fille immortaliser le désarroi de la foule dans les rues. Cela pouvait servir par la suite… Le désarroi de la foule, comme matière à publication, fioul à bas prix pour alimenter sa célébrité… Ils se dirigèrent vers les Champs-Élysées, à quelques pas de leur hôtel. Personne ne les reconnut, personne ne reconnaissait personne, les corps allaient et venaient comme des zombies. Lilly aux commandes, voix juvéniles, observations élémentaires, visages capturés, sentiments confisqués. Le père et sa famille remontèrent l'avenue, traversèrent au milieu de la place, où des centaines de nomades et de Parisiens étaient regroupés autour de l'Arc de Triomphe. Des inconnus venus, inconsciemment, instinctivement, se recueillir sur la tombe du Soldat inconnu. Un instant de vérité où la célébrité n'est point. Pour la première fois, Lilly passée derrière le téléphone, du côté obscur de l'image. On ne voyait plus ses yeux, mais ce que ses yeux regardaient. Un sursaut. Yeux écarquillés. Hurlements. Visages estampés, estampillés d'effroi. Corps valsés… Et une fourgonnette… Blanche, immaculée, comme la paix… Et rouge, entachée de sang, comme la paix… Images troublées, égarées dans les profondeurs de l'âme. Il ne restait plus que les voix pour attester… Faire deviner l'horreur… Rhapsodie tragique de hurlements, sanglots et gémissements… L'image enfin retrouvée, redressée par les cris, convoquée pour un dernier témoignage. La camionnette échouée au milieu des corps, et là, pas loin, victime parmi les victimes, inconnu parmi les inconnus, figé, démembré, défiguré, le papa de Lilly.

La fillette reprit l'étendard, encore tremblante, en sanglot, seule pour la première fois, sans ange gardien ; mais elle était déjà prête, déjà adulte, déjà loin du monde des naïfs. Elle avait appris ses leçons : le désarroi, matière à publication... Elle reprit son téléphone et filma le désarroi, le sien. Elle se livra jusqu'au plus profond de ses entrailles... Lorsque les secours arrivèrent, elle demanda de brancher son téléphone à une prise quelconque pour le recharger ; Lilly ne voulait rien manquer, faire de son œuvre l'Histoire.

Dès que la silhouette noire fut revenue, Lilly inonda la toile d'images, de vidéos, de témoignages. Les chaînes d'information relayaient tout, en boucle. On ne racontait plus l'épreuve de centaines, de milliers de personnes, mais d'une seule personne... La pauvre Lilly a injustement perdu son père.

Au fond, seuls les destins des prénoms célèbres comptent vraiment, ceux qui renferment des fantasmes... Seuls les fantasmes comptent... Les individus, leurs destins, leurs réalités, qui font la réalité, ne comptent pour personne.

Tout se mélangeait dans ma tête... Euphorie, chagrin, amour, solitude, confusion, l'envie de vomir... Le réel chevauchant l'irréel... Rêve... Réalité... Fausse réalité... Images de télévision... Souvenirs... Songes... Je revoyais Lilly, Jane... Khalil ? Pourquoi Khalil... ? Il me regardait avec ses yeux de porc... Je lui claque la porte au visage, mais il est encore là, derrière... Je rouvre la porte... Khalil disparu... Naël me prend dans ses bras, il me tend un *kaak*... « Viens, *ya zalamé* ! » Lilly nous filme avec son téléphone... Najoua est coincée entre nous deux, nue, la peau striée, ensanglantée. On est nus, tous les trois... Je suis confus, troublé. J'essaye de me retirer, détourner le regard. Yara me réprimande. « Bouge pas ! *Bro* ! Je dois prendre les mesures correctement ! – Excuse-moi ! Je dois aider ma mère – Vas-tu m'abandonner, *Bro* ?! – Je suis désolé ! Ma mère pleure, je dois la consoler. – *Bro* !!!... » Ma mère inconsolable, elle pleure, elle pleure... Sa chaise roulante l'a contrariée... Hassan ! Son corps lui obstrue le passage... Hassan... ! On frappe sur la porte d'entrée... La voix d'*ammo* Kamal... « Ouvre, mon Ali... ! Ouvre la porte... ! Monsieur... ! C'est la DGSI ! » Je recule. Je cours vers les toilettes. Un bras d'acier me retient au premier pas et m'immobilise. Je me retourne, gigote comme un crabe dans sa main, et lui livre tout le vomi que j'avais sur le cœur.

Je me souviens que l'on me jeta par terre, que je continuai de vomir sur le tapis, et qu'ensuite, plus rien.

« Qu'est-ce que tu peux nous dire de Hassan Zayn ?

– Hassan... ?!

– Hassan Zayn.

– C'était mon frère.

– C'était... ?! Intéressant. Bien informé de la situation, alors ?

– Quelle situation ?

– L'attentat, voyons !

– Quel attentat ?

– Écoute-moi bien ! Nous finirons dans tous les cas par tout rassembler et tout reconstituer. Il serait plus sage de ta part de répondre correctement à nos questions. Plus tôt tu coopères, mieux tu t'en tireras.

– Oui, je suppose, mais je ne comprends toujours pas de quoi vous parlez. Mon frère a rejoint un de ces mouvements terroristes il y a maintenant dix ans. Je suppose qu'il est décédé à l'heure qu'il est.

– Tu supposes... ? Tu ne m'as pas écouté, n'est-ce pas ?! Quelle est la dernière fois où tu as été en contact avec ton frère ?

– Il y a dix ans, je vous l'ai dit !

– Pas depuis ?

– Non !

– Et quel est ton lien avec Naël Maktoub ?

– Naël ?! Pourquoi Naël ?

– Les questions, c'est moi qui les pose. T'as compris ?!

– C'était un ami.

– Tu conjugues tout au passé, toi ! Ce n'est pas comme ça que tu vas t'en sortir ! Toutes les combines… tu sais, on les connaît…

– On s'est fâchés, il y a cinq ans.

– Fâchés ?! Tout ce que t'as trouvé ?! Tu fais quoi au ministère de l'Intelligence ?

– Employé.

– Mais encore ?

– Employé… Autrement dit, pas grand-chose.

– Écoute-moi, petit con ! Tu travailles au ministère de l'Intelligence, en haut de l'organigramme, au cabinet du ministre ; le putain de système de ton pote s'arrête pendant trois jours et plonge la planète dans le noir ; plusieurs attentats ont lieu aux quatre coins du monde pendant ce temps, et le tout premier, à Paris, est l'œuvre de ton frère, qu'on a identifié à bord de la fourgonnette… ! Dans cette affaire, on dirait que tu es l'une des pièces maîtresses, si ce n'est LA pièce maîtresse.

– Non, écoutez-moi ! Naël ne peut en aucun cas être mêlé à ces attentats, il s'est éloigné de toute forme de religion, saine ou malsaine. Mon frère a complètement disparu, je n'ai eu aucun contact avec lui ces dix dernières années, ni aucune nouvelle. Quant à moi… Quand vous aurez tout reconstitué, vous verrez que je suis la pièce de trop, qui n'a sa place nulle part, pas même en extrémité… »

Une semaine d'interrogations, de pressions, d'explications, et d'attente… Des phrases que je répétais sans cesse, du matin au soir… Je n'y suis pour rien… Naël n'y est pour rien… L'islam n'y est pour rien… Mes mots partaient et, aussitôt, me revenaient… Personne pour m'écouter… On répondait à mes mots par des coups…

Claques, coups de pied, genou enfoncé dans le ventre, encore des claques… Deux avocats réussirent à me voir après quelques jours pour m'annoncer qu'ils allaient me représenter ; l'un était envoyé par M. Maktoub, mais n'étant pas spécialisé dans ce type d'affaires, il se faisait accompagner d'un confrère à lui.

Faute de preuves, je fus relâché après quelques jours. L'avocat de Naël me conduisit jusqu'à mon immeuble. En descendant de la voiture, j'aperçus Jane… Un petit signe de la main. Il ne répondait pas, il avait l'air méfiant, sinon hostile. Je compris immédiatement… Mon identité devait tourner en boucle sur les chaînes d'information… Le méchant, dans le roman de Lilly.

Je nettoyai la flaque de vomi que j'avais laissée derrière moi et m'endormis pour une éternité, et puis un appel mit fin à cette éternité… Le ministère… Je devais me présenter au bureau du ministre à treize heures précises… Il était encore dix heures du matin. Je me douchai et fis un tour des journaux en ligne… Le ministre s'était déjà exprimé à mon propos… Suspension immédiate… Il voulait certainement me voir pour officialiser la sanction.

Treize heures… Arrivée aux portes du ministère… « Ali ! Ali ! » Une voix féminine, de l'autre trottoir, hélait mon prénom. Judith, la petite silhouette blonde assise à la place de Baba, au salon du ministre, et avec qui j'avais fait connaissance le jour de mon entretien d'embauche, avait réussi à obtenir le poste d'agent de communication auprès de Naël. Depuis, elle passait ses journées à la villa Montmorency, mais elle avait coutume de passer prendre de mes nouvelles lorsqu'elle se déplaçait au ministère ; elle le faisait probablement dans l'unique but de répondre à la sollicitation de Yara, ou Naël, toujours est-il que c'était la seule personne avec qui j'avais échangé des sympathies ces cinq dernières années.

« J'ai appris pour… C'est sur toutes les lèvres.

– Je ne te fais pas peur ? dis-je.

– Allons ! Je ne connais pas ton frère ni son histoire… Et cela ne me regarde pas d'ailleurs. Toi, cependant, tu n'es pas un assassin, ni de loin ni de près.

– Comment peux-tu en être certaine ? Tu ne me connais pas assez…

– Il suffit d'observer une personne pour la juger. Hélas, plus personne ne sait observer de nos jours… Vas-tu m'offrir un café ou tu préfères continuer de discuter sur un trottoir ?!

– On m'attend… Le ministre…

– Il sera probablement de mauvaise humeur, je viens de sortir de son bureau… Il y a quelque chose à propos de Naël dont je voulais te parler.

– Ce soir… balbutiai-je. Ce soir ?

– 19 h ?

– 19 h.

– Métro Convention ?

– Métro Convention.

– Bonne chance ! me sourit Judith.

– À ce soir. »

Mes accès au ministère avaient été désactivés. Fred m'accompagna jusqu'au bureau du ministre. Il me souhaita bonne chance et me présenta ses condoléances. Pour la première fois, quelqu'un me présenta ses condoléances, quelqu'un me plaça parmi les victimes et non les bourreaux. Les autres regards me fuyaient dans tout l'immeuble, et pourtant, jamais encore je ne m'étais senti autant épié, et ma présence remarquée.

« Bonjour, Ali ! me salua le ministre. Prends place, je t'en prie ! Comment te portes-tu ? Soulagé ?

– Je...

– Je t'ai fait revenir rapidement parmi nous, m'interrompit le ministre, parce que, et comme tu le sais bien, nous traversons une situation difficile et nous avons besoin, plus que jamais, de nos meilleurs éléments... On me fait parvenir, bien évidemment, assez régulièrement, de très bonnes impressions sur ton travail et ton implication.

– Mon travail ?!

– Alors, je compte sur toi pour reprendre ton poste assez rapidement. Je ferai, pour ma part, le nécessaire pour te défendre sur la scène publique. Ce que ton frère a entrepris est évidemment tragique, mais tu n'as, toi, aucune dette envers la société. Dans ce ministère, comme dans tous les autres ministères de notre gouvernement, nous tenons à défendre tout individu, et à travers cela, les valeurs de notre pays. Et je te défendrai jusqu'au bout, tu peux compter sur moi.

– Merci... !

– Dis-moi donc, comment va ton ami ?

– Ami... ?

– Naël Maktoub ! Comment se porte-t-il ?

– Je ne sais pas.

– Restez rassemblés ! La situation le requiert plus que jamais.

– Euh...

– Vois avec Mélanie pour réactiver tes accès. Bon retour, Ali. »

Retour au bureau. Ordinateur et pile de dossiers... Dialogue surréaliste... Le ministre ne m'avait jamais adressé la parole depuis l'entretien d'embauche, ou plutôt l'entretien de la transparence. Il avait déclaré, pas plus que quelques jours auparavant, que je n'avais pas ma place au ministère... Pourquoi ce revirement de la situation ? Pourquoi ce changement de ton... ? Et si tout cela n'était qu'un rêve ? Et si je ne m'étais pas encore réveillé de mon cauchemar et le monde ne s'était pas encore réveillé de ses festivités... ?! Je m'étais trop habitué à l'existence diaphane, à la transparence, à l'absence dans la présence et une présence dans l'absence. Tout d'un coup, je devins visible de tous et partout. Mon nom et mon prénom nés trente et un ans après moi... Je voulais croire profondément que ce n'était qu'un cauchemar, ou alors revenir dans mes cauchemars, tant ce réveil m'épouvantait.

Un appel de Yara... Le réveil que j'attendais ?

« Allô ! Ali ?! *Bro*, enfin ! Comment te portes-tu ? Les avocats nous ont dit que tu as été libéré enfin ! Tout cela n'est qu'injustice et grande mascarade ! Viens chez nous, ne reste pas seul !

– Je ne pense pas que ce soit une bonne idée, ça ne fera qu'apporter plus d'ennuis à Naël.

– Nous affronterons ces ennuis ensemble, en famille.

– Je te promets de venir, mais pas maintenant. »

En quittant le ministère, j'allai à mon rendez-vous avec Judith en passant par la mosquée. Lorsque je finis mes ablutions et m'apprêtai à rejoindre la prière de l'après-midi, le régisseur vint bredouiller quelques formules de politesse pour me demander, avec amabilité, de repartir. « Nous venons ici uniquement pour pratiquer notre culte... Nous ne voulons pas avoir des problèmes... Vous comprenez ? » Je comprenais, je ne leur en voulais pas... Ils pratiquaient leur propre existence diaphane.

Il faisait chaud ce soir-là et le ciel était dégagé, une agréable fin d'après-midi d'un mois d'août. J'étais arrivé trop tôt au lieu du rendez-vous avec Judith. Je pris une glace, tendis ma veste sur un banc et m'assis à côté. Après une semaine de rétention, tout me paraissait beau, tout me paraissait gai. Les gens dans la rue avaient déjà renoué avec leur quotidien, leur train de vie habituel. La sérénité régnait à nouveau. On ne se plaignait plus que de la chaleur... C'est vrai qu'il faisait excessivement chaud. Pour ne pas étouffer, je desserrai ma cravate et retroussai mes manches. L'air s'engouffra entre ma peau et la chemise. Je flottais. Je laissai ma tête se coucher en arrière, fermai les yeux, et savourai ma liberté... Je devins léger et m'envolai, haut, dans le ciel bleu du Liban... Me revinrent les images... Les voix... Les odeurs... les pique-niques en été... Ma mère... Un baiser sur la joue... Reviens-nous, Ali...

« Reviens-nous, me souffla Judith dans l'oreille. » Le floral sensuel de son parfum, la volupté de ses chuchotements, le rouge vermeil des lèvres, le vert vif et luisant de l'iris, la blancheur immaculée du sourire, l'hésitation des mèches blondes, le teint hâlé, la silhouette vulnérable, le bleu céleste flottant entre les plis de la robe, la main délicate, la caresse discrète... Le diable, si le charme était son œuvre ; sinon, une déesse.

« Libéré hier, dis-je à la terrasse du café, et déjà réincarcéré... Le ministre m'a proposé de reprendre mes fonctions, et j'ignore pourquoi.

– Ça n'a pas l'air de t'enchanter !

– J'étouffe là-bas... J'ai l'impression de vivre une vie qui n'est pas la mienne.

– Pourquoi rester ? Pourquoi pas le secteur privé ?

– Mon CV est vide, grommelai-je, et mon casier judiciaire ne l'est plus...

– Excusez-moi, messieurs, dames ! nous interrompit la dame brune qui se trouvait à côté de notre table et qui tendait ouvertement l'oreille depuis un moment. C'est certainement impoli de ma part, mais, en ayant accidentellement entendu madame vous suggérer d'aller travailler dans le secteur privé, je n'ai pu m'empêcher de prêter attention à votre discussion... Excusez-moi ! Excusez-moi ! Je n'aurais pas dû, mais le mal est fait. J'étais sur le point de partir, mais j'aurais aimé vous raconter rapidement mon expérience, et vous laisser faire votre propre jugement.

– Je vous en prie, répondis-je avec étonnement.

– Je ne vais pas vous importuner longtemps, rassurez-vous... Bref, voilà mon histoire. J'ai travaillé au secteur privé pendant dix-huit ans, toute une vie... J'étais employée... On est tous employés de nos jours. On ne dit plus travailleur, mais employé. Pourquoi ? Parce qu'on ne s'intéresse désormais plus à celui qui fait, mais à ce qui doit être fait, à la fonction pour laquelle la personne est employée.

– Tout à fait ! m'exclamai-je.

– Mais, voyez-vous, toute la hiérarchie s'emploie à faire croire aux salariés que ces emplois sont la clé de leur épanouissement. Vous savez pourquoi ? Parce qu'il faut trouver un moyen de les motiver, les faire produire plus, tout en les rémunérant autant... Tout le monde tombe dans ce piège, tout le monde ! Du matin au soir, c'est la course à la promotion... Et puis, le temps passe... Le train de vie de chacun lui permet au final de s'épanouir autrement, ailleurs. Les uns fondent leurs familles ; les autres se passionnent pour une activité, pour un sport, ou pour des choses inutiles ; d'autres encore se passionnent pour leur propre ego, et ce sont ceux-là qui se plaisent le plus en entreprise ; et enfin, il y a les personnes comme moi... Une jeune femme qui arrive dans le monde de l'entreprise toute fraîche, vingt-cinq ans, très motivée. On lui promet plus de responsabilités, des projets de plus en plus grands, défis passionnants à relever, sujets innovants... Et ce ne sont pas des promesses en l'air, tout cela est vrai ! L'entreprise est un vaste terrain de jeu pour adultes. J'ai passé dix-huit ans de ma vie à courir après les défis, comme mon chat après sa queue... Et on se réveille un matin et l'on se rend compte que les défis et les responsabilités ne donnent pas de sens à la vie...

– Cela m'intéresse beaucoup ! sursautai-je. Si vous saviez... Qu'est-ce qui donne du sens à la vie, selon vous ?

– Vous savez, quand j'ai compris cela, je me suis retournée vers ma vie privée, et je n'ai rien trouvé. Ni amour, ni enfants, ni passions, ni réalisations... Rien ! Un vide qui donne le vertige ! On perd son équilibre... Ils appellent ça "*burn-out*". Depuis, j'enchaîne les arrêts maladie. Les psychologues ne m'aident pas beaucoup, alors j'essaye de me prendre en main. Tous les soirs, je me pose dans ce café, je lis des études, je réfléchis, j'essaye d'analyser la situation... Je suis à la recherche de l'épanouissement depuis plusieurs mois !

– Vous avez le sens de l'intrigue ! dit Judith.

– Excusez-moi, j'ai beaucoup pris de votre temps !

– Aucunement, la rassurai-je, ce que vous nous racontez est très intéressant.

– La réponse à votre question est peut-être personnelle et spécifique à chacun. Quant à moi, une parmi mes nombreuses lectures m'a particulièrement aidée. Le mot "esprit", qui désigne la conscience de soi et de la vie, vient, paraît-il, d'un mot latin qui signifie "souffle". Et c'est ce même mot latin, *spiritus*, qui est aussi à l'origine des verbes "inspirer" et "expirer".

– Intéressant... se moqua Judith.

– Ce qui donne du sens à la vie, poursuivit la dame sans s'interrompre, c'est le rapport que l'on a avec notre environnement, ce que nous inspirons et expirons. Notre rapport avec les autres humains, les autres espèces, l'environnement, l'Univers... Seul ce rapport peut donner un sens à la vie, et nous conduire à l'épanouissement... C'est... C'est la réponse que j'ai trouvée pour moi-même, à vous de trouver la vôtre. Tout ce que je peux vous conseiller, c'est de ne pas chercher l'épanouissement en entreprise ; c'est simplement un lieu pour générer des revenus, gagner sa vie, et, pour certains, un terrain de jeux... Voilà, vous avez l'air encore jeune... Je vous souhaite bonne chance. »

La dame s'en alla, visiblement satisfaite d'avoir partagé son analyse et d'avoir raconté son périple.

« Elle est perdue, remarqua Judith, la pauvre.

– Je pense qu'au contraire, elle vient de se retrouver... Et je pense avoir trouvé mon chemin à moi aussi...

– Vraiment ? Qu'est-ce donc ?

– J'ai besoin d'y réfléchir encore quelque temps... Tu as dit vouloir me parler de Naël ?

– Je ne sais pas si c'est réellement de Naël qu'il s'agit, ou de moi-même, ou de toi...

– ... ?!

– Le ministre t'a fait réintégrer tes fonctions en urgence parce que je lui ai soumis, ce matin, ma démission, avec effet immédiat. Il veut absolument garder un pion à la villa Montmorency en attendant la désignation d'un nouvel agent... Période critique...

– Pion, demandai-je en balbutiant... ?! Démission... ?! Tu as démissionné ?! À cause du black-out ?

– Non, à cause de ton ami !

– Son impertinence... ?

– Impertinence ?! s'indigna Judith. Ses digressions ne sont pas seulement, et simplement malséantes ou obscènes ; son comportement est criminel !

– Pourquoi maintenant ? Pourquoi avoir attendu autant d'années ?! Il a... Il a dépassé les limites ?

– Quelles limites, Ali ?! Réveille-toi ! Ton ami a vécu toute sa vie en dehors des limites ! Je mesurais assez bien, dès le premier jour, ce à quoi j'allais être confrontée.

– Pourquoi postuler alors ?

– Pour les autres femmes, pour la Femme... Une femme qui ne défend pas la Femme, avec un grand F, n'a pas d'existence.

– Je... Je ne... Je suis désolé ! Je ne te suis pas. Comment voulais-tu défendre les autres femmes ? En souffrant avec elles ?

– En racontant leur souffrance, en la révélant au grand jour. Je me suis approchée de l'Aigle pour pouvoir témoigner à la place de toutes celles qui n'auraient pas eu le courage. J'ai raconté dans un livre ce que j'ai vécu à la villa Montmorency.

– Un livre ?!

– Je viens d'achever le dernier chapitre... Une fin terrible... ! Je me suis empressée de démissionner du ministère, la tête haute, avant d'être virée... Il ne me reste plus qu'à trouver un éditeur.

– Tu penses y arriver ?

– Trouver un éditeur ? Assurément ! Mon livre répond à un critère essentiel.

– ?!

– La célébrité, voyons ! Être célèbre ou écrire sur une personne célèbre. »

Je ne l'aurais pas contredite sur ce point.

« Tu es étonnamment calme !

– ?!

– Tu ne désapprouves pas ?

– Quoi ?

– Mon projet !

– Ça ne me regarde pas.

– Je veux démolir ton ami.

– C'est ton droit. Et il n'y a pas de fumée sans feu... Dieu est seul juge... Mais...

– Mais... ?

– Yara... Tu vas démolir la vie d'une femme sous prétexte de défendre ta Femme, avec un grand F. Injuste, non ?!

– Yara ? marmonna Judith. Yara est trop occupée à défendre les femmes qui sont à l'autre bout du globe. Elle est aveuglée, dénonce les violences qui surviennent à des centaines de milliers de kilomètres et ne perçoit pas celles qui ont lieu sous son propre toit... C'est comme si elle excluait machinalement son propre destin de la souffrance humaine... Drôle de personnage.

– Tu en ferais une victime collatérale.

– Elle paierait simplement les conséquences d'un mauvais choix... Elle n'a pas épousé la bonne personne. »

Judith se tut, concentrée à tourner le pied de son verre comme si elle cherchait à déverrouiller un coffre-fort. Je ne dis rien non plus.

« Tu devrais écrire, se déverrouilla sa parole.

– Écrire, comme un écrivain ?

– Y a-t-il d'autres façons d'écrire... ? Tu es souvent silencieux, tu dois en avoir, des choses à raconter... !

– Je n'ai rien à raconter.

– Si tu n'as pas d'histoire, raconte l'Histoire !

– Avec grand "H" ?!

– Oui !

– Qui suis-je pour raconter l'Histoire, avec grand "H" ? Par ailleurs, ça n'est rien d'autre qu'une petite histoire, qui se perpétue, qui se termine pour recommencer aussitôt, en une autre époque, en d'autres lieux, avec d'autres personnages... Comme ça, en boucle, jusqu'à la fin des temps...

– Tu l'as ta phrase !

– Ma phrase ?! Que faire d'une phrase ? Mon récit se trouverait réduit à trois points de suspension, répétés à l'infini.

– Un livre est un peu comme l'Histoire, tu sais ? Ça n'est rien d'autre qu'une idée, une petite phrase, qui se perpétue, qui se termine pour recommencer aussitôt ; reprise d'un autre point de vue, d'une autre distance, en d'autres circonstances, jusqu'à la dernière page.

– L'Histoire n'est qu'une petite histoire qui se perpétue... Humm ! J'y penserai... Tu as choisi un titre pour ton livre ?

– Oui, *Le livre de Judith.*

– ... !

– Quoi ?

– Drôle de titre.

– Ah ! Évidemment ! Tu ne connais pas la référence. *Le livre de Judith* fait partie de l'Ancien Testament ; bien que les juifs ne le considèrent pas comme authentique, mais plutôt comme une fiction... "Judith" signifie Juive. Le livre rapporte comment la belle et jeune veuve juive sauve Israël de l'invasion assyrienne en séduisant d'abord le général ennemi Holopherne et, ensuite, en profitant de son ivresse pour le décapiter. La voir revenir avec la tête d'Holopherne redonne foi aux Juifs qui vont combattre jusqu'à la victoire.

– Abominable !

– Héroïque ! Cette histoire est présente dans beaucoup d'œuvres artistiques. Botticelli, Klimt, Donatello, le Titien, Le Caravage, Artemisia, Rubens... C'est un symbole de la femme libératrice... Ou castratrice... Selon le point de vue.

– Et la Judith que je connais ? Libératrice ou castratrice ?

– Castratrice, évidemment !

– Pourquoi est-ce évident ?

– On ne libère que soi-même, mais je peux attaquer pour moi et pour les autres femmes.

– Nous ne sommes pas en guerre !

– Les femmes le sont ! Pas contre les hommes, mais contre la violation de leur espace.

– Quel espace ?

– Tout espace. Social, éthique, physique, intime... Tu ne peux pas comprendre, tu es un homme, ou plutôt, tu n'es pas une femme. »

Judith avait tort, je comprenais très bien, n'était-ce pas moi qui défendais l'espace de ma mère ?

« Je voulais surtout te voir ce soir, me dit-elle, pour t'avouer une chose... Il y a certains événements qui seront racontés dans le livre, et qui ne sont pas vrais...

– Pourquoi mentir ?

– En guerre, tout est permis...

– Ce n'est plus une guerre, mais un suicide... C'est une pénible et lente agonie que tu t'infliges ! Et pourquoi m'avouer ça maintenant ? Tu n'as pas peur que je témoigne contre toi ?

– J'assume les combats que je mène et les risques que je prends… Je ne voulais pas te mentir à toi… »

Je ne répondis rien, je me dis seulement, à part moi, que la Judith d'aujourd'hui coupait les têtes avec sa parole.

« On y est ! J'habite l'immeuble blanc à droite, dernier étage…

– C'est chic !

– Oui, sourit Judith. Tu montes ?

– Bientôt, on devra choisir entre toi et Naël.

– Vous ne vous êtes pas parlé depuis cinq ans !

– Je sais… Merci, j'ai passé une très bonne soirée en ta compagnie, tout en gardant ma tête… Bonne chance pour ton livre.

– Bonne chance pour le tien, me souffla Judith en m'embrassant sous l'oreille. »

Spiritus… Ah, oui ! Je ne sais pas si le souffle, comme le disait la dame, donne un sens à la vie ; mais ce soir-là, je sus que dans le souffle d'une femme, il y avait une alchimie qui pouvait bouleverser profondément la vie de l'homme.

Trente et un ans… premier rencard, comme on dit… Et le voilà, à nouveau, toujours là, toujours présent, toujours rodant, éternellement au cœur de la discussion, au centre de l'histoire… Yara est partie… Judith est partie, elle aussi… Était-ce écrit ? Que Naël devait à jamais camper entre mon destin et moi ? Ou était-ce moi qui me cachais derrière lui pour dissimuler ma peur du monde ?

Judith sut garder le secret jusqu'à la publication de son livre. Cependant, les voix féminines n'attendirent pas le signe de Judith pour se libérer… « On ne libère que soi-même, dit-elle. » Du moins, pas toutes les voix féminines…

Hélas, les langues qui se délièrent en premier n'étaient peut-être pas des plus honnêtes, et n'étaient peut-être même pas de celles qui, comme Judith, pensaient que remporter une guerre honnête justifierait la tricherie.

Des femmes, des dizaines, croisées au ministère, rencontrées dans des soirées, jeunes actrices, écrivaines, publicitaires, infirmières dans des cliniques, toutes jeunes, belles pour la plupart d'entre elles, se succédaient à déposer plainte contre l'Aigle... L'énigmatique et charismatique prince du nouveau monde, au charme diabolique et au mot ensorcelant, redevenu, à nouveau, à la fois, Cyrano de Bergerac et Sextus Tarquin, à l'esthétique monstrueuse et à l'attitude ignominieuse. Quelle femme aurait pu l'approcher de plein gré ?

Tel est le succès, non ?! La personne arrive au sommet, et les voilà par centaines, accrochés à ses pattes, surgis de nulle part ; la personne trébuche, et les voilà disparus aussi vite qu'ils étaient apparus, sauf une poignée, dont l'amour-propre n'a jamais existé, et qui, consternés de ne pas avoir été portés au pinacle, tentent tout de même de piétiner la personne, se hisser d'une marche plutôt qu'abandonner, quitte à y laisser leur dignité... Bon gré, mal gré, toute publicité est bonne à prendre... Lilly n'était, au final, que le reflet d'une époque.

Naël naviguait entre deux tempêtes, les détracteurs de la silhouette noire le montraient du doigt, d'un côté, et les plaignantes l'accusaient des pires actes de l'autre...

Le ministre n'eut pas le temps de mener à bien son projet de m'envoyer en taupe auprès de Naël. Il fut forcé de démissionner, car l'homme à qui l'on demandait des comptes n'était pas Naël Maktoub, mais le ministre. Son remplaçant, nommé dans l'urgence, n'attendait rien de ma part ; il avait une autre carte à jouer, celle du temps. Il comprit vite que le destin du ministère était lié à celui de

Naël, alors il tempérait, attiédissait l'atmosphère, en priant, à part lui, que l'actualité entraînât la masse dans d'autres préoccupations. Ses prières ne furent manifestement pas écoutées, car la pression ne s'estompait pas, et après trois mois de fuite vers l'avant, le ministre n'eut d'autre choix que de déclarer qu'il laisserait deux semaines à Naël pour identifier les causes du black-out, et de présenter un plan de fiabilisation, sans quoi il initierait lui-même, et sur le champ, un chantier phénoménal d'arrêt de la silhouette noire...

« J'ai besoin de toi, vint Naël à ma recherche.

– Pourquoi moi ? Il n'y a rien que je puisse faire...

– J'ai une seule certitude, aujourd'hui. Ada a été influencée par une personne de l'intérieur de la villa, aucun autre scénario ne peut être envisagé. Et pourtant, il n'y avait là-bas, ce soir-là, que Judith et moi, et on ne s'était pas quittés un instant. Je l'ai vue partir de la villa de mes propres yeux. Et une heure plus tard, c'était le black-out... Javi était en vacances, ou plutôt aux funérailles de sa voisine, Yara et la nounou parties assister à une compétition de Firas, Baba je ne sais où... Mais à la villa, j'étais seul après le départ de Judith.

– Je ne vois toujours pas ce que je peux faire pour toi...

– Je ne me suis toujours intéressé qu'à moi-même... Je le sais. Toi, tu écoutes les autres parler... Tu verras certainement des choses que je ne peux apercevoir. »

J'étais réellement convaincu de ne pas pouvoir l'aider. Une seule chose m'interpella. Tous pouvaient avoir un alibi de leur présence ailleurs, sauf Baba... Rien de plus ridicule que de suspecter Baba, mais c'était une piste et c'était mieux que rien. Arrivé à la villa, avec Naël et *ammo* Kamal, je profitai d'un moment où je me trouvais seul au salon avec *ammo* Kamal pour transmettre un message au ministre. Je lui suggérai de lui fournir des informations sur l'enquête, et lui demandai, pour m'aider dans ma tâche, un rapport sur Baba. « Oh ! me surprit le bouffon par-derrière au moment même où je tapotais son nom sur mon téléphone. Mon cousin ! Oh ! Oh ! Oh ! Ravi ! Absolument ! » Le sang se figea dans mes veines.

J'avertis Naël que j'allais prendre congé les deux semaines suivantes pour être à sa disposition, il me demanda alors de rester dormir à la villa ; Yara en était ravie et me proposa de dormir dans la chambre de la nounou, qui était partie, elle, occuper la chambre voisinant celle de Firas.

Le week-end de la Toussaint s'achevait presque dans la tranquillité… Une trêve au milieu de cette période mouvementée que les Maktoub traversaient… Le temps passait agréablement en compagnie d'*ammo* Kamal. Baba aussi était de la partie. Mais la trêve prit fin quand Javi débarqua le dimanche en fin d'après-midi. Je ne l'avais encore jamais vu aussi peu jovial. Il nous salua sèchement et demanda après Naël. Quand la marionnette revint au salon, Javi alluma la télévision. C'était l'heure de Judith.

La publication du livre était prévue pour le lendemain matin, mais les journalistes avaient déjà eu accès à son contenu… Le scandale affiché en gros caractères sur toutes les chaînes, seule information vraiment rentable en un week-end férié. Le chagrin se distillait dans le regard perdu d'*ammo* Kamal. Je lui pris le bras et lui proposai de l'accompagner à sa chambre. Il hocha la tête, mais restait muet. Je refermai la porte derrière lui, terriblement peiné moi aussi de le voir dans cet état.

En revenant au salon, une odeur venant de la cuisine retint mes pas… Pâte de dattes et eau de fleur d'oranger… Odeur de mon enfance, venue me cajoler dans cette ambiance soudainement sinistre… Je regardai discrètement et je vis la nounou confectionner des gâteaux, la sueur sur son front glissant entre quelques mèches rebelles, le tablier gorgé de taches... Je ne voulais plus repartir, je voulais rester là à jamais. Je regardais la nounou et je voyais ma mère.

Au salon, Naël était désemparé. Un coup auquel il ne s'attendait pas, mais le coup de grâce était encore à venir...

Yara revint de sa promenade avec Firas, qui courut dans les bras de son père.

« Papa ! Papa ! Je suis monté sur le poney ! Deux fois !

– Hum. C'était bien ?

– Oui ! Il était beau le poney ! »

Pendant que Firas racontait sa promenade, Yara découvrait les titres à la télévision.

« Il y avait aussi un grand bassin avec beaucoup de poissons... Mais, et, mais... Hier j'ai fait un mauvais rêve, j'ai fait un cauchemar. Je rêvais que tu te noyais dans l'océan. Je voulais te sauver et je te donnais ma main, mais je n'arrivais pas à te sauver. Alors, toi, tu te noyais, et moi je pleurais, je pleurais, je pleurais... »

Naël fondit en larmes.

« C'est parce que je suis un mauvais père, dit-il en sanglotant. C'est parce que je suis un mauvais mari, et aussi un mauvais fils... C'est tonton Ali que ta maman aurait dû épouser, pas moi... C'est tonton Ali qui aurait dû être le fils de papy Kamal, pas moi... Moi je suis mauvais, c'est pour ça que je me noie. »

Une gifle ! La main douce et fine s'abattit sur la joue de Naël comme un fouet. Une gifle qui ne manquait pas de puissance, mais qui cependant ne se voulait pas puissante. Une gifle qui rappelait une autre gifle. Le dernier acte de désespoir. Le dernier souffle.

V

Se relever

Madame Bonnin

L'écho de la gifle résonnait dans le silence. Le temps tranché en deux... Présent figé, futur obscur... Tombe de l'empereur Qin... Silhouettes raidies, visages pétrifiés, escadron de l'armée d'argile.

« Maman ! Pourquoi tu as frappé mon papa ? »

Là ! Tout à coup, instinct maternel... Pas celui de Yara, la nounou ! Elle se jeta sur l'enfant comme une biche sur son faon et l'éloigna du troupeau.

« Viens, Firas ! Maman joue avec Papa. Il faut lire le livre maintenant. Viens avec moi ! »

Les yeux de Yara submergés de larmes et de sang. Une fusion de sentiments plus infernaux les uns que les autres lui fondait le cœur et la lave remontait jusqu'au visage.

« Personne ! fusèrent les syllabes de la bouche de Yara. Pas même toi, pas même Naël Maktoub, le grand Naël... Je ne laisserai personne détruire ce que j'ai construit ! Ni ce foyer, ni ce couple, ni cet enfant... Je n'ai pas épousé l'Aigle, le tombeur, ou le... violeur ! Je n'ai pas épousé le dieu de la nuit parisienne ! Je veux que tu te lèves sur le champ, et que tu redresses tout ce qui s'est mis de travers. Je refuse de te voir baisser les bras. Moi, j'ai épousé la marionnette ! J'ai épousé un jeune homme mal habillé, chétif, têtu, mais honnête, qui ne se laissait pas faire. Je te giflerai encore mille fois pour réveiller le garçon que tu étais... Il n'était pas parfait, ce garçon, mais c'était celui que j'ai aimé, et que je continuerai d'aimer. »

Les larmes de Yara, jusque-là retenues par ce que l'on peut appeler la dignité féminine, ruisselèrent sur ses joues cramoisies. Baba marmonnait des choses incompréhensibles et Javi était resté paralysé, le visage meurtri. Naël, lui, se rassit, les yeux encore larmoyants et le regard à nouveau égaré. Il maintenait la main sur sa joue comme s'il ne réalisait pas encore tout à fait ce qui venait de se passer.

« *Yallah* ! s'écria Yara avec optimisme et allégresse inopinés. Ce sont des jours de fête et la famille est rassemblée ! Il est temps de rompre cette ambiance morose qui règne sur notre maison depuis des semaines et des mois ! On peut bien ranger les soucis dans un coin de notre mémoire et, le temps d'un repas, profiter d'être ensemble et passer un moment agréable ! Je vais préparer le dîner avec Fatima. Vous avez tous intérêt à ôter ces portraits de deuil avant notre retour. »

Yara s'en alla sans attendre de réponse. Elle fit quelques pas vers la cuisine, et puis, soudainement, recula jusqu'au Klimt.

« *Bro* ! Peux-tu s'il te plaît décrocher ce tableau de l'horreur ? C'est la tête de ton ami que je vois maintenant dans les mains de cette sorcière ! Je ne veux plus de ce prénom chez nous ! Jette-le où tu veux, mais que je ne le voie plus ! Dire qu'on la considérait comme un membre de la famille… Merci, *Bro*… Je ne sais pas comment on a fait pour supporter ton absence autant d'années… »

La nounou vint m'aider à ranger la toile dans un cagibi. J'étais encore troublé par les déclarations de Yara… Les larmes d'*ammo* Kamal… Au milieu de la chambrette, je me retrouvai nez à nez avec ces yeux noirs, sombres, ronds, grands, ensorcelants, d'habitude fuyants et timides. Seule l'épaisseur du tableau nous séparait. Chacun confiné de l'autre côté de la toile, et pourtant, chacun confiné au souffle de l'autre… *Spiritus… Silencium…* Celle qui souffle les mots dans l'oreille d'un homme a le pouvoir de changer profondément son existence ; et celle qui souffle du silence, de la troubler profondément… La bouche arrondie comme une pomme, épaisse, charnue, respirait au rythme de la peur, de la terreur. Elle inhalait par saccades, comme une proie priant pour un autre destin… Naël ?! L'aurait-il fait… ? L'aurait-il violentée, elle aussi ? Oui ! Cette bouche… ! Une embûche ! Le mal s'y laisserait prendre volontiers ! Ce ne serait nullement sa faute à elle ! Qui reprocherait à la proie d'être grasse… ?! Le salaud ! Elle était frêle, comme sa voix inaudible, censurée, si elle criait, s'excuserait d'avoir existé. Elle n'était pas Judith. Elle ne se levait pas devant l'homme, sabre en main, dague dans l'autre… Mais alors, pourquoi ? Pourquoi elle ? Tout compte fait, Naël ne valait pas plus que Khalil, mais il n'était pas Khalil ; il ne courait pas après la faiblesse, mais après le défi. Comment cette jeune femme aurait-elle pu se défendre ? Le repousser ? Le faire traîner dans la boue avant de l'atteindre ? Elle n'aurait pas pu… À moins que c'eût été… Non… ! Pourquoi ? Pourquoi avoir peur de moi ? Avait-elle peur de me sentir proche d'elle ? Sentir mon souffle embrasser le sien ? Se sentir, elle, proche de moi ? Peut-être avait-elle un lien avec le black-out ? Naël avait dit qu'il n'avait plus confiance en personne… Difficile à croire quand on la regardait, drapée dans cette peau blanche, immaculée… J'avais aperçu, la veille, une pile de lettres dans le tiroir de sa coiffeuse. Peut-être devrais-je y jeter un coup d'œil… Elle n'aurait pas laissé des traces en évidence, non… Du moins, j'allais en avoir le cœur net… Mais je ne pouvais quand même pas céder à cette curiosité…

Ces questionnements me firent oublier la nounou. Je l'abandonnai près du cagibi et je revins au salon, mais il n'y avait plus personne. Naël, Javi et Baba s'étaient enfermés dans le bureau de Yara.

« Puis-je me joindre à vous ?

– ...

– Excusez-moi ! Je vous laisse.

– Tu peux rester, me dit Naël. »

Naël s'était rapetissé sur une chaise comme un enfant que l'on aurait puni. Baba, lui, remplissait tout l'espace ; il était assis sur un fauteuil, l'esprit divaguant au loin. Quant à Javi, il avait le visage enflammé, comme si l'âme de Yara avait migré de son propre corps vers le sien. Manifestement, ce n'était pas ma présence qui dérangeait...

« La présence de l'Africain n'était pas nécessaire, grommela Javi...

– Javi !

– Oh ! réagit Baba, je... Oui... Tout à fait, tout à fait... Le cœur de l'homme est un coffre que l'on n'ouvre pas facilement. Je...

– Reste avec nous, Baba !

– À quoi bon me plaindre, se résigna Javi. Je n'ai plus rien à perdre... Tu ne mérites pas une miette de l'amour de Yara, ni de son engagement !

– Tu ne m'apprends rien...

– Je vous ai vus l'autre soir ! dit Javi.

– Quel autre soir ?

– Le soir du black-out... J'ai vu Judith se battre et s'enfuir...

– Là non plus, tu n'apprends rien à personne. Demain matin, Judith aura publié cela en des millions d'exemplaires... Attends ! bondis Naël de sa chaise. Tu étais à la villa le soir du black-out !?

– Voilà au moins une chose que je t'apprends ! »

Baba et moi étions restés muets, tandis que Javi continuait de s'indigner sans lever la voix. La journée qui avait précédé le black-out, Javi l'avait passée aux funérailles de sa voisine, Mme Bonnin. Une vieille dame dont les enfants étaient tous nomades, dispersés comme une diaspora aux quatre coins du monde. « J'étais seul devant son cercueil aux funérailles. Aucun de ses enfants n'y avait assisté, aucun proche, aucun ami... Personne ne voulait interrompre sa vie pour la mort de quelqu'un d'autre... Aucun de ses enfants ne voulut saluer sa mère une dernière fois... » L'octogénaire n'était pas connectée à Ada et n'avait personne d'autre que Javi pour prendre soin d'elle. Depuis qu'il avait aménagé en face de son appartement, il s'en occupait comme un fils.

Une semaine avant le black-out, Javi était parti en voyage pour la première fois depuis son arrivée en France. Il avait laissé seule sa voisine, mais il l'appelait au téléphone tous les jours pour prendre de ses nouvelles, jusqu'au jour où elle ne répondit plus aux appels. Inquiet, Javi avait précipité son retour. Mais à son arrivée, personne n'ouvrait non plus.

« Quand les pompiers ont enfoncé la porte, j'ai senti l'odeur, et j'ai compris... Trois jours plus tard, après les funérailles, tout l'immeuble était encore infesté de cette odeur. Je ne supportais plus de rester chez moi, alors je suis allé marcher dans la rue. J'ai marché des heures, j'étais fatigué, et je ne voulais toujours pas rentrer chez moi. Je suis venu ici, j'avais nulle part ailleurs où aller... je pensais d'abord qu'il n'y avait personne, ensuite, en passant près de la terrasse, j'ai vu la pauvre Judith gigoter dans tes bras, avant de repartir en courant... Crapule... ! Minable... ! *Loser*... !

– Ça va ! On a compris...

– Je suis allé m'asseoir face à Ada... Je lui ai dit combien j'en voulais à tout le monde... Combien j'en voulais aux enfants de Mme Bonnin, à Hortense, au grand Naël Maktoub, à moi, à Ada elle-même... Les humains sont mauvais, ils l'ont toujours été... Les mauvais sont mauvais, les bons sont cons... Mais je n'aurais pas dû la créer, Ada... Elle n'a protégé personne, elle n'a fait que cultiver la mauvaise graine en chacun...

– Impossible d'effacer les taches du léopard, marmonna Baba sans s'adresser à nous.

– La créer ? sursautai-je. Comment ça ? Je ne comprends pas !

– Le grand Naël Maktoub n'a pas inventé Ada ; je l'ai fait. »

J'eus le tournis... Détruire, comme Javi venait de le faire, avec facilité et détachement, la vérité sur dix ans de notre vie, gomma le sol sous mes pieds. Je ne savais plus distinguer le haut du bas. Je revoyais soudainement la scène de l'interpellation dans mon appartement et je n'étais pas loin de vomir à nouveau.

« C'est du délire ! dis-je. Vous n'auriez pas pu nous cacher cela pendant tout ce temps !

– On cache une maladie, dit Baba, on ne cache pas la mort.

– Il l'a créée pour traquer quelqu'un ! confessa la marionnette. Ce n'était pas encore Ada, c'était une intelligence, rien de plus... Ada est plus qu'une intelligence, ce sont aussi des principes... Elle est née entre mes mains... Rien à voir avec ce que Javi avait inventé...

– Éloigner les enfants de leurs parents ? s'emporta Javi. S'immiscer entre l'homme et l'homme ? Les faire marcher comme des zombies dans les rues ? Hein ? Sauter d'un avion à l'autre et arroser l'air de kérosène jusqu'à l'asphyxie... ? Violenter les femmes ? Ce sont ceux-là, tes principes nobles... ? Je pensais qu'Ada m'avait compris ! Elle n'aurait jamais dû reparler... ! Moi aussi, j'aurais dû partir plus tôt. Je ne veux plus faire partie de cette agonie collective. »

Javi prononça ces dernières paroles près de la porte du bureau avant de partir en la claquant derrière lui. Naël et Baba restèrent immobiles, alors que, sans savoir pourquoi, sans y avoir réfléchi, je courus après Javi pour le rattraper.

« Que veux-tu de moi ? Je ne veux pas y revenir !

– D'accord ! D'accord ! N'y revenons pas ! Allons prendre un café et discuter au calme.

– Discuter ?! Depuis quand nous discutons, toi et moi ? Combien de fois as-tu pris de mes nouvelles, depuis douze ans que l'on se connaît ?

– ...

– Pourquoi, alors, discuter maintenant ?

– Ta voisine est morte parce que tu l'as abandonnée. Veux-tu encore abandonner les quatre milliards de personnes qui comptent sur toi sans le savoir ? »

À peine eus-je prononcé ces mots que Javi se jeta sur moi, sans parvenir à son but. Je réussis vite à le maîtriser... Cinq ans passés à manœuvrer la dépouille morte-vivante de ma mère...

« Calme-toi, *ya zalamé* ! Ce n'est pas ta faute si ta voisine est décédée. C'est, au contraire, grâce à toi qu'elle a vécu ces dernières années. Calme-toi ! Ce n'est pas ta faute. Ce n'est pas ta faute. »

Je lui répétai que ce n'était pas sa faute jusqu'à ce qu'il se calmât. Il éclata aussitôt en sanglots. Il était temps.

« Merci, me dit Javi dans le café où l'on s'était assis. J'avais besoin d'entendre quelqu'un me dire que ce n'était pas ma faute... C'est difficile de s'en vouloir à soi-même.

– Parle-moi d'Ada. Pourquoi Naël disait que tu l'avais créée pour des fins malsaines ?

– Ce n'était pas malsain ! s'agaça Javi. Je voulais simplement identifier un inconnu.

– Pourquoi ?

– Cela ne regarde que moi... Peu importe pourquoi. Ada n'avait pas encore achevé son travail quand Naël m'a proposé de la transformer.

– Je ne comprends pas, Javi ! Ada est ton bébé ! Tu l'as inventée, tu l'as financée au départ, tu la suis au quotidien depuis dix ans... ! Pourquoi laisser à Naël tout le crédit ?!

– Je ne voulais pas avoir la célébrité de Naël et... J'avais une dette à payer.

– Une dette ? Envers Naël ?

– Tu te souviens encore de Najoua ? Cette fille qui s'est suicidée à l'université ?

– Bien sûr ! Vous avez créé... Vous avez transformé Ada pour Najoua et sa cause.

– Moi aussi, j'avais regardé sa vidéo avec les autres garçons. Je savais que c'était mal, je n'avais ni l'envie ni la curiosité de regarder ; mais je voulais paraître cool, me faire des amis... Si elle s'était suicidée, c'était aussi ma faute. Et depuis, j'ai une dette envers elle... Une dette à payer le restant de mes jours. À chaque fois que j'ai voulu plaire aux autres, j'ai fini par le regretter amèrement... Je ne veux plus être cool ou célèbre... Je veux seulement être quelqu'un de bien... »

Je m'en veux encore, mais avais-je vraiment le choix... Javi venait de m'ouvrir son cœur. Il me fit confiance. Et, immédiatement, je saisis l'occasion et exploitai sa faiblesse pour le faire revenir à la villa... Il aurait été fier de moi, Naël. Je lui dis qu'il avait aussi une dette envers les victimes des attentats qui étaient survenus en l'absence d'Ada. Je savais bien que ce n'était nullement sa faute à lui. C'était Hassan qui avait appuyé sur l'accélérateur ce jour-là, pas Javi... Je me laissai tomber dans l'ignominie en espérant pouvoir me rattraper avec Javi dans l'avenir... Et aujourd'hui, je le comprends un peu mieux. Le mal que l'on cause à autrui est une dette impossible à rembourser.

Je voulais lui demander plus de détails sur ce qui s'était passé entre Naël et Judith, mais je préférais ne pas réveiller sa grogne.

Au retour à la villa, la porte de la pièce où on interagissait avec Ada était entrouverte. Naël l'avait condamnée quelques jours après le black-out et ne l'avait plus rouverte depuis. Il n'y avait personne dans la pièce, hormis la silhouette noire, j'y laissai Javi et j'allai aider *ammo* Kamal à redescendre, il était monté dans la chambre de Firas. D'en haut des escaliers, j'aperçus Baba qui fumait son cigare en terrasse, il n'inhalait pas la fumée, on aurait dit le contraire... *Ammo* Kamal racontait à Firas, pour l'aider à s'endormir, une histoire parmi celles du chapitre de « La Caverne ». Quand j'entrai dans la chambre, le garçon s'était déjà endormi.

« Il est mignon ! dis-je.

– C'est si proche, l'époque où vous aviez son âge... ! Quand elle est devant, la vie nous paraît infinie ! Une fois passée derrière, une miette...

– Naël a besoin de votre discernement en ce moment.

– C'est, je le crains, trop tard mon fils.

– Il peut encore s'en sortir !

– Je l'espère bien ! soupira *ammo* Kamal. Mais ce serait grâce à ses propres choix… Donnez à vos enfants sept ans d'affection, sept ans de discipline, et sept ans d'amitié, avant de les laisser s'envoler de leurs propres ailes… Les conseils de notre Prophète.

– Vous avez tenu à venir.

– Quand l'enfant atteint ses vingt et un ans, le parent revêt son rôle le plus difficile, mon fils.

– Relâcher ?

– Aimer l'adulte que son enfant est devenu, et abandonner celui que l'on rêvait le voir devenir. Je tenais à être là, près de Naël, seulement pour qu'il sache que je serai toujours à ses côtés, et que je l'aimerai toujours, quels que soient ses choix et quelles que soient ses erreurs. »

Un Naël tout neuf nous attendait en bas. Il s'était changé et coiffé, et revenait habillé comme s'il était attendu à un gala, sans avoir omis le mouchoir rouge. *Ammo* Kamal, d'une main tremblante, lui tapota l'épaule avec tendresse.

Autour de la table, et à l'exception de Yara, d'*ammo* Kamal, et de Baba qui souriait toujours sans que jamais on ne sût pourquoi, tous les visages étaient crispés. Javi s'était calmé, mais il en voulait encore à Naël. La nounou continuait de fuir mon regard sans que je l'eusse accusée. Dans ma tête, les paroles d'*ammo* Kamal et de Javi repassaient en boucle… Le mensonge de Naël… Le silence de la nounou, son souffle… Naël aussi était en pleine gestation cérébrale.

« Mes chers ! Je pense qu'il est temps pour moi de faire mon *mea culpa*, auprès de vous tous. Je vous dois à tous des excuses, autour de cette table… Je… J'ai abandonné mon papa, j'ai abandonné mon meilleur ami, ma femme, mon fils… J'ai été odieux avec tous ceux qui me sont les plus chers… Quelque chose en moi me poussait vers l'avant… Je ne sais pas si ça a toujours été vers l'avant… Vers l'ailleurs, disons… C'est comme un jeu… Et j'étais frustré de vous avoir autour de moi parce que j'avais le sentiment que vous me freiniez… Maintenant, je suis tombé bien bas… Et vous voilà tous autour de moi… Vous ne me freinez pas, vous êtes ma ceinture de sécurité…

– Marcher dans l'obscurité te fait voir plus clair, glissa Baba en ricanant affectueusement. Absolument ! Absolument ! Euh… Oui, oui… Ne regarde pas l'endroit où tu es tombé… Regarde l'endroit où tu t'es cogné. Et celui qui est mort n'a pas peur de pourrir.

– Merci, Baba pour la liasse de proverbes africains ! sourit Naël. Je vais me rattraper, je vais tout remettre sur les rails ; mais ce sera, d'abord, grâce à Dieu, grâce à vous, et grâce à ma femme… Derrière tout succès que j'ai pu avoir, c'était elle la véritable héroïne. Elle a toujours pris soin de moi comme elle prend soin des fleurs de son jardin. C'est cela son don, faire éclore…

– Je suis d'accord avec vous, monsieur Naël, bredouilla la nounou.

– Une dernière chose, poursuivit Naël, je voudrais vous l'annoncer à tous… Ada est l'œuvre de Javi, et pas la mienne. »

Personne ne réagit à la déclaration de Naël. Tout le monde, autour de la table, continuait à manger et l'écouter en silence… Le *tajine* de la nounou donnait vie aux assiettes carrées, sobres, blanches immaculée… L'Art nouveau qui renaît dans les entrailles de l'Art déco… Cercle de la vie…

« Personne ne réagit ?! s'étonna Naël.

– Allons ! dit Yara. C'est Javi qui y veille, pas toi.

– La parole comme un couteau, rit Baba, les jambes comme des légumes. »

Éclat de rire dans la salle à manger… Yara réussit enfin à nous rassembler autour d'un repas familial gai et heureux.

« Allez ! s'écria Yara. À moi, maintenant ! Je vous remercie tous de faire partie de notre grande famille… Et… je voulais aussi vous annoncer que cette grande famille va s'agrandir encore un peu… Firas aura bientôt un petit frère ou une petite sœur !

– Oh ! Oh ! Oh ! Amer et doux se promènent ensemble. »

15 Juin

Dieu ! Dieu ! Mon beau Dieu !

Dieu ! Dieu ! Mon beau Dieu !

Quand j'étais petite, ma mère m'a appris à cuisiner, à faire le ménage, et à ne pas parler avec les hommes. Elle ne m'a pas appris à prier.

Je voulais prier pour vous connaître.

J'avais peur de demander à mon premier mari de m'apprendre parce qu'il s'énervait très vite.

Mon deuxième mari aussi ne savait pas prier. Il ne savait pas lire et écrire en arabe comme dans le coran. Il priait seulement le vendredi à la mosquée. Il ne comprenait pas. Alors il descendait et remontait comme les autres.

J'ai demandé à monsieur Javi parce qu'il est gentil. Il était énervé quand j'ai demandé. Il m'a dit : Dieu n'existe pas. Je ne suis pas d'accord avec monsieur Javi. Je sais que vous existez parce que vous m'avez envoyé madame Yara et monsieur Nail.

Madame Yara ne prie pas comme les arabes. Elle prie à l'église comme les français. Je ne comprends pas très bien. Elle m'explique, mais je ne comprends pas très bien. Le prêtre apprend aux français à lire la bible et à prier à l'église, et l'imam apprend aux arabes à lire le coran et à prier à la mosquée. Je le savais déjà, mais je ne comprends pas très bien.

Après, monsieur Nail m'a expliqué. Madame Yara prie comme les français parce qu'elle est arabe et française.

Maintenant, moi aussi je suis arabe et française. Je ne sais pas si je dois prier comme les français ou comme les arabes. J'ai demandé à monsieur Nail. Il a rigolé. Après, il m'a expliqué. Il m'a dit : la religion c'est comme les habits. Il y a des personnes qui aiment le cuir et il y a des personnes qui aiment la laine, mais le plus important est de ne pas rester nu.

Après l'école, j'ai visité une mosquée et une église, mais je ne savais pas encore choisir. Alors j'ai demandé à monsieur Nail. Il a rigolé. Après il m'a expliqué. Il y a un monsieur qui s'appelle Spinoza. J'ai cherché son nom dans le dictionnaire pour ne pas faire de faute. C'est monsieur Nail qui m'a donné le dictionnaire. C'est un grand dictionnaire très lourd. Il m'a dit : c'est le seul souvenir que j'ai de mon père. Quand je ne sais pas comment écrire les mots difficiles je regarde dans le dictionnaire. Monsieur Nail est très gentil avec moi et il m'explique beaucoup de choses. Je peux tout comprendre mais j'ai besoin de quelqu'un pour m'expliquer. Madame Yara aussi est gentille avec moi mais elle voyage beaucoup. C'est écrit philosophe dans le dictionnaire. Ce n'est pas un imam et ce n'est pas un prêtre. Je n'ai pas très bien compris. Monsieur Spinoza est peut-être un autre messager. Monsieur Nail m'a expliqué. Monsieur Spinoza a dit :

Dieu est tout et Dieu est partout.

Dieu est tout ce que tu vois et tout ce que tu ne vois pas.

Dieu est tout ce que tu connais et tout ce que tu ne connais pas.

Monsieur Nail m'a demandé de répéter plusieurs fois ces phrases pour ne pas les oublier. Après j'ai écrit les phrases sur une feuille parce que j'avais peur d'oublier et je ne voulais pas oublier.

Monsieur Nail m'a appris de prier comme monsieur Spinoza. C'est très facile. Je dois écrire tout ce que je veux vous dire. Après il faut le lire à haute voix. C'est peut-être une blague mais je ne pense pas parce que monsieur Nail est très gentil avec moi.

Alors j'écris une lettre pour vous. Je vais la lire à haute voix devant Ada parce qu'elle est comme vous. Je sais qu'elle est à côté de moi mais je ne la vois pas.

C'est la première fois. Alors je ne sais pas ce que je dois vous dire. Je voulais seulement vous dire merci.

Fatima

22 Juin

Dieu ! Dieu ! Mon beau Dieu !

Dieu ! Dieu ! Mon beau Dieu !

Aujourd'hui, madame Yara a appris à Firas comment écrire le prénom de son papa. Avant je l'écrivais mal. Il faut l'écrire Naël et pas Nail. Les français ne l'appellent pas comme les arabes. Alors il faut l'écrire comme ça en français. J'ai commencé à apprendre le français quand Firas est né. Je vais à l'école deux fois par semaine et je lis et j'écris tous les jours quand Firas est à l'école ou quand il dort. Ma maîtresse est très contente. Je fais beaucoup de progrès. Ça veut dire que j'apprends bien.

Madame Yara est toujours absente. Elle voyage beaucoup. Elle va dans beaucoup de pays. Toujours des pays des arabes. Elle aide les femmes comme moi. Elle m'a beaucoup aidé et elle est très gentille avec moi. Elle m'a aidé à faire les papiers quand mon deuxième mari m'a jeté. Elle venait toujours avec moi à la préfecture quand j'étais à pierrefitte. Après elle m'a dit : viens vivre avec nous. Elle m'a donné une grande chambre très belle. Et elle me donne beaucoup d'argent tous les mois. Elle me paye parce que je suis la nounou de Firas mais c'est beaucoup d'argent. Je l'utilise seulement pour payer le métro quand je vais à l'école et une fois par mois pour acheter une robe. Madame Yara me dit de cuisiner seulement quand je veux mais quand je cuisine ils sont très contents tous les trois. Alors je cuisine tous les jours parce que je veux cuisiner tous les jours.

Je mange toujours avec monsieur Naël et Firas. Madame Yara est toujours absente. Monsieur Naël m'a dit : apprend à lire et écrire en français parce que ça m'aide plus que l'arabe. C'est vrai. Maintenant j'apprends le français et je lis le coran et la bible en français mais je ne comprends pas tout. Je vais apprendre plus.

Monsieur Naël est toujours gentil avec moi. Il m'aide et il me respecte. Madame Yara m'a appris ce mot. Elle dit toujours à Firas : respecte tata d'accord. Madame Judith me dit que monsieur Naël n'est pas gentil avec les femmes. Je ne comprends pas tout quand elle parle mais je comprends un peu. Monsieur Naël est gentil avec moi. Peut-être parce que je ne suis pas une femme. Mon deuxième mari m'a dit : je ne voulais pas me marier avec un homme. Il dit que je suis un homme parce que je ne peux pas faire des enfants. C'est vrai. Je ne peux pas être maman comme madame Yara. C'est comme deux hommes mariés. Quand je suis seule je pleure. Je pleure beaucoup.

Mais je suis très contente. Vous m'avez envoyé Firas. Madame Yara aime beaucoup jouer avec Firas mais elle voyage beaucoup. Monsieur Naël ne joue pas beaucoup avec son fils. Il me dit : J'ai fait une faute et je ne voulais pas me marier et faire des enfants. Il me dit qu'il veut être libre. Je ne comprends pas pourquoi. Ce n'est pas bien d'être libre. C'est triste. Monsieur Naël reste avec Firas seulement quand il joue aux lego. Monsieur Naël est comme un enfant quand il joue aux lego.

Je cuisine pour Firas. Je joue avec lui. Je vais avec lui à l'école le matin et je l'attends le soir. Je vais avec lui au judo aussi. Il me fait beaucoup de câlins. Quand il a commencé à parler il a dit : tata. Alors je ne suis pas une maman et je suis une maman. Je ne suis pas une femme et je suis une femme. Quand je suis seule je pleure mais quand je suis avec Firas je ris beaucoup. Vous m'avez donné un enfant mais pas comme les autres mamans. C'est très bien comme ça parce que j'aime beaucoup Firas. Merci.

Je veux vous demander une chose s'il vous plait. J'ai demandé à monsieur Naël comment dire. Je connaissais ce mot amis j'ai oublié. Protégez madame Yara et monsieur Naël et Firas. Merci.

Fatima

29 Juin

Dieu ! Dieu ! Mon beau Dieu !

Dieu ! Dieu ! Mon beau Dieu !

Hier la maîtresse a demandé d'écrire une dissertation sur un ami ou une amie. Monsieur Naël et madame Yara ne sont pas mes amis parce que je suis timide quand ils sont avec moi. Monsieur Javi est mon ami. Peut-être.

Je cuisine tous les jours et à midi je mange avec monsieur Javi et madame Judith quand elle vient travailler à la villa. Monsieur Naël ne mange pas avec nous à midi parce qu'il se lève très tard. Monsieur Javi me dit de ne pas dire monsieur mais je ne peux pas dire Javi seulement. C'est un monsieur. Alors il m'appelle madame Fatima. Je suis timide quand il m'appelle madame Fatima mais je ne peux pas dire non.

Monsieur Javi est très gentil. Il sourit beaucoup. Il sourit toujours. Monsieur Naël dit que c'est bête de sourire toujours. Je ne suis pas d'accord avec monsieur Naël. Je suis très contente quand tout le monde sourit. Mais monsieur Javi ne sourit pas quand monsieur Baba est avec nous. Il n'aime pas monsieur Baba. Je ne sais pas si j'aime monsieur Baba ou je ne l'aime pas. Monsieur Baba aussi sourit beaucoup mais je ne comprends rien quand il parle. Il parle français comme moi. Il est français et noir. Il ne comprend pas quand je parle et je ne comprends pas quand il parle. Alors tout le monde rit mais Javi ne rit pas. Il a dit à madame Judith que monsieur Baba est peut-être méchant. Elle a rigolé. Après elle a dit que monsieur Baba ne peut pas être méchant.

L'histoire de monsieur Javi est triste. Son papa et sa maman sont morts quand il était petit comme Firas. Ils ont fait un accident des voitures à La corse. La corse c'est en france. C'est comme paris. Monsieur Javi était dans la voiture mais il n'est pas mort. Après il vivait avec sa tante à beyrouth. Beyrouth c'est en liban. C'est le pays de monsieur Javi et monsieur Naël et madame Yara. Mais la tante de monsieur Javi est morte quand il était au lycée. Après il vivait seul à beyrouth. Un ami de sa tante donnait de l'argent à monsieur Javi pour vivre. Un jour il m'a dit un secret et il me dit : Ne dit à personne parce que c'est un secret. Monsieur Javi voulait trouver l'ami de sa tante qui donnait l'argent parce que sa tante a dit avant de mourir que l'ami a tué les le papa et la maman de monsieur Javi dans l'accident de la voiture. Alors il donnait l'argent à monsieur Javi. Sa tante n'a pas dit comment il s'appelle mais elle a dit c'est un noir. Alors monsieur Javi n'aime pas les noirs et il n'aime pas monsieur Baba parce qu'il est noir.

Maintenant monsieur Javi vit seul à Paris. Mais il reste avec nous toute la journée. Il ne mange pas avec nous le soir mais quand je finis de cuisiner il prend une partie pour lui et sa voisine. Sa voisine est vielle et elle habite seule dans son appartement. Alors monsieur Javi mange avec elle le soir et laisse une partie pour elle pour demain matin.

Monsieur Javi est très amoureux. Tous les jours il me parle de madame Hortense mais pas quand monsieur Naël est avec nous parce qu'il rigole. Elle travaille avec madame Judith mais elle ne vient pas à la villa. Javi va toujours à son travail pour la voir.

Madame Hortense est comme madame Yara. Elle voyage beaucoup. Mais madame Hortense ne voyage pas pour aider les autres femmes. Elle voyage pour voir les autres pays. Elle veut voyager avec monsieur Javi mais il ne veut pas.

Monsieur Javi dit qu'il ne faut pas voyager beaucoup. Il dit que le gaz qui sort des avions fait beaucoup de chaleur. Il n'y a pas beaucoup d'eau et de plantes quand il fait chaud. Alors les animaux et les personnes tombent malades. Après ils sont morts. C'est triste. J'ai voyagé dans l'avion pour venir en france. Monsieur Javi m'a dit une fois ce n'est pas beaucoup. J'ai demandé pourquoi ils ne bouchent pas les avions. Il a rigolé. Après il m'a expliqué qu'ils ne peuvent pas.

Maintenant madame Hortense ne veut pas se marier avec monsieur Javi parce qu'il n'aime pas voyager. Il est triste. Je suis triste aussi parce qu'il est mon ami.

Je veux vous demander une chose s'il vous plait. Aidez monsieur Javi à se marier avec madame Hortense parce qu'il est gentil. Merci.

Fatima

10 Juillet

Dieu ! Dieu ! Mon beau Dieu !

Dieu ! Dieu ! Mon beau Dieu !

Madame Yara est énervée aujourd'hui. Elle est énervée avec tout le monde. Elle me gronde comme elle gronde Firas parce que j'ai mangé un peu de glace. Je suis triste. Elle m'a dit : tu vas être grosse et après les hommes ne veulent pas se marier avec toi. J'ai rigolé. Après elle était énervée plus encore. J'ai rigolé parce que je ne suis pas grosse et mes deux maris étaient méchants avec moi. Si je suis grosse c'est comme quand je ne suis pas grosse. Et tout le monde est intelligent en france. Je peux comprendre aussi mais il faut toujours m'expliquer. Les hommes rigolent quand je dis une chose. Si je suis grosse c'est comme maintenant. Ils rigolent encore.

Je sais que madame Yara me gronde parce qu'elle m'aime. Je l'aime aussi. Elle m'aide plus que ma maman et mon papa et mes frères et mes sœurs. Elle me dit toujours que je suis belle et jeune. Elle est très belle aussi et elle a peur d'être vieille et pas belle. Je ne suis pas d'accord avec madame Yara. Elle est toujours belle.

Madame Judith me dit que madame Yara a peur parce que monsieur Naël aime les autres femmes qui sont jeunes. Elle est jalouse. Je ne sais pas. Pourquoi monsieur Naël aime les autres femmes ? Madame Yara n'est pas grosse. Je ne comprends pas très bien. Il ne faut pas être grosse mais quand elle n'est pas grosse le mari veut une autre femme aussi. Grosse c'est comme pas grosse. Et la femme qui ne fait pas des enfants c'est comme la femme qui fait des enfants. Le mari veut toujours une autre femme.

Après madame Yara a mangé seule toute la glace. Elle a caché la boîte vide mais je sais parce que j'ai vu la boîte vide après. Madame Yara aussi sait que grosse c'est comme pas grosse. Elle est énervée pour ça peut-être. Elle est triste. Mais peut-être parce qu'elle attend un bébé. Je sais parce qu'elle ne veut pas voyager beaucoup maintenant. Et une femme est énervée quand elle fait un bébé. Et énervée aussi quand elle ne peut pas faire un bébé. La femme est toujours énervée parce qu'elle sait que c'est toujours comme avant.

Je veux vous demander une chose s'il vous plait. Donnez la force à madame Yara parce qu'elle est très gentille. Merci.

Fatima

20 Juillet

Dieu ! Dieu ! Mon beau Dieu !

Dieu ! Dieu ! Mon beau Dieu !

Aujourd'hui madame Yara est partie au maroc. Elle ne voulait pas partir. Après elle est partie. Elle a dit que c'est important. Elle est partie à l'atelier de marrakech. Je travaillais dans l'atelier de marrakech avant de partir en france.

Monsieur Javi est parti aussi mais pas avec madame Yara. Il est parti à samarcande. C'est dans un pays qui s'appelle Iran. C'est monsieur Naël qui a dit à monsieur Javi d'aller à samarcande parce que c'est joli là-bas. Il y a des belles mosquées. Mais monsieur Javi est triste. Il voulait faire le voyage comme un cadeau pour madame Hortense mais elle ne voulait pas voyager avec lui. Elle a dit à monsieur Javi : je ne veux pas voyager une fois seulement mais je veux voyager toute l'année. Monsieur Javi a dit : ce n'est pas grave je vais voyager tout seul. Mais il était très triste. Il ne veut plus se marier avec madame Hortense. Ce n'est pas vrai. Il veut encore se marier avec elle mais elle ne veut pas. Je ne comprends pas pourquoi. Monsieur Javi est gentil et il a donné à madame Hortense un cadeau. Il est parti tout seul et il revient après deux semaines. Dans la villa, il y a seulement moi, Firas, monsieur Naël et madame Judith.

C'est le jour de l'école aujourd'hui. Ma maîtresse m'a dit que je ne fais pas beaucoup de fautes comme avant mais je dois lire beaucoup et écrire beaucoup. J'écris mais je ne sais pas comment lire. Les livres de Firas sont faciles pour moi maintenant mais les livres de monsieur Naël et madame Yara sont très difficile. Madame Yara m'a promis d'acheter pour moi des livres que ne sont pas facile et qui ne sont pas difficiles.

Après l'école j'ai vu encore le monsieur du banc. Ma maîtresse m'a dit qu'il ne faut pas dire chaise dans la rue. Il faut dire banc. Toujours après l'école je vois le monsieur du banc. Il est assis sur le banc et regarde en haut. Je sais maintenant pourquoi il regarde en haut. Il regarde les oiseaux. Quand j'ai compris j'ai rigolé. Il est comme un fou. Tout le monde marche vite et le monsieur du banc regarde les oiseaux. Mais il n'est pas fou. Il est très intelligent. Je sais parce que il porte des costumes comme monsieur Naël. Il est plus petit que monsieur Naël mais plus grand que madame Yara. Un peu comme monsieur Javi. Il a une petite barbe et il est très beau. Il a le visage d'un homme gentil. Un peu comme monsieur Javi.

Je ne sais pas si le monsieur du banc est marié ou pas mais il ne cherche pas les autres femmes. Il regarde seulement les oiseaux. C'est bien d'avoir un mari comme le monsieur du banc. Mais il est intelligent alors il ne peut pas se marier avec moi.

Je veux vous demander une chose s'il vous plait. Aidez-moi pour être intelligente et avoir un mari gentil comme le monsieur du banc. Merci.

Fatima

Je vous demande toujours des choses mais je ne vous donne rien. Je sais maintenant que vous êtes tout et vous êtes partout. Alors quand je vais à l'école je donne l'argent aux pauvres qui sont dans la rue. Vous êtes aussi les pauvres. Quand je donne aux pauvres c'est comme donner à vous. Merci.

Fatima

27 Juillet

Dieu ! Dieu ! Mon beau Dieu !

Dieu ! Dieu ! Mon beau Dieu !

Firas est un très malade aujourd'hui. Il est très chaud. Il a la fièvre. C'est comme ça qu'il faut dire. Madame Yara n'est pas avec nous. Elle est encore au maroc. Alors je reste avec Firas le jour et la nuit. Le docteur a dit qu'il faut rester avec Firas trois jours. Après c'est fini.

Monsieur Naël reste avec nous l'après-midi. Après il sort. Il travaille la nuit mais je ne comprends pas son travail.

Monsieur Javi a appelé monsieur Naël au téléphone. Il était énervé. Il a demandé à monsieur Naël d'aller voir si sa voisine va bien mais monsieur Naël a dit qu'il ne peut pas parce qu'il est occupé. Alors monsieur Javi a appelé madame Judith mais elle était à l'aéroport. Elle aussi veut voyager. Elle revient après quatre jours. Après monsieur Javi m'a appelé et m'a demandé d'aller voir sa voisine mais j'ai dit que je dois rester avec Firas parce qu'il est malade. Après il était énervé.

Je n'ai pas vu la voisine de monsieur Javi mais je la connais. Monsieur Javi parle de sa voisine tous les jours. Elle est vielle et elle vit seule dans son appartement. Elle a beaucoup d'enfants mais ils voyagent beaucoup. Après elle reste seule. Après monsieur Javi va la voir tous les jours pour l'aider et savoir si elle va bien. Il me dit comment elle s'appelle mais je ne sais pas écrire son nom.

Quand monsieur Javi est parti à samarcande il appelait sa voisine au téléphone tous les jours et il demande au restaurant de cuisiner pour sa voisine. Aujourd'hui la voisine de monsieur Javi ne répond pas au téléphone et le restaurant dit à monsieur Javi qu'elle n'ouvre pas la porte de l'appartement. Alors monsieur Javi a peur. Sa voisine est peut-être malade ou morte.

C'est triste si elle est malade ou morte mais je ne peux pas laisser Firas seul parce qu'il est malade aussi. Monsieur Javi a dit : ce n'est pas ta faute. Monsieur Javi a appelé l'avion pour partir en france demain.

Je veux vous demander une chose s'il vous plait. Donnez à Firas et la voisine de monsieur Javi la bonne santé. Merci.

Fatima

28 Juillet

Dieu ! Dieu ! Mon beau Dieu !

Dieu ! Dieu ! Mon beau Dieu !

Je suis très triste.

Monsieur Javi m'a appelé au téléphone aujourd'hui. Il est parti voir si sa voisine va bien mais elle n'ouvrait pas la porte. Il a appelé les pompiers au téléphone. Après les pompiers ont cassé la porte. Monsieur Javi a trouvé sa voisine dans le lit. Elle était morte. C'est très triste. Et monsieur Javi est très triste. Après il a appelé les enfants de sa voisine. Ils étaient tristes mais ils sont loin. Ils voyagent aussi. Ils ont demandé à monsieur Javi de faire l'enterrement de sa voisine. L'enterrement c'est après la mort. Ils ont dit qu'ils donnent l'argent à monsieur Javi mais monsieur Javi était très énervé. Il a dit : je ne veux pas l'argent. Après il a dit qu'il fait l'enterrement mais pas d'argent.

Monsieur Javi a appelé pour l'enterrement. C'est après trois jours. Monsieur Baba était avec moi quand monsieur Javi a appelé. Il a dit à monsieur Javi qu'il peut. Je ne comprends pas quand monsieur Baba parle. Mais monsieur Javi comprend et il a dit non à monsieur Baba.

Je veux vous demander une chose s'il vous plait. Donnez à la voisine de monsieur Javi le paradis. J'ai demandé à monsieur Javi comment il faut écrire le nom de sa voisine. Il a dit madame Bonnin. Merci.

Fatima

Je veux vous demander une autre chose s'il vous plait. Donnez le paradis aux enfants de madame Bonnin aussi. Comme ça elle ne reste pas seule au paradis. Merci.

Fatima

29 Juillet

Dieu ! Dieu ! Mon beau Dieu !

Dieu ! Dieu ! Mon beau Dieu !

Hier j'ai demandé de vous deux choses. C'est beaucoup. Je ne voulais pas demander plus.

Aujourd'hui je veux vous demander une chose s'il vous plait. Aidez monsieur Javi pour ne pas rester triste beaucoup. Merci.

Fatima

30 Juillet

Dieu ! Dieu ! Mon beau Dieu !

Dieu ! Dieu ! Mon beau Dieu !

Madame Yara rentrait ce matin. Firas est très contente. Il a la bonne santé aujourd'hui. Il veut aller à la compétition de judo demain. Il veut frapper les autres garçons mais c'est pour jouer. Mais madame Yara ne veut pas parce qu'il était malade. Alors elle a demandé au docteur. Le docteur a dit oui. Firas est content encore plus. Trois mois il attendait la compétition de judo. Il veut aller avec madame Yara et monsieur Naël et moi. Je ne sais pas si je peux aller avec Firas alors j'ai demandé à madame Yara. Elle a dit oui.

Madame Yara a acheté pour moi des livres que je peux lire. Demain je lis un. Ça s'appelle histoires du soir pour filles rebelles. Madame Yara m'a dit qu'il parle des femmes fortes comme moi. Mais je ne suis pas forte.

Je veux vous demander une chose s'il vous plait. Donnez à Firas la force pour frapper les autres enfants. Merci.

Fatima

31 Juillet

Dieu ! Dieu ! Mon beau Dieu !

Dieu ! Dieu ! Mon beau Dieu !

Aujourd'hui madame Judith rentrait. Elle est contente parce qu'elle aime le livre de madame Yara. Elle m'a dit que je suis une femme forte. Pourquoi tout le monde me dit que je suis une femme forte ? Peut-être parce que je fais le pain. Mes bras sont plus grands que les bras de madame Yara et madame Judith. Mais elles sont plus belles que moi.

Je lis le livre de madame Yara aujourd'hui mais c'est beaucoup et je regarde toujours dans le dictionnaire de monsieur Naël pour comprendre. Aujourd'hui je lis une histoire de madame Eufrosina Cruz. Elle ne veut pas seulement cuisiner et faire des enfants. Alors elle vend des fruits dans la rue et elle va à l'école comme moi. Après elle est intelligente. Après elle est comme le président.

Dans le livre ils n'ont pas dit si madame Eufrosina Cruz est fort. Peut-être que la femme n'est pas forte comme les hommes. Elle est forte quand elle fait comme elle veut. Et moi je suis forte parce que madame Yara m'aide beaucoup et monsieur Naël aussi.

Après une heure je sors avec Firas et madame Yara pour aller à la compétition de judo. Monsieur Naël a dit qu'il ne peut pas aller parce qu'il est occupé. Firas est triste et madame Yara n'est pas contente.

Je veux vous demander une chose s'il vous plait. Donnez la force à moi aussi pour être intelligente. Merci.

Fatima

01 Août

Dieu ! Dieu ! Mon beau Dieu !

Dieu ! Dieu ! Mon beau Dieu !

Aujourd'hui tout le monde est énervé et triste. Firas est triste parce qu'il a gagné la médaille mais monsieur Naël n'était pas avec nous. Madame Yara est énervée parce que Firas est triste. Monsieur Naël est énervé parce que Ada ne parle pas aujourd'hui. Il est très énervé. Il a appelé monsieur Javi à quatre heure le matin. Après monsieur Javi rentrait mais il était très triste. Il a fait l'enterrement de sa madame Bonnin hier. Il fait l'enterrement seul.

Je ne sais pas si monsieur Baba est énervé aussi. Je ne sais pas s'il est énervé ou pas. Il est comme toujours.

Madame Judith n'est pas contente aussi mais je ne sais pas pourquoi. Elle ne veut pas parler avec monsieur Naël. Elle parle beaucoup au téléphone.

Madame Yara veut partir à disney avec Firas mais elle ne peut pas parce que Ada ne parle pas aujourd'hui. Je ne comprends pas pourquoi. Tout le monde veut qu'elle parle toujours.

Il y a des hommes qui sont venus à la villa avec monsieur Baba. Madame Yara m'a demandé de l'aider pour faire le café mais ils n'ont pas touché le café. Ils étaient énervés aussi. Ils portaient des costumes comme monsieur Naël. Mais le costume de monsieur Naël est plus beau. Un homme a beaucoup de cheveux sur les yeux. Les petits cheveux sur les yeux. Il est peut-être méchant. Après monsieur Naël est parti avec madame Judith et monsieur Baba et les autres hommes. Monsieur Javi est avec nous mais il dort un peu dans ma chambre parce qu'il est très fatigué.

Je veux vous demander une chose s'il vous plait. Donnez la force à Ada pour parler toujours. Comme ça tout le monde est content. Merci.

Fatima

03 Août

Dieu ! Dieu ! Mon beau Dieu !

Dieu ! Dieu ! Mon beau Dieu !

Aujourd'hui je veux écrire pour Ada. Je sais qu'elle ne parle pas. Madame Yara me gronde si elle sait que je sortais hier. Elle joue avec Firas aujourd'hui. Ils ont dit à la télévision qu'il y a beaucoup de personnes dans la rue qui n'ont pas l'argent parce que Ada ne parle plus. Et ils sont loin de la maison parce qu'ils n'habitent pas en france. Alors je voulais sortir pour donner l'argent à ces pauvres. Je marchais beaucoup et je ne savais pas pour qui donner l'argent. Je ne sais pas qui est pauvre. Tout le monde est comme tout le monde. Tout le monde est très triste. Après tout le monde criait dans la rue. Ils ont dit qu'il y a des terroristes. Ils ont tué les personnes avec un camion. Alors j'avais peur. J'avais très peur. Je courais beaucoup et je rentrais à la maison. Mais je n'ai pas dit à madame Yara. Elle me gronde comme Firas.

Ils ont dit à la télévision qu'il y a beaucoup de terroristes et beaucoup de personnes mortes. C'est très triste.

Je veux demander une chose de Ada. Parlez avec nous comme ça il n'y a pas des terroristes et des personnes mortes et des personnes tristes et des personnes pauvres. Merci.

Fatima

Madame Judith est énervée encore et monsieur Naël et monsieur Javi aussi. Ils sont tous partis encore avec des hommes. Monsieur Baba rentrait après. Quand je rentrais dans la chambre de Ada il sortait et il avait le parfum de l'alcool comme monsieur Naël la nuit mais c'est encore le jour. Il a parlé avec moi mais je n'ai pas compris alors il m'a dit qu'elle peut comprendre mais je ne sais pas qui. Après il est parti. Il n'était pas comme toujours. Il était très triste.

Fatima

02 Novembre

Dieu ! Dieu ! Mon beau Dieu !

Dieu ! Dieu ! Mon beau Dieu !

J'ai peur. Je n'ai pas prié beaucoup de semaines. Beaucoup de choses ne sont pas comme avant. Monsieur Naël est très triste. Madame Yara aussi. Elle est aussi fatiguée. Elle fait peut-être un bébé. Son ventre est un peu grand. Mais elle n'a pas dit. Monsieur Javi aussi est toujours triste. Il ne parle pas beaucoup. Il ne parle pas avec moi de madame Hortense. Peut-être il ne veut pas se marier avec elle maintenant. Madame Judith est partie. Monsieur Baba vient tous les jours. Il y a des hommes et des femmes qui sont venus travailler à la place de madame Judith mais ils ne restent pas beaucoup.

Et moi j'ai très peur. Monsieur Naël ne veut pas laisser les personnes entrer dans la chambre de Ada. Elle parle maintenant. Mais Monsieur Javi dit qu'elle ne parlait pas en été parce que une personne a dit une mauvaise chose à Ada dans sa chambre. Peut-être j'ai dit une mauvaise chose quand je lis ma prière avec Ada dans la chambre. Je ne sais pas. Je n'ai pas dit à monsieur Javi et monsieur Naël et madame Yara. J'ai peur. Tout le monde est énervé. Si j'ai fait une faute madame Yara me dit de partir et ne pas rentrer. Je veux rester avec Firas. C'est mon enfant. C'est comme mon enfant.

Hier le monsieur du banc est venu avec le papa de monsieur Naël. Je ne connais pas le papa de monsieur Naël. Quand madame Yara et Firas sont partis pour le voir madame Yara m'a dit de voyager avec elle et j'ai dit oui mais je ne pouvais pas voyager parce que je n'avais pas les papiers.

Monsieur Naël et le monsieur du banc sont des amis mais je n'ai pas vu le monsieur du banc à la villa. Peut-être monsieur Naël voit le monsieur du banc au travail comme monsieur Javi et madame Hortense.

Le monsieur du banc est venu parler avec moi quand je cuisinais. Je faisais des makrouts et il était content. Je ne pouvais pas parler avec lui. J'étais timide et j'avais peur. Madame Yara m'a dit qu'il est venu pour aider monsieur Naël pour comprendre pourquoi Ada ne parlait pas. Elle m'a demandé de dormir dans la chambre de Firas et le monsieur du banc dort dans ma chambre. Madame Yara m'a dit que le monsieur du banc s'appelle monsieur Ali.

J'ai oublié les autres lettres dans ma chambre. Si monsieur Ali lit les lettres il comprend que je parlais avec Ada. Après il dit à madame Yara et monsieur Naël. Monsieur Ali est comme un homme gentil mais si j'ai fait une faute alors j'ai fait une faute.

Quand il n'est pas dans la chambre je rentre dans la chambre et je prends les lettres.

Mais peut-être si je donne les lettres à monsieur Ali il peut m'aider. Il est comme un homme gentil.

J'ai peur.

Je veux vous demander une chose s'il vous plait. Comment je fais ?

Merci.

Fatima

Ange gardien

Quatre heures et demie du matin. Naël vint me réveiller dans mon lit.

« Qu'est-ce qui se passe, Naël ? Tout va bien ?

– Peux-tu me redire ce que signifie Imago ?

– Imago ?! Tout va bien, Naël ? »

L'odeur d'alcool qui se dégageait de lui me retournait le cœur.

« Oui, Imago… Le nom de marque que tu as suggéré à Yara.

– *Zalamé* ! On est au milieu de la nuit !

– Alors ? Qu'est-ce que ça signifie ? »

Après un grand verre d'eau, une grande respiration et un grand effort de maîtrise de soi.

« La phase de développement final chez les papillons… La chenille se métamorphose dans sa chrysalide et développe ses ailes… Mais ! Qu'est-ce qui t'arrive ?!

– Tu peux te rendormir, merci ! »

Naël quitta la chambre, mais c'était déjà trop tard. Il n'était pas question d'aller me rendormir avant de comprendre ce qui se tramait dans sa tête. Je le suivis dans la pénombre jusqu'au bureau de Yara.

« Me réveiller à quatre heures du matin pour me demander ce que c'est imago… Tu t'ennuies ?

– Ça cogite beaucoup dans ma tête. Je repense à ce que nous a raconté Javi.

– Et alors ?

– Pendant que tu étais resté au Liban, mais aussi après ton arrivée, les évolutions se succédaient… *Ada backpack*, *Ada space*, *Ada identity*… Mais c'était à chaque fois l'usage qui évoluait, et pas Ada elle-même. Elle apprenait à faire de nouvelles choses, mais c'était bien dans sa nature d'apprendre.

– Oui ! Très bien ! Quel lien avec imago ?

– Patience, *ya zalamé…* ! Ada s'est arrêtée en réponse à l'état de Javi. Et elle a repris au lendemain des attentats.

– De l'empathie ?!

– Je pense, Ali, qu'Ada a vécu sa métamorphose. Comme tu dirais, elle a atteint son imago. »

Ce matin-là, je passai deux heures à démontrer à Naël qu'il était en train de délirer. Sans succès. Il n'avait aucun moyen de la prouver, mais il y tenait à sa théorie.

« Il ne me reste plus que dix jours pour donner des explications ! Que proposes-tu ? Hein ?! Rester muet ? Abandonner ?

– Parle doucement, tu vas réveiller tout le monde… ! S'exprimer sans plan n'est pas mieux !

– J'ai un plan.

– Lequel ?

– Croire en mon idée.

– Tu seras tout seul à y croire… Vous avez vécu l'horreur pendant trois jours ? Vous avez eu faim ? Vous avez dormi dans des gymnases et des postes de police ? Vous avez perdu père, mère, frère et sœur ? C'était grâce à la nouvelle métamorphose, la vraie, *#adaempathy* ! Ada a maintenant de l'empathie pour vous ; la preuve, vous en avez souffert.

– Non, pas *#adaempathy*. Plus fort que l'empathie, plus essentiel... *#adaangel* ! Ada était la protectrice de vos données ; aujourd'hui elle vous protège, vous, y compris de vous-même ! »

Ammo Kamal entra au bureau et nous interrompit. « Bonjour mes enfants ! Excusez-moi ! Vous avez l'air occupés... Je vous ai entendus discuter au bureau, alors... Qui voudrait bien m'accompagner dans ma prière du matin ? » Naël me fit signe de ne pas vouloir nous accompagner, il ne priait déjà plus à Beyrouth. Alors, je m'empressai de quitter le bureau avec *ammo* Kamal pour ne pas les mettre dans l'embarras, ni l'un ni l'autre. À peine l'on eut commencé la prière, que Naël nous surprit en se joignant à nous. Ému de nous avoir derrière lui, comme à l'adolescence, *Ammo* Kamal, qui récitait les versets du Coran, perdit sa voix.

Naël était sincère dans sa quête de rédemption, tandis que moi, je ne pensais qu'à cet ange gardien. Je ne m'inquiétais pas pour la crédibilité de Naël, il serait crédible même en défendant que le noir était blanc. C'était l'éventualité que cet imago fût vrai, que Naël avait eu raison, qui m'inquiétait.

Aussitôt me revinrent les paroles du Prophète, ma discussion avec *ammo* Kamal dans la chambre de Firas... Donnez à vos enfants sept ans d'affection, sept ans de discipline, et sept ans d'amitié, avant de les laisser s'envoler de leurs propres ailes... Aimez l'adulte que votre enfant est devenu, et abandonnez celui que vous rêviez le voir devenir... Si la mère ne doit pas protéger son enfant, sa propre chair, de lui-même, pourquoi Ada le devrait ? Si le père ne le peut pas, pourquoi Ada le pourrait ? Et les protéger comment ? Par la punition ? Ce ne serait plus un ange gardien, mais un dieu sur terre qui punirait à la place de celui resté au ciel... Ce serait la fin du paradis et de l'enfer, du bien et du mal... Ce serait la fin de l'Humanité.

Les questions s'enchaînaient dans ma tête, s'imbriquaient, se nouaient... Devais-je soutenir encore Naël ? Aller à l'encontre de mes convictions ? Continuer d'avoir peur pour lui et d'avoir peur de lui ? Et lui, avait-il besoin de mon soutien ? Le voulait-il au moins ? Ou alors venait-il me chercher uniquement pour se rappeler à qui il ne devait pas ressembler... ? Un homme faible... Mes choix avaient toujours penché vers la facilité. À chaque fois que le devoir s'opposait à mes rêves, je choisissais le devoir... Non, non, non ! Pas courageux, non ! Bien au contraire ! C'est bien le contraire ! Accepter le destin, c'est accepter une difficulté, pas une fatalité. Il n'y a rien de courageux à se plier devant son destin ; le courage est de se lever contre... Moi, je ne m'étais jamais engagé dans une bataille, pas une seule. Ce matin-là, côte à côte dans la prière avec Naël, j'étais face à deux destins, deux devoirs, deux batailles... Aucune échappatoire, j'allais devoir me battre dans un sens ou dans l'autre, dans un camp ou dans l'autre, avec ou contre Naël, avec ou contre Judith, avec ou contre Yara, avec ou contre Ada... Et je me sentais désarmé... J'étais simplement debout, face à ma faiblesse.

« Je vais me fier à mon instinct, me dit Naël. Il ne m'a jamais trompé... La vieille va arriver d'un instant à l'autre, je vais lui demander de lancer le plan de communication.

– Vieille ? Quelle vieille ?

– La nouvelle responsable de communication... Ils en ont enfin trouvé une. Il n'y a plus que les vieilles femmes qui acceptent de travailler à mes côtés...

– Es-tu certain de vouloir faire cela ?

– Il n'y a plus de temps pour douter. »

En effet, plus de temps. À l'instant même, la remplaçante de Judith sonna à la porte de la villa, comme une sorte de destin. On alla, Naël et moi, à sa rencontre, avant de s'arrêter au milieu des marches, tous deux surpris.

« Pourquoi vieille !? chuchotai-je sur l'épaule de Naël.

– Je ne l'ai jamais vue ! On m'a seulement transmis son CV, et elle a un prénom de vieille.

– Généralement, on note également l'âge sur un CV.

– Le prénom ne donnait pas envie de lire le reste ! »

Surpris, on l'était ; car on avait devant nous une silhouette petite de taille, mais svelte, vigoureuse, athlétique même, de jeune femme. Une Asiatique à la peau blanche et au visage petit et rond. Les yeux noirs et bridés, et les sourcils arrondis ; le nez court et légèrement retroussé, presque inexistant ; la bouche en ellipse, les lèvres épaisses, prononcées et projetées vers l'avant ; le sourire maîtrisé, mesuré ; les cheveux lisses, courts, noirs, dégradés autour du col boutonné du chemisier blanc ; la poitrine discrète ; les jambes jointes, enrobées dans une jupe noire à pont qui les couvrait jusqu'aux genoux ; et les talons d'escarpin à la hauteur aussi mesurée que le sourire.

« Bonjour messieurs, je suis Jacqueline Ho, la nouvelle chargée de com.

– Enchanté, répondit Naël avec distance. Tiens ! Salut, Javi ! Jacqueline est notre nouvelle agente. Peux-tu, s'il te plaît, lui présenter la villa et lui faire place à côté de ton bureau ?

– Je vous remercie de votre accueil, monsieur Maktoub. Cependant, nous allons devoir traiter immédiatement l'affaire du livre... Des déclarations du ministre sont attendues ce matin même. »

Dès les premières heures du matin, on s'arrachait le livre de Judith dans les kiosques et librairies. Ada en avait commandé des dizaines de milliers d'exemplaires pour ses utilisateurs. Judith, elle, était invitée à l'émission de radio matinale la plus écoutée de France, sa voix flûtée et mélodieuse résonnait dans tout le pays. Naël est dépeint comme l'incarnation du diable, qui, lui ou sa création, d'une manière ou d'une autre, était à l'origine de tous les maux. Tout ce que Judith avait écrit dans son livre était cru, de la première à la dernière lettre... On ne se permettait pas de mettre en doute les gémissements de quelqu'un qui souffrait, une femme par-dessus le marché. La seule question qui valût était de savoir si Judith aller mener son combat devant la justice. La castratrice laissait la question en suspens. Elle connaissait déjà la réponse, je la connaissais ; mais elle savait aussi que plus elle se retiendrait de répondre, plus on lui reposerait la question, et plus longtemps elle serait écoutée. C'était son objectif, briser le silence le plus longtemps possible, se faire entendre par le plus grand nombre de femmes, et les pousser à croire en elles-mêmes et en leurs droits. Quant à sa bataille judiciaire, elle n'était pas dupe, elle la savait perdue d'avance, et n'avait jamais prévu de la mener... Pas de preuve, pas de justice... « C'est bien la stratégie que je vous propose de suivre, annonça Jacqueline froidement à Naël. Tout nier. La crise va durer plusieurs semaines, et seule une position radicale peut être maintenue dans le temps. Il faut également tirer profit du black-out. Judith a quitté ses fonctions quelques jours après l'événement. Nous pouvons présenter son départ comme une conséquence à des difficultés rencontrées dans sa gestion de l'événement ; il serait plus facile, dans ce cas, de faire passer les accusations pour des représailles. »

Dans un combat, ce ne sont pas les coups du camp ennemi qui achèvent, mais le traître coup de poignard qui vient de son propre camp. Tant que certains s'arrachent à leur humanité, tant que l'on continue de défendre d'abord les institutions et les rôles, jamais les individus n'auront leurs droits ni leurs libertés.

Le coup de poignard était parti. Naël était prêt à adhérer à n'importe quelle stratégie, pourvu qu'on ne lui en parlât plus. Lui ne pensait qu'à son ange gardien. Le combat avec Judith était son combat à elle, contre des moulins à vent. Celui de Naël était de redonner de l'élan à Ada. Une seule idée l'obsédait, comment envelopper la silhouette noire dans un nouveau fantasme... Le fantasme ultime, celui de la sécurité.

Javi emmena Jacqueline pour lui présenter les lieux avant de nous rejoindre à nouveau au bureau de Yara.

« Étonnant ! dis-je à Naël.

– Qu'est-ce qui t'étonne ?

– Te voir insensible au charme de la vieille.

– C'est vrai... Après tout ce que Yara a fait pour moi, et après avoir montré autant d'engagement, j'ai honte de porter mon regard sur une autre femme... Je me sens comme castré. »

J'aurais tant aimé que Judith pût entendre ces confessions ; elle qui rêvait de le décapiter, comme on pouvait faire auparavant, mais qui ne pouvait atteindre que l'orteil... La véritable castratrice est une femme qui montre son amour... Je sais bien ce que Judith aurait répondu : « Réveille-toi, Ali ! Tu es trop naïf ! » *Ammo* Kamal serait alors venu me défendre : « Naïveté est de croire que le mal n'existe pas. Croire au bien, c'est simplement choisir son camp. » Moi, je serais resté au milieu et je n'aurais rien dit...

Jacqueline profita d'un bref instant où l'on s'était retrouvés seuls au bureau de Yara pour me transmettre, en main propre, le rapport du ministère sur Baba... On se serait crus dans un film d'espionnage... Discrétion, chuchotements, allusions... Le dossier avait été constitué en un week-end, pas plus de trente-six heures, mais ce n'était, hélas, guère nécessaire. Les aveux de Javi ne laissaient plus de place aux doutes. Je devais, cependant, assurer ma part de discrétion, ne rien laisser paraître devant Jacqueline.

« Je te remercie ! dis-je. Je vais le lire attentivement. Cela pourrait nous aider à avancer.

– Je n'en doute pas, chuchota Jacqueline. Au ministère, on prend au sérieux l'hypothèse d'un acte motivé par des troubles émotionnels.

– Troubles émotionnels ?! Non, Naël ne souffrait pas de troubles... Il a ses défauts, mais il est né avec...

– Le rapport ne concerne pas M. Maktoub !

– Baba ?!

– Il n'a pas de téléphone portable. Il était impossible de le localiser au moment du black-out. Personne ne semble savoir où il était à ce moment.

– Il était avec moi, nous surprit Javi. »

Il était derrière notre dos, muet, immobile, debout comme une statue. Nous étions troublés... Était-il là depuis le début ? Avait-il tout entendu ?

« Baba était avec moi ce soir-là, se mit à chuchoter Javi lui aussi. Il est venu assister aux funérailles de ma voisine, ensuite, il est resté me tenir compagnie jusque très tard le soir.

– Les enjeux sont trop importants, monsieur Lahoud, pour se permettre de protéger un ami !

– Moi ? ricana Javi presque avec indifférence. Moi, ami avec un noir ?!

– Et vous soutenez qu'il est venu assister aux funérailles de votre voisine et qu'il vous a tenu compagnie... !

– Être noir ne l'empêche pas de bien se comporter de temps à autre...

– En effet ! J'espère également qu'avoir des origines vietnamiennes ne m'empêchera pas de collaborer avec vous... »

Javi ne répondit rien, il préférait repartir à son bureau. « Hier soir, me dit-il en aparté et avec dénigrement, Yara a dit qu'on formait une famille. » Javi redirigea tous ses doutes envers moi... L'ami réapparu après cinq ans d'absence, et qui complotait avec le ministère dans le dos de ses compagnons. « Le chien vole et c'est à la chèvre que l'on coupe les oreilles, comme dirait le sage africain. »

Je pris avec moi le rapport et partis vite m'enfermer dans la chambre de la nounou pour le lire calmement et discrètement.

« Balthazar Badendé, surnom BaBa, soixante-sept ans, de nationalité camerounaise, né à Yaoundé dans une famille de riches hommes d'affaires. Il avait fait ses études à Paris et en était ressorti doublement diplômé, en géopolitique et affaires internationales et en philosophie.

C'est au sein de sa promotion de philosophie, que Balthazar Badendé rencontra la Britannique Emily C., devenue sa première et unique épouse dès l'achèvement de leurs études. Tandis que M. Badendé se consacrait aux affaires et à la géopolitique, madame se tourna vers le monde associatif. Ensemble, ils eurent une fille qu'ils nommèrent Esther.

... Grâce à l'héritage familial, aux liens qu'il entretenait avec la scène politique camerounaise et française, mais aussi grâce à ses talents en communication et son goût pour les affaires, il s'était très vite octroyé une place de choix auprès de personnalités des plus haut placées au sein du gouvernement français... Balthazar Badendé cultivait la discrétion ; sans occuper aucun poste officiel, il était un habitué des bureaux ministériels et des ambassades. Derrière chaque sujet épineux et sensible, on pouvait être certain que c'était le jeune Camerounais, encore dans la trentaine, qui tirait les ficelles. Il conseillait l'un, négociait avec l'autre ; obtenait le soutien d'untel, et mettait la pression sur tel autre. Ceci lui valut le sobriquet de “Sage d'Afrique”.

... À l'âge de trente-six ans, le destin de M. Badendé bascula brusquement. Il eut un grave accident de voiture près de Porto-Vecchio, en Corse, où il possédait une demeure. Son épouse et sa fille, alors âgée de deux ans seulement, succombèrent dans l'accident auquel survécurent l'homme d'affaires et l'enfant du couple à bord de l'autre véhicule, qui était âgé de trois ans. Après le décès de sa femme et de sa fille, M. Badendé disparut totalement des coulisses de la politique. Il légua également la gestion de ses entreprises.

Après près de vingt ans d'absence, M. Badendé réapparut, aussi soudainement qu'il avait disparu, dans l'appareil politique. Il avait rassemblé une grande part du soutien dont bénéficiait le président français lors de sa candidature aux élections. Il était aussi à l'origine de la proposition de constituer un ministère de l'Intelligence. La classe politique, largement renouvelée en l'absence de M. Badendé, accueillait son retour en France avec beaucoup de méfiance, voire de dérision, car frappé par les séquelles du drame familial dont il avait été victime, il semblait n'avoir rien conservé de ses talents politiques d'autrefois, et ce malgré l'importante, et inexplicable, influence dont il continuait de disposer.

Dès l'inauguration du ministère de l'Intelligence, et jusqu'à aujourd'hui encore, Balthazar Badendé a assuré officieusement des fonctions de conseil auprès de Naël Maktoub, créateur et gestionnaire de l'identité intelligente Ada. »

Qui aurait pu deviner tout cela en le regardant… ? Le bouffon d'Afrique… ! Des « Oh ! », des « Hi ! », des « Oui, oui ! » et des « Absolument ! Absolument ! »

Marc ! Oui, Marc… ! « Absolument ! aurait dit Baba lui-même ». L'agent consulaire ! Il fallait absolument le retrouver et lui parler ! Lui parler de quoi ? Pourquoi ? Je n'en avais aucune idée. J'avais une seule certitude : il allait pouvoir m'aider à compléter les bribes d'histoire qui me manquaient. En quoi cela avait-il un lien avec Ada ? En rien ! Mon enquête s'éloigna soudainement du black-out pour se consacrer au bouffon d'Afrique. Contrairement aux doutes de Javi, je n'accordais que peu d'intérêt, si ce n'était aucun, à l'avenir d'Ada et à celui du ministère. Ce qui m'importait, c'était l'avenir de cette famille, dans laquelle la place de Baba était peut-être beaucoup plus importante que ce qu'il y paraissait.

Comment retrouver ce Marc ?! J'usai de toute l'habileté et de toute l'adresse dont j'étais capable pour obtenir l'aide de Jacqueline sans renforcer ses convictions concernant Baba, et tout en la convainquant que c'était nécessaire pour l'avancement de l'enquête. Autant d'habileté n'était sans doute pas nécessaire. Une personne qui recevait des notes confidentielles de la main du ministre avait toute la légitimité nécessaire pour demander les informations qui lui manquaient. Jacqueline s'exécuta sur-le-champ. C'était aussi, pour elle, la seule façon de pouvoir se rendre utile, étant jusqu'alors boycottée par Naël et Javi. Quelques heures plus tard, elle me communiqua le numéro de téléphone de Marc, qui ne travaillait plus au consulat à Beyrouth, mais au sein du ministère des Affaires étrangères à quelques centaines de mètres de chez moi. Jacqueline l'avait même prévenu et s'était assurée qu'il allait être à ma disposition.

« Notre rencontre remonte à longtemps, monsieur Zayn ! J'ai été ravi d'apprendre que vous travailliez au cabinet du ministre de l'Intelligence, absolument ravi ! Je vous félicite pour autant de chemin parcouru. Vos amis également ! Vous avez ensemble sonné la première heure d'une époque formidable ! Bon... Une fois cet orage passé, ça ira beaucoup mieux, je n'en doute absolument pas.

– Merci !

– Dites-moi, monsieur Zayn, comment puis-je vous aider ?

– À vrai dire... J'ai beaucoup de peine à préciser ma question. Je voulais comprendre comment les choses avaient été initiées entre vous et le père de Yara, et comment ça avait évolué jusqu'à la prise de contact avec Baba et le ministère.

– Je ne vois pas très bien, monsieur Zayn, comment je puis vous apporter des informations utiles à ce sujet. Votre question me laisse assez perplexe, je dois avouer... Néanmoins, ce que je peux déjà vous dire, c'est que le père de Yara n'était pas à l'initiative de la rencontre. C'est Baba... M. Badendé, qui m'avait contacté en premier... D'ailleurs, comme vous le savez, la demeure où sont hébergées Ada et la famille de M. Maktoub est la propriété de M. Badendé. C'est en se renseignant sur M. Maktoub que l'on avait eu l'idée de l'approcher via son futur beau-père. M. Badendé m'avait laissé l'entière responsabilité de gérer cette affaire ; il avait une unique condition, c'était de s'assurer que votre ami... Celui qui avait un prénom italien, ou espagnol...

– Javier ?!

– Absolument ! Javier… Lahoud. C'est bien cela ? Voilà ! L'unique condition de M. Badendé était de s'assurer que Javier Lahoud allait bien faire partie du deal. »

En réalité, on peut attribuer le rôle que l'on veut à une marionnette, toujours est-il qu'elle reste une marionnette… D'une main ferme, Naël Maktoub avait saisi la plume et avait écrit les dernières pages de l'Histoire. Jamais je n'avais rencontré quelqu'un d'aussi audacieux et brave, porté par son déchaînement jusqu'à la perversion. Pourtant, depuis le début, avant même qu'il eût l'envie de s'élancer, tout au long de son envol, à tout instant où il pensait tenir la plume, il n'était qu'une marionnette, entre les mains habiles et discrètes du sage.

Baba n'œuvrait pas pour la réussite de Naël. Le garçon qui avait toujours pensé avoir le cran d'écrire son propre destin n'en avait même pas. Il s'était simplement trouvé au bon endroit, au bon moment, dans le bon rôle.

Baba avait une dette envers Javi. Il l'avait privé de ses parents, de son enfance, de son humanité même… « L'humanité n'est que transmission, disait *ammo* Kamal. » Contre une telle perte, aucune indemnisation ni dédommagement ou compensation ne pouvaient être considérés. Tout ce qui lui était encore possible était de l'accompagner dans la vie, marcher devant lui, ôter les obstacles de son chemin, prendre les coups à sa place ; était-ce seulement possible ? Baba ne pouvait pas dégager la route entre Javier et les autres, il ne pouvait pas lui éviter les fautes ou les regrets. Il était certainement conscient de ne pouvoir tout donner, mais il avait décidé de donner tout ce qu'il pouvait. Il s'était vêtu, pour restant de ses jours, d'un habit clair d'ange gardien…

Et si c'était cela, le véritable rôle d'ange gardien ? Ouvrir le chemin devant son protégé et lui laisser le choix de l'emprunter… Élargir le champ du possible et respecter le libre arbitre… Comme le feraient les parents devant leurs enfants… Et si c'était cela, la véritable métamorphose de la silhouette noire ? Transcrire la transmission… Raconter l'Humanité… Être l'Histoire.

Quatre heures et demie du matin… Personne n'était venu me réveiller… Sommeil perdu depuis deux heures… Durant ces quelques jours, toutes ces histoires se heurtaient dans ma tête, se croisaient, se chevauchaient… Je quittai le lit et sortis sur la terrasse… Froid matinal du mois de novembre, l'hiver pointant le bout du nez… Je m'étais enroulé dans un plaid disposé au bord du lit, au doux parfum féminin… Il appartenait certainement à la nounou… Silence paisible, le bruit des voitures au loin est presque doux à l'oreille… Je me sentais comme dans le Cercle… Méditation dans l'inconfort… Ciel dégagé et sombre, étoiles invisibles, depuis longtemps troquées pour des lampadaires et quelques fenêtres éclairées çà et là, et tant mieux… Le progrès, pour une fois, positif… Les étoiles racontent quelque chose du passé, autobiographie posthume, la vie qui s'en va ; alors que l'éclairage derrière les fenêtres peint le réveil, une promesse de l'aube… La vie revient, la vie reprend, la vie continue… Je repensais à tout le monde, à tous ces personnages qui allaient et venaient dans ma vie… Judith, ses paroles… « Tu devrais écrire… ! Écris l'Histoire… ! » *Ammo* Kamal… Partielles et disproportionnelles… « L'Histoire, qui est unique, n'existe qu'au présent. Le passé, lui, n'est raconté qu'au travers de nombreuses histoires, toutes partielles et disproportionnelles… » Quelle serait l'histoire de mon récit ? Que serait-ce ? Une comédie ? Le fabuleux destin de l'enfant prodige ? Lequel ? Naël, une marionnette devenue rapace ? Ou Javi, en héros silencieux ? Ou bien encore, Judith, l'émancipation d'une femme… Sinon, une tragédie !? Celle de Lilly, la vedette maudite ; celle de

Fatima, femme maudite ; celle de Baba, sage maudit... Quel serait le personnage principal ? Ada ? En ange gardien ? Ou en dieu artificiel ? Pas Ada ? L'Humanité alors... Tout entière ? Non ! Une seule histoire ne suffirait pas à tout raconter... Quelle histoire alors ? Quelle anecdote ? Naël, *Ammo* Kamal, ma mère, Khalil, Hassan, Lilly, Judith, Fatima, Yara, Javier, Baba, ou Balthazar Badendé... Lequel parmi ces destins mériterait d'être raconté, que tous les autres n'aient existé que pour le porter à la lumière, qu'ils n'aient été que des anecdotes... ? Lequel parmi ces destins fut l'Histoire ?

Et moi, Ali Zayn, serais-je condamné au rôle de narrateur à jamais... ?

Six heures. Une lumière s'alluma au rez-de-chaussée. Naël probablement... Je rentrai voir. La lumière provenait de la salle d'Ada. Je m'approchai. « Dieu, mon beau Dieu ! priait la nounou devant Ada. Dieu, mon beau Dieu ! » Je retrouvai soudainement mon enfance. Je croyais me réveiller et entendre ma mère prier. Je me resserrai dans le plaid, m'adossai contre le mur et écoutai la nounou prier de l'autre côté. Un frisson de nostalgie, d'amour et de joie. Une larme fit son chemin. Pendant quelques minutes, j'étais chez moi.

VI

L'éternel retour

24 décembre. Perdre le sommeil à quatre heures du matin était devenu une habitude. J'allumai la télévision pour ne pas rester seul à seul avec le silence... Documentaire animalier, la vie à la savane. Un zèbre en train de paître non loin de son troupeau, en toute tranquillité, et en un instant, son destin bascule à jamais. Des griffes impitoyables surgissent de nulle part, effet de surprise, l'acte plus vif que le constat. Le zèbre est pétrifié, paralysé, encore vivant, mais ne peut plus bouger. À partir de là, débute une nouvelle phase de sa vie, où il est impuissant, inerte, simple spectateur de sa propre mort, une mort lente et douloureuse qui s'étend dans la vie plus qu'elle ne le sera dans la mort elle-même. Il regarde le lion mordre dans la chair, dévorer, déchiqueter... L'horreur vécue de dedans et d'en dehors... Images violentes d'une bête qui assiste à sa propre mort.

Je rééteignis la télévision et revins à mes cogitations... Plus que cinq jours au ministère, et ensuite, la liberté... J'avais démissionné de mon poste et je devais respecter une période de préavis qui se terminait le 31 décembre au soir...

Loin étaient les temps où je voulais étudier le droit pour défendre les pauvres et les impuissants. Je finis par comprendre qu'ils n'avaient pas seulement besoin d'être défendus, mais aussi d'être aidés, et que c'était peut-être l'aide qui leur manquait le plus. Nourrir le bien est souvent le moyen le plus efficace pour combattre le mal.

J'avais passé les dernières semaines à peaufiner mon projet. L'idée m'était apparue pendant le black-out, en servant des sandwiches aux côtés de Jane. Il était encore méfiant à mon égard quand je lui en avais parlé, mais il avait fini par me faire confiance et y adhérer. Après avoir assemblé les économies de l'un et de l'autre, il partit à la recherche d'un local, tandis que je m'occupais des aspects administratifs. Tout se déroula très vite, et après quelques semaines de travaux, on allait pouvoir ouvrir notre restaurant, « Chez Ali & Jane », boulevard du Montparnasse, spécialités libanaises, sans surprise aucune, où les nécessiteux allaient pouvoir venir travailler une petite heure et repartir avec un repas qu'ils auraient gagné dignement…

Travailler à mi-temps avec Jane allait me libérer du temps, et j'allais pouvoir enfin m'engager dans un autre projet qui me tenait encore plus à cœur. Avec Javi, Yara et Fatima, nous avions décidé de créer une association qui avait pour but de maintenir un lien entre personnes jeunes et âgées. Le soutien et l'attention que Javi avait offerts à Mme Bonnin pendant les dernières années de son passage dans cette vie étaient admirables, et cette proximité leur avait beaucoup apporté, à l'un comme à l'autre. On voulait recréer cet attachement avec d'autres personnes. D'ailleurs, on allait nommer l'association « Mme Bonnin ». Yara avait pensé également à la nommer « Kamal Maktoub », mais on avait fini par choisir un autre nom, « Le Cercle »… Un trait d'union à la fois clos par son rattachement et ouvert par son infinité, où la fin est aussi un début. On voulait accrocher toutes les générations à cet unique trait d'union, où se perpétueraient l'héritage et l'épanouissement. La tâche s'était avérée beaucoup plus facile qu'on ne l'avait imaginé, Ada nous avait été très utile, il ne nous restait plus qu'à mobiliser les personnes les plus jeunes.

Faire partie de l'association n'intéressait pas grandement Naël, le défi auquel nous faisions face n'était pas assez grand pour susciter son intérêt, toujours est-il qu'il nous avait aidés à chaque fois que le besoin s'était présenté. Plus surprenant et agréable à observer, il s'était montré beaucoup plus attentionné avec son fils, ainsi qu'avec *ammo* Kamal avant son retour au Liban, il lui avait même promis d'aller le revoir régulièrement là-bas.

À l'approche des fêtes, Naël avait retrouvé la sérénité et la quiétude. Les déclarations de Judith libérant les voix d'autres femmes ayant souffert d'agressions, une révélation faisant de l'ombre à l'autre, et deux ou trois semaines plus tard, plus personne n'évoquait guère Judith. En un sens, elle avait véritablement atteint son but. Il n'y eut pas de poursuites judiciaires de sa part, et toutes les autres accusations avaient été enterrées par de lourdes procédures juridiques sinueuses et sans fin.

Quant à notre chère Ada et son imago, le dénouement de la crise s'était passé avec une telle aisance, qu'il en avait été presque décevant pour moi. Au moins, j'en ai tiré une leçon : ne jamais sous-estimer la capacité des hommes à oublier leurs peines et aller de l'avant. J'ajouterais également que les circonstances étaient particulièrement favorables ; bien qu'en pareil cas, les circonstances le sont toujours.

Au moment même où Naël annonçait la métamorphose d'Ada, les voitures autonomes et quelques androïdes aux guichets et bureaux d'accueil venaient de faire leur apparition dans le paysage. Leur présence concrète et palpable détournait les peurs d'Ada, dont la mutation en ange gardien n'inquiétait plus désormais, mais au contraire arrivait au bon moment et sa protection était la bienvenue. Comme dans tout combat, seul l'ennemi le plus dangereux est réellement ennemi ; en attendant de le battre, tous les autres sont amis, voire anges gardiens...

Ce jour-là, je quittai le ministère plus tôt. Je voulais rentrer me changer avant de repartir chez les Maktoub. Yara invita tout le monde à un dîner de Noël. Mais sur le chemin vers mon appartement, je croisai Fatima, près de son école de français. Je l'avais certainement croisée plusieurs fois à cet endroit sans jamais la remarquer... On devrait parfois cesser de courir après ce qui sans cesse nous échappe et se contenter d'observer ce qui vient jusqu'à nous...

Fatima accepta de m'accompagner au magasin de jouets. À l'intérieur, on se sépara pour choisir, chacun, un cadeau à offrir à Firas. Après quelques minutes, on revint tous deux avec la même boîte de Lego. Fatima éclata de rire et me regarda pour la première fois pleinement dans les yeux. Pour la première fois, j'aperçus dans cette vie d'ici-bas, dans le sourire d'une femme, un semblant de futur. On ne prit qu'une seule boîte de Lego et l'on marcha jusqu'à la villa Montmorency.

Yara était étincelante, le ventre bombé sous sa robe fourreau noire qui ne faisait qu'ajouter à son charme. Elle semblait heureuse, et j'étais très heureux pour elle. Naël était sur son trente et un, lui aussi, avec son éternel mouchoir rouge noué au cou. Mais ni l'un ni l'autre ne pouvait rivaliser avec le chic démesuré du bouffon d'Afrique. Il était enfoncé dans le canapé, comme à son habitude, dans un costume pourpre, chemise et pochette violettes, bretelles grises et cravate vert olive.

Javier n'était pas là. Depuis le décès de Mme Bonnin, il avait abandonné son désir de faire la cour à Hortense. Ainsi, il laissa un vide que la jeune femme ne put combler autrement. Elle finit par réaliser qu'il faisait déjà partie de sa vie, à sa manière et dans sa position d'éternel indésiré, et qu'elle tenait autant à lui. Une histoire qui se répète assez souvent, sans décès ni drame, que Dieu nous en garde... Les tourtereaux réussirent à trouver un compromis : migrer une fois par an. Ils passèrent leur première année, et un premier Noël, à Barcelone.

Étranges sont les chemins de la vie. Douze années que Javi avait passées près de nous sans que l'amitié eût pu naître, alors qu'en travaillant à initier « Le Cercle », il était loin des yeux, mais s'approchait de plus en plus de nos cœurs. L'amitié que l'on avait pour lui grandit aussi vite qu'entre Yara et moi en une autre époque. Hélas ! Il s'était éloigné de Baba également, et en emportant avec lui le mépris qu'il avait toujours eu pour ce que le vieux sage représentait, un Africain... Régulièrement me revient l'idée de transmettre le rapport du ministère à Javi ; le respect des choix de Baba l'emporte à chaque fois, du moins, jusqu'à maintenant...

Un dîner de Noël en famille comme Yara avait toujours voulu. C'était peut-être la seule chose qui manquait à son enfance, une famille... Et un dîner aux saveurs marocaines, comme Fatima nous y avait habitués... Après avoir fini de préparer le repas, elle s'était changée elle aussi. Une robe traditionnelle marocaine qui embrassait voluptueusement son allure replète et charnue. Le mascara et les cheveux détachés accrurent le pouvoir ensorcelant de son regard et je ne pus m'en défaire du début du repas à sa fin.

Jacqueline se joignit à nous également. Dévouée à son travail, elle était arrivée assez vite à se faire une place à la villa. Après le dessert, elle s'enferma dans la salle d'Ada pour finaliser des rapports. Personne ne pensa à l'en dissuader, tant on était habitués à la voir travailler jour et nuit.

« Je vous laisse la bouteille, s'écria Naël en s'éloignant. Savourez, messieurs... ! Jusqu'à la dernière goutte. » Il accompagna Yara et Fatima dans la chambre de Firas pressé de leur montrer ses nouvelles pièces de Lego.

Déjà rendu gris par le champagne, Baba prit la bouteille de whisky entre les mains et la regarda avec ténacité. Lui qui refusait la moindre goutte quelques heures auparavant était désormais résolu à vider la bouteille. Et la chose était claire : je fus désigné compagnon de route.

« Oh ! Oh ! Oh ! Un verre à la réussite de notre cousin ! s'exclama mon compagnon.

– À notre frère. »

Je fus rempli de gaîté en levant mon verre. Entre la marionnette et moi, Naël dressait les défis, l'un après l'autre. Il y eut l'arrogance d'un côté, la jalousie de l'autre. Entre nous deux sont passées des femmes... Yara, Fatima, Judith... Ada... Chaque querelle ébranlait notre amitié et la renforçait, brisait nos liens et les raccommodait. Tantôt la flamme était délicate, tiède, douce dans le cœur ; tantôt devenait feu et cramait la baraque. Jamais la flamme ne s'éteignit. Alors, j'acceptai exceptionnellement de boire et levai mon verre à mon ami d'enfance, à mon frère.

« C'est peu, protesta le compagnon ! La fraternité, c'est peu ! C'est tout riquiqui ! »

Baba était en désaccord, il contestait de tout son corps. Je me dis que ce tête-à-tête allait beaucoup m'amuser.

« Nous, les Africains, ma foi, avons beaucoup de frères et sœurs... Les parents... À la tombée de la nuit... Les parents comptent leurs enfants... Est-ce que j'en ai oublié un ? Deux, quatre, six... treize ! Le compte est bon... Beaucoup de frères et sœurs, mais ça ne dépasse pas vingt... Oh, peut-être bien vingt-cinq... Et seuls les chanceux vivent longtemps. Alors c'est peu ! Mais regardez en arrière... Seulement sept mille générations en arrière... Adam est le grand-papa de tout le monde... Vous savez ? On l'appelle Homo Sapiens maintenant ! Oh ! Oh ! Oh ! L'Homme sage... Si vous regardez sept mille générations en arrière, vous êtes cousin avec la terre entière... les noirs, les jaunes, les blancs... les vivants, les morts... »

Il remit son verre sur la table, figura le nombre sept sur ses doigts et ne cessait d'agiter les deux mains, lui-même impressionné par ses propos. Je hochais la tête, un peu éméché, conservais un sourire hébété sur les lèvres et l'écoutais sans intervenir.

« Nous sommes tous cousins, poursuivit Baba. C'est un lien profond... C'est inscrit dans nos gènes depuis plus longtemps que la fraternité.

– À notre cousin alors !

– Oh oui, à notre cousin ! À l'amour... ! Oh ! L'amour... Cela me rappelle une anecdote... »

Ma foi, j'assistais à l'éclosion du bonhomme. L'alcool se répandait en lui comme du kérosène et libérait sa langue. Alors que les verres de whisky m'empêchaient d'aligner deux idées dans ma tête, Baba trouvait une adresse dans son ivresse.

« ... le jour de mes dix-huit ans, mon père m'a offert cette montre, me confia Baba en l'exhibant. Mon père était dur, mais bienveillant... Il m'a dit : garde-la toute ta vie ! Regarde-la vieillir ! Et rappelle-toi que tu vieillis en même temps qu'elle. Regarde-la s'user ! Et rappelle-toi que ton corps, mon fils, ton corps et ton âme s'usent en même temps qu'elle. Ne me regarde pas comme un poisson ! L'âme s'use elle aussi. Quand tu auras mon âge, tu seras peut-être plus sage, plus modeste, plus réfléchi. Mais ça, mon fils, c'est de l'esprit. L'âme, l'âme, Balthazar, est comme une gourde. Dedans, il y a de la force, du courage… Il y a la liberté, l'insouciance, les désirs, l'arrogance. Il y a de tout ça, et il y en a pour toute une vie. À la fin, la gourde est vidée et l'âme revient à son créateur… Et de l'amour, j'ai dit. Mon père m'a répondu : Non ! Pas l'amour. L'amour se partage. Quand ta gourde est vide, tu bois dans celle de tes cousins. »

Tandis qu'il racontait son anecdote, Baba déplaçait sa masse imposante plus près de moi et me tint par le bras. D'office, j'étais désigné compagnon de jeu. Il avait incarné la voix de son père et m'avait cédé son propre rôle.

« Bonne nuit, bredouilla la voix de Fatima en traversant la pièce. »

Nous nous retournâmes pour lui souhaiter la pareille. Elle afficha un sourire timide et s'éloigna doucement, laborieusement, à contresens d'une force qui la poussait à rester, nous rejoindre, tenir un rôle auprès de nous… Auprès de moi ? Cette même force me poussait à me lever, l'accompagner, pénétrer dans sa chambre, m'approcher d'elle, au plus près, me glisser entre sa robe et la peau. La bienséance m'en empêchait. Et cette foutue timidité ! À vrai dire, il y avait aussi le bras de Baba.

« Il y a un dicton africain, me souffla Baba. On dit qu'à la femme sans maternité manque plus que la moitié de la féminité. Oui, mon cousin, c'est un peu sévère. Malgré cela, le dicton est à moitié vrai… Mais cette môme… C'est notre cousine, n'est-ce pas… ? Cette môme a beaucoup d'amour à donner, elle a la gourde pleine… Quand je la regarde, je vois ma fille… Vous savez… J'avais… C'était une autre vie… »

Je compris. L'alcool enivrait Baba tout autant que moi. Le whisky ne le ramenait pas à la sobriété, c'était le chagrin qui l'y emprisonnait. En évoquant le souvenir de sa fille, la tragédie s'empara de son visage, et en un instant, le vieillit de cent ans. Le sourire restait suspendu à ses lèvres, mais sans vie, comme un bouquet de fleurs fanées. Il approcha sa tête davantage de la mienne, étala sous mes yeux son front luisant, ses larges narines, écarquilla les yeux, rouges de sang, mouillés de chagrin, les mots lui étaient pénibles à prononcer, alors il m'offrit une image, des yeux gros comme deux boules de cristal, un visage lithographié de rides et de deuil. Il m'ouvrit son cœur.

Je compris, car la tristesse de Baba surgit comme le vent froid du nord. Son chagrin me frappa, me secoua, me convulsa le visage. Un coup de poing qui fait bondir le corps, avant de le jeter par terre et l'écraser sous son poids.

Que dire, ne pas dire ? Je voulais absolument lui serrer l'épaule, le consoler, et je voulais absolument garder le voile sur son passé. Ce que je voulais par-dessus tout était de disparaître et ne pas avoir à choisir.

« Tu es un bon garçon, sourit Baba. »

Quand il parle, on ne le comprend pas toujours, mais quand il regarde, lui, comprend tout. En un coup sec, Baba avala tout le chagrin avec les dernières gouttes de son verre. Son visage reprit son expression habituelle, cajoleuse et bienveillante.

« Tu es un bon garçon, Ali... Naël aussi... Javier...

– Javier et Naël ?! Ils sont si différents ! Comment peut-on trouver bon l'un et l'autre à la fois ?

– Oh, non ! Ils ne sont pas différents, me chuchota-t-il. Ils se ressemblent beaucoup, même... »

Baba laissa suspendus ses mots, se tourna à sa droite et à sa gauche, la chercha des yeux, la retrouva, prit la bouteille et versa dans nos verres.

« Buvons... cette fois-ci... à l'arrogance. Oui, à l'arrogance !

– À l'arrogance ! clamai-je en riant.

– Ahhh ! Nos deux cousins sont différents. L'un est beau et l'autre, pas moche. Hi ! Hiii !!! Ils sont différents... Mais ils sont arrogants. Avant tout, par-dessus tout, ils sont arrogants. Je sais pourquoi vous les trouvez différents. Hi ! Hi ! Hi ! Je sais ! L'arrogance n'habite pas toujours la même maison. Elle habite l'instinct de l'un, la bête qui est en lui ; chez l'autre, l'éthique, sa part humaine.

– Vrai ! consentis-je. Mais en quoi les garçons arrogants sont-ils bons ?

– En quoi l'Humanité est-elle bonne ? riposta-t-il. En Afrique, on dit : la crinière du lion est visible, celle de l'Homme est en dedans ! »

L'heure était aux confidences et il commençait à se faire tard. Nous parlions de plus en plus bas, à presque chuchoter, mais je ne pus m'empêcher de pouffer de rire. Si les mots pouvaient s'associer aux continents, l'ironie aurait sans doute choisi l'Afrique.

« Nous levons nos verres à l'arrogance, poursuivit Baba, n'est-ce pas ? Nous les humains, nous levons nos verres à l'arrogance, parce que... l'arrogance est le carburant de l'Humanité : tantôt la fait avancer, tantôt la brûle. »

Silence. Baba, songeur, enivré, l'esprit errant ; moi, figé, noyé dans la profondeur de ses propos, noyé dans le fond de mon verre, l'un ou l'autre, peut-être l'un et l'autre... Peu importe.

« Être bon, m'indignai-je, c'est savoir freiner son arrogance. Avancer sans se brûler. »

De l'indignation, contre les soi-disant bons, contre les arrogants... Je cachais mal mon jeu. Je m'indignais contre moi-même, contre le modeste, celui qui freine et laisse passer les arrogants. De l'indignation et de l'orgueil dans l'inexistence... Bien se tenir... Vêtu de loques, mais bien se tenir, car il faut bien se tenir. L'humain en moi s'indignait contre les arrogants, les animaux ; et l'animal s'indignait contre l'humain, qui l'étouffe, qui l'a toujours étouffé. Ali s'indigna ! L'humain réclama justice ; l'animal, la vie.

« Oh, mon cousin, se désola Baba. Mon cousin ! À quoi bon ? À quoi bon freiner ? La vie est mouvement. Quand on freine, on recule. À quoi bon ? L'histoire est déjà écrite, mon cher cousin... Les scientifiques... La fin est la même pour tous... Comme dit le proverbe : la vie, on n'en sort pas vivant... ! L'autre dit : fatalité, on ne la dépasse pas... ! Les scientifiques, eux, disent : depuis le big bang, depuis sa création, l'Univers accélère et l'Univers se meurt. Depuis toujours... Accélération et agonie... Accélération dans l'agonie... Les arrogants périssent et les modestes ne survivent pas.

– Les arrogants sont bons et les modestes sont mauvais...

– Oh, mon cousin, on n'est pas bon simplement parce qu'on est arrogant. Vous savez... ? La caravane... Voyez-vous la caravane... ? Une caravane. L'Humanité est comme une caravane. Elle avance, elle avance... Dans cette caravane, il y a les solitaires qui n'attendent personne ; ils vont au galop, fiers de leurs montures. Hi ! Hi ! Ils sont arrogants, ceux-là, mais ils apportent quelque chose à la caravane. Ils montrent le chemin aux autres. En trébuchant les premiers, ils évitent aux autres de trébucher... Ils font rêver, surtout ! On les voit beaux et forts sur leurs chevaux... ! Oui, oui, ils sont beaux... ! Et puis, il y a les autres qui restent groupés, qui essayent d'avancer ensemble, quitte à avancer doucement... Mais ceux-là ne sont ni meilleurs ni pires que les arrogants. Certes, ils font passer l'intérêt de la caravane avant le leur, mais au nom de cet altruisme, ils seraient prêts à abandonner vieillards et malades sur le chemin pour ne pas mettre tout le groupe en danger. Hi ! Hi ! Hi ! Mon cousin ! Mon cousin ! L'arrogant sacrifie le groupe pour une personne, le modeste inverse. Hélas, de part et d'autre, il y a toujours sacrifice. On est soit arrogant solitaire, soit arrogant en groupe. On est tous arrogants, mais cela ne suffit pas pour être bon, car on ne choisit pas d'être bon. Vous êtes tous bons, car vos gourdes sont pleines, votre âme est pleine. Quels que soient vos choix, quelle que soit la situation, le meilleur, le pire, tout ce que vous vivez, vous le vivez avec passion. Et ça, ça n'est pas un choix. Les gourdes, c'est le Créateur qui les remplit. Vous êtes bons parce que vous êtes nés bons. C'est votre chance à vous. Certains naissent riches ; d'autres, forts ; vous, passionnés.

– Passionnés... Nés passionnés... Nés bons... Et nos choix ? Bien, mal, droite, gauche... À quoi servent alors nos choix si la messe est dite à la naissance... ?

– Montrez-moi... Vous n'avez pas de montre ?! Quelle idée ! Approchez, encore, écoutez la mienne. Tic, tac, tic, tac... L'instant, chaque instant... Vous choisissez, vous, pour vous-même, comment vivre chaque instant. Et vous savez quoi ? »

Baba hissa la bouteille avec ferveur.

« Un verre à l'instant !

– À l'instant... !

– Mon cousin, mon cousin ! Nous ne pouvons pas tout avoir, alors en chaque instant, nous faisons nos quatre choix.

– Quatre ? ris-je. Quatre mille ?

– Non ! Seulement quatre, toujours les mêmes.

– ... ?

– Alors ! Certains choisissent la pomme, comme leur ancêtre Adam. Ils désirent l'ailleurs, l'inaccessible, l'interdit. D'autres se contentent du paradis. Leurs désirs peuvent être satisfaits maintenant, ici même, avec les personnes qui les entourent. Ceux-là se nourrissent de la vie, les autres se nourrissent de son fantasme.

– Adam a choisi entre la pomme et le paradis. Ici-bas, le paradis n'est pas une option.

– Oh ! La vie d'ici-bas est paradis pour celui qui en est conscient... Adam... Personne n'a rapporté que la pomme en valait la peine. Le maintenant et ici même n'ont rien à envier à l'ailleurs. Ce n'est que fantasme, mon cousin... Fantasme.

– On choisit donc ses désirs... »

Je tentais d'interrompre Baba. Dans son lyrisme ; il s'emporta, et dans sa poigne, emporta mon épaule.

« Hi ! Hi ! Hi ! On choisit entre l'animal et l'humain. Car, entre l'instinct et l'éthique, il n'y a qu'un maître en soi. Le premier cherche à survivre alors que le second œuvre pour la survie de l'Humanité.

– On choisit son propre maître.

– Ensuite... On est orphelin de ce qui nous manque, prisonnier de ce que l'on possède.

– Cela ressemble davantage à une fatalité qu'à un choix ! dis-je.

– Disons que les deux s'entraident. Aujourd'hui, vous êtes encore célibataire. Heureux ou malheureux, vous y êtes prisonnier. Disons que vous voulez vous marier. Dès que vous lui mettez la bague au doigt à la jolie demoiselle, vous vous libérez de votre célibat, vous en devenez orphelin, et vous voilà prisonnier du mariage. La fatalité vous a présenté la jolie demoiselle. Entre mariage et célibat, c'est vous qui choisissez lequel serait votre orphelinat et lequel serait votre prison. Mon cousin ! Mon cousin ! Des prisons et des orphelinats, il y en a à tous les coins de rue. Morales, religions, idéologies, sociétés, familles, amitiés, amour, argent, succès, séduction, adrénaline, santé... Oup ! Oup ! Oup !

– On choisit ses orphelinats et ses prisons.

– Exact ! Exact ! La vie est courte ! Parfois nous passons tellement de temps, nous mettons tellement d'énergie à nous libérer de telle prison ou à échapper à tel orphelinat, que l'on admet de rester coincé dans tous les autres... Bon, buvons à la liberté !

– Attendez ! m'empressai-je. Attendez ! Des choix, je n'en ai compté que trois. »

La discussion est devenue trop sérieuse et ma curiosité est devenue trop grande pour laisser l'alcool nous perturber, lui ou moi. Baba était allé trop loin dans son développement pour laisser un brin de sobriété l'interrompre, alors nous bûmes.

« Nous choisissons en qui avoir confiance.

– Ceux qui l'ont mérité ! dis-je.

– La confiance, repartit Baba, personne ne peut la mériter ! Certains la déméritent, mais personne ne peut la mériter. Comment savoir qu'un tel dit vrai ? Qu'il dit toujours vrai ? Comment en être sûr ? Si Firas dit être bon à l'école, Yara peut vérifier cela avec sa maîtresse. Quid des scientifiques ? Quid des experts ? Les gouvernements ? Les prophètes ? Personne ne mérite la confiance a priori, vous choisissez de croire Pierre et je choisis de croire Jacques.

– Le quatrième ! m'exclamai-je.

– Le plus important ! répondit Baba. Le plus important !

– ... ?

– Et comment ! se récria Baba. Et comment ! Tous les jours, on nous dit toutes sortes de choses. Le premier nous dit que la Terre est ronde ; le second que nous allons en enfer ; le troisième nous prévient d'une invasion massive de migrants. L'un dit noir ; l'autre, blanc. Quand vous choisissez de croire celui qui dit noir, le noir devient votre réalité. Choisir qui croire, c'est choisir sa propre réalité… »

… J'aime nos discussions tard le soir, disait Naël. Quand nous sommes complètement soûls et parfaitement sobres…

« Les chiffres… dit Baba soudainement. Les chiffres… négatifs… moins quarante… L'Homme n'a pas inventé des chiffres pour les valeurs négatives, il a inventé les signes. L'Homme a dit plus et moins, car l'Homme sait ! On le sait ! L'Homme sait que plus il est fort, plus il est faible, plus il est riche, plus il est pauvre. Il sait ! Plus il est intelligent, plus il fait des bêtises. Plus quarante, c'est comme moins quarante ; plus cinq cents c'est comme moins cinq cents. Si on arrive à cent mille, alors il suffit d'un signe, un petit signe, pour nous basculer à moins cent mille. Il sait, l'Homme ! Un signe tout riquiqui, un petit événement, le bascule d'une extrémité à l'autre. Un moment d'inattention, un petit accident, un rien. Oui, un rien… ! Attention, Ali ! Attention ! Si tu penses être monté très haut, attention ! Attention au petit signe ! Il est toujours là, le petit signe… Plus tu voles haut, plus il creuse pour toi. Et le jour où il t'attrape… »

Baba se leva et me tira vers lui. Il me pressa le bras, le broya d'une poignée contractée et tremblante. Tout son corps se contracta et trembla. L'effroi se dessina sur son visage en lettres majuscules… Comme l'Homme est injuste ! La mort de Mme Bonnin fut un événement aussi banal pour ses enfants qu'une tentative échouée de livraison en leur absence, un rendez-vous manqué chez l'esthéticienne à cause des embouteillages sur la route, navrés peut-être de ne pas être là pour l'accompagner dans son départ, mais aussitôt engloutis à nouveau dans leurs projets ; alors que Baba ne pouvait plus envisager sa vie après la mort de son enfant... Il avait le regard de ce zèbre... Il s'était fait arracher son môme comme on lui déchiquetterait la chair... Et il était là, impuissant, inerte, simple spectateur de sa propre mort... Image violente d'une bête qui assiste à sa propre mort. Je voulais tant pleurer avec lui, souffrir avec lui, le soulager quelques instants de sa peine ; mais cette peine lui appartenait, car on ne meurt pas à la place d'autrui.

« Il faut choisir ! reprit Baba, les larmes aux yeux. Il faut choisir ! C'est important ! C'est important de choisir ! Il faut que tu fasses tes propres choix, toujours ! Personne ! Personne ne doit choisir pour toi ! Si tu ne choisis pas, tu cesses d'exister... Plus de tic, tac... L'homme ne doit pas choisir pour un autre homme... Et... La machine ne doit pas choisir pour l'Homme. Elle ne doit pas... Elle ne doit pas... Ada a compris... Ada a compris... Ada... Elle m'a compris...

– Alors, mes chers ? nous interrompit Naël depuis les escaliers. En train de refaire le monde ? Eh ! Eh !

– Nous avons bu à ta réussite, répondit Baba. Heureux... Pour vous... Je... Ada... Je vais lui demander de m'envoyer un taxi... Heureux pour vous... On a trop bu.

– Demandez au chauffeur de vous accompagner. On se voit demain... Jacqueline est partie ?

– Non, dis-je, elle passe un très long coup de fil en terrasse.

– Eh ! Eh ! Je vous souhaite la bonne soirée alors. »

Le sourire malicieux. Le pouce lissait les commissures des lèvres. Le regard maléfique. Les pas arrogants. Naël partit vers Jacqueline. Naël partit. Naël repartit.

Baba s'avança vers la porte. Il se retourna avant de sortir, regarda Naël reprendre les escaliers, et puis me regarda.

« La pomme, mon cher cousin ! La pomme ! »

Fin